目次

十一の巻

平家物語

4

十一の巻

逆櫓《さかろ》——四国を前に

元暦《げんりゃく》二年正月十日に後白河《ごしらかわ》法皇の御所に参上する男がいる。一人の男が、院参《いんざん》して、奏上する。一人の武将が。しかも若い武将が。

九郎大夫《くろうたゆう》の判官義経《ほうがんよしつね》が院の御所に参り、大蔵卿《おおくらきょう》の高階泰経朝臣《たかしなのやすつねあそん》を介して申しあげられる。「今、平家は神々にも見放され」と。

そして、続けられる。

「法皇様にもお見限りをうけて、この帝都を出、波の上に漂う落人《おちゅうど》となりました。しかし——にもかかわらず、この三カ年の間に攻め落とすこともしないで、そのために多くの国々の交通が阻《はば》まれ、貢進の道も断たれてしまっている現状、私《わたくし》は残念でなりません。ですから」

と決意の表明に続けられる。

「このたび義経におきましては、鬼《き》界《かい》が島《しま》までも追い、高麗《こうらい》までも追い、天竺《てんじく》や震旦《しんたん》までも追い討ちをかけて、平家を全滅いたしませぬかぎりは決して都へは帰らぬ覚悟です」

はっきり、全滅、と奏上された。

頼もしげに言われた。この若い武将は。男は。

法皇はたいそうお賞《ほ》めになる。ご感心になる。

「九郎義経よ、それでは――」とおおせくだされる。「じゅうぶんな心構えをもって事にあたり、夜を日に継いで、勝負を決するようにな。よいな」

攻めよ、とお命じになった。

院参の後《のち》、判官は宿所に帰り、東国《とうごく》の軍兵《ぐんぴょう》どもを前に「このたび義経は、鎌倉におられる兄佐殿《すけどの》のご代官として、院宣《いんぜん》をおうけし、平家を追討する」と言われる。「わかるな。あの一門を、攻め滅ぼすつもりだぞ。根絶やしに至らせる。よって陸地においては馬の足がゆけるところまでゆき、海上においては櫓《ろ》や櫂《かい》の漕《こ》ぎうるあいだは漕ぎ、進み、攻めつづける。この九郎、そう覚悟の臍《ほぞ》を固めたが、どうだ、異存のある者はいるか。ここに」と見渡される。一同を冷ややかに、冷ややかに見渡される。

「さて少しでも『いや、それは望まぬ』と思う人々はただ、早々、ここから帰られよ」

言い切られた。

判官は。この源氏の御曹司《おんぞうし》、九郎大夫の判官義経は。

都に男がいて、もちろん屋島《やしま》にも男はいるが、こちらの武将は歎《なげ》いている。悲歎《ひたん》には悲歎するだけの事情がある。なにしろ、屋島では月日が経《た》つのは早い。正月は過ぎて二月にもなった。たとえば春草の萌《も》え出《い》ずるときを過ぎたかと思うと秋風が吹き、その速さに驚き、秋風が吹きやんだかと思うと、じき、春草が萌え——との繰り返しにも似た具合で、もはや三年めになってしまった。そして、屋島には例の二種の噂《うわさ》がある。その一つめ、都には東国からの新手の軍勢数万騎が到着していて、これが西国《さいごく》に攻め下《くだ》る、と伝わっている。二つめ、九州からは臼杵《うすき》、戸次《へつぎ》、松浦《まつら》党が心を合わせて押し渡ってくる、と言われている。あれを聞き、これを聞くにつけても、ただ動転して肝を潰《つぶ》すしかない。なかでも女房たちがそうなる。女房たち——女たちが。建礼《けんれい》門院《もんいん》や二位《にい》殿《どの》をはじめとして、寄り集まり、「どのようなつらいことを見、どのようなつらいことを耳にするのでしょうね。また。ああ、どんな心憂《こころう》い報《しら》せが——」と歎きあい、悲しみあう。しかし一人の歎きと悲しみは、少し違った。その一人の男は、武将で、それも入道相国清盛公《しょうこくきよもり》のお子で、三男で、おん年三十四歳、こう言われる。

「東国や北国《ほっこく》の者どもも、かつては当家から重い恩をうけていた。それが、その恩を忘れて平氏との主従の契《ちぎ》りを破り、源氏の頼朝《よりとも》、義仲《よしなか》らについた」

新中納言知盛卿《とももりきょう》は、痛恨の面持ちで言われる。

「私は、西国とても同じことになるであろうと見通した」

悔しまれて言われる。

「だから思ったのだ、都にとどまり、運命を決しようと。そのように申しもしたのだ。しかし、私一人だけではどうにもなしえない。なしえなかった。一門は心弱くも洛外《らくがい》へ、畿外へとさまよい出て、今、ここ屋島へ。もはや三年めを迎え、今日《こんにち》、このような情けない目に遭《あ》っている。口惜しいかぎりよ。私は。――俺は」

言われた。男が。まことに尤《もっと》もなことだと思われて傷《いた》ましい。

痛い。

そして、この男よりも七歳年下の男、都にいる一人の若い源氏の武将が、ついに都を離れる。

同年二月三日、九郎大夫の判官義経は都を発《た》って、摂津《せっつ》の国の渡辺《わたなべ》で船揃《ふなぞろ》えをし、屋島へ攻め寄せようと支度《したく》をする。その支度をもう、し出している。三河《みかわ》の守範頼《かみのりより》も同じ日に都を発って、これも摂津の国の神崎《かんざき》で軍船を揃えて、山陽道《さんようどう》へ赴かんとしていると伝えられたが、この九郎判官のおん母違いの兄についての記録は、正確さにおいて危うい。

同十三日、朝廷から伊勢大神宮《いせだいじんぐう》、石清水八幡宮《いわしみずはちまんぐう》、賀茂《かも》、春日《かすが》神社へと官幣使《かんぺいし》を立てられる。「『安徳《あんとく》天皇ならびに三種の神器が無事に都へお帰りなされますように』とご祈禱《きとう》申しあげよ」とのおおせが、使いとなった神祇官《じんぎかん》の役人やそれぞれの社《やしろ》の神官に伝えられる。「末社《まっしゃ》、摂社の神職たちも本宮、本社に挙《こぞ》って参じて、そうせよ」と。

祈れ、祈れ、祈れと。祈誓せよ、と。

同月十六日、渡辺と神崎の二カ所でこの数日来揃えていた船の纜《ともづな》を、いよいよ解こうとする。いよいよ、船出と。まさにその日のその時に烈《はげ》しい北風がある。樹木を吹き折るほどの苛烈《かれつ》さで、大波のために多くの船がさんざんに破損してしまい、出航は不可となる。その日は修理のために留《とど》まらざるをえない。

そして渡辺にて事が持ちあがる。

渡辺で、大名たち小名たちが寄りあって、「東国の我々はまだ船戦《ふないくさ》のやり方というのを調練したことがないが、どうするのがよいか」と評議する。このとき、梶原平《かじわらへい》三景時《ぞうかげとき》の提言があり、それが悶着《もんちゃく》につながる。

梶原は言ったのだった。

「今度の合戦においては船に逆櫓《さかろ》をつけたいと存じます」

これを総大将が聞かれた。九郎大夫の判官義経が。

「逆櫓とはなんなのかな、梶原殿」

「たとえば馬は、左へ駆けさせようと思えば左へ駆けさせられますし、右へと思えば右へ駆けさせられます。しかしながら船は面倒です。馬のように敏捷《びんしょう》に『さあ押し戻すぞ』といって戻したりはできません。そこで逆櫓です。舳先《へさき》にも艫《とも》にも櫓をつけまして、船端《ふなばた》に梶《かじ》もとりつけ、いかなる方向にも容易に押しまわせるようにしたい、とこう考えております」

「梶原殿はそう考えている、と。そして九郎はこう考えている。合戦においては一歩も退《ひ》くまいと覚悟していて、なお、戦況が悪《あ》しければ退却するのが常の習い。それをだ、初めから逃げる用意ということかな。それがいいことなのかな。いざ出陣という矢先に実に縁起が悪い、そうではないのかな。いや、別によいのだよ、梶原殿。あなた方の船には百挺《ちょう》でも千挺でもその逆櫓をおつけなさい。いや、逆櫓と言うのではなく返様櫓《かえさまろ》だったか、それとも、彼此皆々逆様櫓《あれこれみなみなさかさまろ》だったか、それをおつけになればよろしい。そして義経には本来の櫓一つで、むろん結構だ」

「よき大将軍には条件がありますぞ」皮肉を受け流して梶原は言う。「駆けるべきところは駆けて、退《ひ》くべきところは退き、身の安全無事というものは全《まっと》うし、敵を滅ぼす。これをもってよき大将軍とするのです。一方ばかりに偏って融通のきかぬのは、猪武者《いのししむしゃ》といって、褒《ほ》められはいたしません」

するとと判官は言われる。

「猪か鹿《かのしし》かは知らぬが、梶原殿よ、戦《いく》さというはただ一気に攻めに攻めて勝つのが気持ちよいぞ」

この判官の言を聞き、侍どもは互いに目つき顔つきで知らせあって、梶原のほうを嘲笑《ちょうしょう》した。むろん梶原を恐れて露骨に声に出しては笑わなかったが、そうした。そのほうが気持ちよいぞ。こうして、事は起きた。東国の大名たち小名たちは九郎大夫の判官と梶原とが今にも味方同士で殺《や》りあうであろうと騒いだ。同士討ちは不可避、と。

日が暮れる。しだいに。十六日の夜になる。判官は麾下《きか》の兵《つわもの》どもに「船どもの修理が終わって、新しくなった。これを祝わねばならぬな」と告げられ、「それぞれに酒《さけ》肴《さかな》を調《ととの》えて祝いなさい、あなた方よ」とおっしゃり用意をするように見せかけて、その実、船に鎧兜《よろいかぶと》や兵糧米《ひょうろうまい》を運び入れ、馬を乗せ、自らの股肱《ここう》の臣《しん》と郎等《ろうどう》ばかりをぞろりと基軸に揃えて率い、「さあ者どもよ、今すぐにこれらの船をお出し申しあげろ」と敬意を込めて丁寧に、かつ恐ろしい冷酷さで言われる。烈風で出航とりやめとなったこの日、当たり前だが船頭や梶取りたちは抵抗する。「この風は追い風ではございますが、とんでもない強風です。沖のほうではさぞ荒れているかと。どうして船を出せましょう」と申し、拒む。

判官は、怒《いか》る。

配下の武士たちからの、船乗り連中の返答はこうだとの報せに、たちまち殺気をまとい、怒り、猛《たけ》る。

「野山の果てで死ぬのも、また海川の底に溺《おぼ》れて失《う》せるのも、いずれも全部、当人がその前世で犯した所業の報いだ。そうであろうが。それとも違うと言うのか。そのように言う奴《やつ》がいるのか。船を浮かべて海上に出て、それでだ、そのときに強い風があるとして、それがどうした。たしかに向かい風で強《し》いて渡ろうとするのは間違いでもあろう。しかしこれは追い風だぞ。それが少々強すぎるだけなのだぞ。それなのにだ、今これほどの大事なのにだ、その連中は『渡らない』と九郎に申すわけか。ならば、わかったわ。この九郎としても了解したわ。船を出さないならばだ、それらの船頭や梶取りたち、要するに腑《ふ》抜けの船乗り連中は、一人一人射殺《いころ》してしまえ」

命じられた。

これを受け、奥州《おうしゅう》の佐藤三郎兵衛嗣信《さとうさぶろうびょうえつぎのぶ》、伊勢三郎義盛《いせのさぶろうよしもり》が矢をつがえ済みの弓を片手に持って、ただちに射かけられる体勢で進み出た。

「どうして、うぬめらときたら！」と両人は言う。「ぐずぐずと文句を！　いいか、ご命令だぞ。これは九郎様のご命令なのだぞ。早く船を出せ。出さねばうぬめらを射殺す。一人一人、残らずな！」

船乗りたちは、この脅しを聞き、また佐藤三郎と伊勢三郎を見、「射殺されるのも難破するのも所詮は同じこと。すなわち死ぬってことだわ、糞《くそ》！　嵐であるのならば、漕いで漕いで漕ぎ、敵に向かって漕ぎながら死ねばよいってことなのだわ、なあ。だろうが、ご一同！　ご同輩！」と叫んで、二百余艘《そう》の船のうちのただ五艘だけだったが、とうとう沖へと走り出た。残りの船は風を恐れるか、あるいは梶原平三景時のことを恐れるかしてみな残った。

判官は言われた。

「他人《ひと》が出ないから自分らも船とともに残留すべきだなどとそんな理屈はないのだ。よいか、聞け。普段であれば平家の連中は用心している。普段とは、すなわち風の吹かない穏やかな日を指す。だからだ、このような大風大波で、しかも誰も思いもしない時分に攻め寄せてこそ、狙う敵を討てる。討ちとれるのだぞ！」

五艘の船は以下だった。

まず判官の船。

それから田代《たしろ》の冠者信綱《かんじゃのぶつな》の船。

後藤兵衛《ごとうびょうえ》父子《おやこ》の船。すなわち実基《さねもと》と基清《もときよ》。

金子《かねこ》兄弟の船。すなわち十郎家忠《じゅうろういえただ》と与一《よいち》親範《ちかのり》。

そして軍船のことを統轄する船奉行《ふなぶぎょう》、淀《よど》の江内忠俊《ごうないただとし》の乗った船。

判官は命じられた。

「それぞれの船には決して篝火《かがりび》を灯《とも》すなよ。よいか、この義経の船をこそ本船《ほんせん》としろ。そして本船の艫と舳先の篝火を目標としてついて来い。こちらの火の数が多く見えては敵も懼《おそ》れて用心してしまうからな。わかったか!」

的確に指図される。

そして五艘は夜を徹して走り、三日はかかる船路《ふなじ》をわずか三時《みとき》ばかりで渡ってしまう。二月十六日の夜中、丑《うし》の刻《こく》に、渡辺とその西の湊《みなと》の福島を出発して、それから翌《あく》る卯《う》の刻には阿波《あわ》の地へ。

颪に吹きつけられるようにして到着した。

早い。

勝浦《かつうら》 付大坂越《つけたりおおざかごえ》——四国にて、破竹《はちく》

夜がすでに明けているので、見える。渚《なぎさ》に赤旗が少々ひらめいている。平家軍の証《しる》しが。判官《ほうがん》はこれを目に入れて、再び迅速《じんそく》に命じられる。「なんとまあ、危うかったな。我らに対する防備は用意されていたというわけだぞ。ということは、じかに海岸にこちらの船を横付けにして船端《ふなばた》を傾《かし》がせ、馬を下ろそうとしたならば、たちまち敵の的になって射られる。よって馬どもは、あの渚に着かぬ先に追い下ろし追い下ろし、どれも船に引きつけ引きつけ泳がせよ。そして馬の足が立ち、鞍爪《くらづめ》が海水に浸《ひた》るほどになったら、速やかに馬にうち跨《また》がって駆けさせろ。よいな、この九郎《くろう》に従う者どもよ！」と。五艘《そう》の船には鎧兜《よろいかぶと》と兵糧米《ひょうろうまい》とを積んでいたので馬はただ五十余頭しか乗せられていないが、渚に近づくや、それらが次々武者を跨がらせる。源氏の武者たちは喊声《かんせい》をあげて駆けあがる、上陸する。突撃する。渚に控えていた百騎ばかりの平家の軍勢は、しばしも防ぎ切れない。後退する。

二町ばかり、ざっと。

判官は水際《みずぎわ》に立たれる。

馬の息を休ませておられる。

が、伊勢三郎義盛《いせのさぶろうよしもり》を呼び、こう言われる。

「あの軍勢の中に、もし」と指図される。「適当な者がいたならば九郎のもとに一人連れてこい。役に立ちそうなのがいたらな。訊《き》きたいことがある」

義盛は謹《つつし》んでうけたまわる。

そして、駆け入る――ただ一騎で、赤旗の敵勢の内側へ。

どう話したのか、たしかに連れてくる。年は四十ばかりの男で、黒革威《くろかわおどし》の鎧を着た者を。ただし兜は脱がせていたし、弓の弦《つる》は外させていた。きちんと戦意のなさは示されている。

判官は言われる。

「さて、そちらは何者だ」

その四十ばかりの男は、申しあげる。

「当国の住人、坂西《ばんざい》の近藤六親家《こんどうろくちかいえ》です」

「そうか。まあ、ちか家でも何家《なにいえ》でもかまわぬ。義盛、このなんとか家の鎧は脱がせるな。ここから屋島《やしま》までの道案内に用いるぞ。いいか、目は離すなよ。逃げ出したならば射殺《いころ》せ——いいな者ども」

さらりと命じられた。そして、再び近藤六親家に問われる。

「我らが上陸したこの地はなんと呼ばれている」

「かつ浦と申します」

「勝つ浦、と。お追従《ついしょう》を言うのか」判官は笑われる、今度はにっこりと。

「いえ、まぎれもなく勝浦でございます。下郎などは口にしやすいようにかつら、とも申しますが、文字《もんじ》にては勝つに浦と書いております」

「聞かれたか、おのおの方《がた》よ」と判官は声を高くされた。「これより戦《いく》さをしに向かう義経が着いたのは勝浦であった。このめでたさを思えよ！　で、近藤よ、何家でもよい近藤の六よ、六郎《ろくろう》よ。このあたりで平家に味方して、背後から我らに矢を射かけてきそうな者はあるか。あるか、ないか」

「それでしたら、阿波《あわ》の民部重能《みんぶしげよし》の弟で、桜間《さくらば》の介能遠《すけよしとお》というのがおります」

「であれば」と判官は言われる。「その者を蹴散《けち》らし、通ろうか」

近藤六のいた渚の軍勢百騎ばかりの中から、九郎大夫《たゆう》の判官義経《よしつね》は三十騎ほどを選び出し、自分の軍勢に併合し、すなわち赤旗はひらめかせない者どもとして連れられ、即、能遠の城に押し寄せて、そしてご覧になる。三方は沼、一方は堀。ならば、と戦術は瞬時に逡巡《しゅんじゅん》なく採られていた。源氏の軍兵《ぐんぴょう》は堀のほうから攻め寄せ、どっと鬨《とき》の声をあげる。城内の軍兵どもは矢先を揃《そろ》える、次々につがえては放ち、放ってはつがえる。さんざんに射る。しかし源氏側はそれを物ともしない。兜の錣《しころ》を傾けて、顔面を射られないようにと心がけつつ、喊声をあげて、堀を越える。攻め入る。桜間の介はとても敵《かな》わぬと思ったか、家の子郎等《ろうどう》に防ぎ矢を射させ、自分は究竟《くっきょう》の名馬を持っていたのでこれに乗って、かろうじて逃げのびた。

判官は、防ぎ矢を射た軍兵ども二十余人の首を斬る。晒《さら》し首《くび》にして、軍神《いくさがみ》に供える。

武運を守る神を悦《よろこ》び楽しませ、ここから戦勝を祈願するための、緒戦の血祭《ちまつ》り――。

歓喜する鬨の声があげられる。

「よい。よい。よいぞ」と言われる。判官は。「この門出《かどで》は、よいものだな」

にっこりと笑って言われる。

それから近藤六親家を召して、尋ねられた。

「いま現在、屋島には平家の軍勢はどれほどあるのだ」

「決して千騎は超えていないと存じます」

「それは少ないな。どうしてそのように少ないのだ」

「私どもを一つの例としご覧いただければわかりますが、四国の浦々島々に五十騎、百騎と散らして置かれているのです。加えて阿波の民部重能の嫡子《ちゃくし》、田内左衛門教能《でんないざえもんのりよし》の勢三千余騎というのがおりません。これは伊予《いよ》の国の河野四郎《かわののしろう》が平家の召集に応じないので、ならば攻めようと向かっているのでございます」

「乗ずるには絶好の機会か。で、ここから屋島までの道程《みちのり》は、どれほどなのだ」

「二日路《ふつかじ》です」

「ならば決まったな。敵の耳に入らぬ先に攻める。攻め寄せるぞ、者ども！」

そして判官の軍勢は、馬を走らせ、歩かせ、また疾駆させ、それから休ませ、を繰り返し、阿波と讃岐《さぬき》の境《さかい》にある大坂越《おおざかごえ》という山を夜通しで越えて行かれた。

その夜半ごろ。

判官は立文《たてぶみ》を持った男と道連れになって話をなさった。この男、夜のことではあり、敵とは夢にも知らず、味方の軍兵が屋島へ参ると思ったのか打ちとけて世間話をこまごまとした。判官は、白紙と礼紙《らいし》とで包まれたその書状を指しながら実にさりげなく問われた。

「その手紙は、さて、いったいどこへ届けるのだい」

「屋島の大臣殿のもとへ持参いたします」

「ほう、すなわち宗盛《むねもり》公かあ。で、いったい誰がさしだされたのだい」

「京都のやんごとない女房が送られまして」

「ほう、それはまた、いったい何の用件であろうなあ。何をどう報《しら》せるのか――」

「なあに、きっと特別なことではございますまい。源氏が早くも淀川《よどがわ》の河口に進み出て、船々を浮かべておりますので、それをお報せなさるのでしょうよ」

「なるほどなあ、源氏の軍勢のその出航の準備、整った、と。うん、そうもあろうなあ。ところで我々も屋島へ参るのだが、いまだ道を知らないのだよ。どうか案内してくれ」

「もちろんですとも。私はたびたび参っているので案内は大丈夫でございますよ。お供いたしましょう」

「おお、すまぬなあ」と判官は丁寧に礼を告げ、続いておのれの手勢に命じられた。

「と、いうことだ。その手紙、奪いあげろ」

　奪わせられた。

「こやつを、縛りあげろ」

　縛らせられた。

「罪作りになるから、首までは斬るなよ」

刎《は》ねらせられなかった。

しかし山中の木に縛りつけさせられて、放置して、先へ進まれた。

判官はそれから手紙を披《ひら》いてご覧になる。男の言葉どおり、実際になかなか身分ある女性《にょしょう》からの手紙と思われて、中には「九郎はその動き機敏にして相当に精悍《せいかん》な男だそうですから、大風や大波であっても一向構わずに攻め寄せるであろうと思われますよ。どうか軍勢は散らさずにご用心なさいませ」と書かれてあった。

「これは義経に天がお与えになった手紙だな」と判官は言われた。「私《わたくし》の武勇、ここに証されているぞ。鎌倉の兄佐殿《すけどの》にお見せしよう」

大切に蔵《しま》われる。

翌《あく》る十八日のいまだ早朝も早朝の寅《とら》の刻《こく》に、讃岐の国の引田《ひけた》というところに下《くだ》り、人馬を休息させた。そこから丹生屋《にうのや》、白鳥《しろとり》と続いて過ぎ、屋島の城へ、その臨時の城塞へと近づいて行かれた。判官は、また近藤六親家を呼び、お尋ねになる。

「屋島の館《やかた》の様子というのは、どのようなものなのだ」

「ご存じないからこそお尋ねになったのでしょうけれども」と近藤六は答える。「めっぽう水が浅いところなのです。引き潮ともなりますれば、陸から島までの間は馬の腹も水に浸《つ》かりません」

「それでは、ただちに攻め寄せよ、この義経とともにある者ども！」

判官の軍勢は、屋島の南、高松の地にある民家に火をかけた。

火。

火。火!

放火して、九郎大夫の判官義経は屋島の城へ攻め寄せられる。

屋島では、このとき、大臣殿の宿所で首の実検が行なわれていた。それも百五十余人ぶんもの、討ちとった敵の首の。これは何かと説明すれば、阿波の民部重能の嫡男、田内左衛門教能が届けた分捕《ぶんど》り首《くび》だった。平家の召集に応じない河野四郎を攻めんがために伊予の国に向かった教能の三千余騎は、河野を討ち漏《も》らしてはいたけれども、家の子郎等はさんざんに討った。そして、本隊に先んじて屋島の内裏《だいり》にこれを献じたのだった。しかしながら「内裏にて賊徒らが首を検《あらた》めること、よろしくない」との理由で首実検は大臣殿の宿所で実行され、その数、百五十六人とも挙げられた。その最中にだった。軍兵が「高松の方面に、火が! 火が!」と騒いだ。騒ぎ出した。

「今は昼なのですからまさか失火ということはありますまい。敵が攻め寄せて火をかけたかと」と通知された。「そうであれば、さだめし大軍であろうかと存じます。包囲されてしまってはもはや、それまで。急いで船にお乗りください。ご乗船を!」

大門の前の渚に船々が並べてつけられる。平家の人々は我も我もとお乗りになる。安徳《あんとく》天皇の御座船《ござぶね》には建礼門院《けんれいもんいん》、北《きた》の政所《まんどころ》、二位殿《にいどの》という、亡き入道相国清盛公《しょうこくきよもり》のおん娘お二人と北の方以下の女房たちがお乗りになる。大臣殿父子、すなわち宗盛公とそのお子の右衛門《うえもん》の督《かみ》の清宗卿《きよむねきょう》は同じ船にお乗りになる。その他の人々は思い思いに乗り込んで、あるいは一町ばかり、あるいは七、八段《たん》、あるいは五、六段と漕《こ》ぎ出す。

そのとき、現われる。源氏は。

全員がその身を甲冑《かっちゅう》に固めた源氏の武士七、八十騎が。

外構えの大門の前の渚に。

つっと。

現われ出る。

もともと浅瀬の海で、潮干潟となるところに、まさに引き潮の盛りのときに、それも数騎ずつ群れを成して。馬の、烏頭《からすがしら》と呼ばれる後ろ脚のなかほどの関節の辺りや、太腹が水に浸るところもあるが、それより浅いところもあり、馬どもは駆ける、それも水飛沫《みずしぶき》を蹴上げて駆ける、水飛沫は茫《ぼう》と霞《かす》んで、その白々とした霞みを透《す》かすかのように源氏が——白旗を——さ、し、あ、げ、る。旗をさしあげるのが、見える。ざっとさしあげられた。この瞬間、平家は運が尽きて「ああ、大軍だ!」と見誤る。しかも判官にも作戦があった。そのように誤認させるためにこそ五、六騎の群れ、また七、八騎の群れ、十騎の群れと進ませていた。決して小勢《こぜい》には見せまいと、数騎ずつ——。

数騎ずつ、群れを成して、現われ出た。

嗣信最期《つぎのぶさいご》——主君の身代わり

九郎大夫《くろうたゆう》の判官義経《ほうがんよしつね》のその日の装束《しょうぞく》は、赤地の錦《にしき》の直垂《ひたたれ》の上に紫裾濃《むらさきすそご》の鎧《よろい》を着て、黄金《こがね》作りの太刀《たち》を佩《は》き、切斑《きりふ》の矢を背負っている。滋籐《しげどう》の弓の真ん中を握っている。船々のほうを睨《にら》んでいる。平家の船々を。そして、馬上より大音声《だいおんじょう》をあげる。

「後白河院《ごしらかわいん》のお使い、我こそは——検非違使《けびいし》五位《ごい》の尉《じょう》、源 義経《みなもとのよしつね》！」

名乗った。

その次に伊豆《いず》の国の住人田代《たしろ》の冠者信綱《かんじゃのぶつな》が名乗った。武蔵《むさし》の国の住人金子十 郎家《かねこのじゅうろういえ》忠《ただ》が、同じく与一親範《よいちちかのり》が名乗った。伊勢三郎義盛《いせのさぶろうよしもり》が名乗った。これらが相次いで名乗った。続いて後藤兵衛実基《ごとうびょうえさねもと》が、その子息の新兵衛基清《しんびょうえもときよ》が、奥州《おうしゅう》の佐藤三郎兵衛嗣信《さとうさぶろうびょうえつぎのぶ》が、同じく四郎兵衛忠信《しろうびょうえただのぶ》が、江田《えだ》の源三《げんぞう》が、熊井太郎《くまいたろう》が、武蔵房弁慶《むさしぼうべんけい》が、声々《こえごえ》に名乗って馬を走らせ、迫る。平家のほうではこれを見て、「射《い》ろ、あれを射取れ！」と言って、ある船からは遠矢《とおや》が射られる。宙に弧を描いて、上がっては下がり落ちる伸びる矢が、矢が。ある船からは指矢《さしや》が射られる。むしろ直線に、たちまち早く届く矢が。源氏の兵《つわもの》たちは、標的の船を左手に狙っては射て駆け抜ける。また右手に見ても射ながら駆け抜ける。左右から馬で馳《は》せ違って、攻める、勇猛に攻める。陸に引き揚げてあった船の陰を馬たちを休める場所にして、喚《おめ》き叫んで攻め戦う。

しかし後藤兵衛実基はこのようには戦わない。老練の武士の実基は、磯《いそ》からは離れ、まず内裏《だいり》に乱入し、手の者に火を放たせる。配下の全員に。たちまち、屋島《やしま》の内裏は煙になる。煙になる。

海上では、船上では、平家の棟梁宗盛公《とうりょうむねもり》が侍どもを呼び、「いったい源氏の軍勢は、い、いかほど！」と下問される。「今のところ、わずか七、八十騎かと——」との答え。

「なんとなんと、む、無念！」と悔しがられる。「つまりは源氏の者ども一人一人の、か、かか、髪の毛をこちらが一本ずつ分けて取ったとしても我が軍勢には及ばなかった、そうした次第か！　し、次第であったか！　そのような小勢ならば包囲して討てたであろうに、そそ、それもせず、慌《あわ》てて船に乗って内裏を焼かれてしまったのだとは心外。遺憾千万これ極まりない。能登殿《のとどの》、能登殿はおられぬか！」

能登《のと》の守教経《かみのりつね》が呼ばれる。

平家でも一、二を争う武将が呼ばれる。

入道相国清盛《しょうこくきよもり》公の甥御《おいご》が。甥御の武将が。

しかもこの武将も、若い。この男は若い。

たとえば、この瞬間に陸《おか》にいるもう一人の男、あの源氏の御曹司《おんぞうし》とほぼ同じように。齢《よわい》がまるっきり異ならないように――男。

「能登殿」と宗盛公が乞《こ》われる。「陸へ上がって、ひと合戦せられよ」

「承知いたしました」

男は、答え、越中《えっちゅう》の次郎兵衛盛嗣《じろうびょうえもりつぎ》を伴って小船に乗り、焼き払われてしまった大門の前の汀《みぎわ》に陣を取った。

すると、源氏のほうのもう一人の男が、八十余騎で、矢を射るのにちょうどよい距離に押し寄せて、待機した。

九郎大夫の判官の軍勢が、揃《そろ》って。

しかし男と男が対峙《たいじ》しても、じかに交わろうとするのは、未《いま》だ。まずは麾下《きか》の者と麾下の者、そして矢よりも刃《やいば》よりも組むよりも、まずもっては言葉。言葉の戦《いく》さがある。

能登の守教経が乗られた一艘《そう》の前面に、船屋形《ふなやかた》より出《い》でて、越中の次郎兵衛盛嗣が現われ、そして大音声をあげて言う。

「さてさて源氏の皆々様よう、名乗られたのは聞き申したが、海上に遥《はる》か隔たって、その通称も本名もどちらもともに、はっきり耳には届きませんでしたぞう。今日の源氏の大将軍はさて、はてさて、はあてさて、どういうお方でいらっしゃるかあ」

陸上にあって馬を歩ませて進み出たのは、伊勢三郎義盛。これが、やはり大音声で、答える。

「言うのも愚かしいことだが、ああ、これぞ、これぞう、清和《せいわ》天皇十代のご子孫、鎌倉の前《さき》の兵衛《ひょうえ》の佐殿《すけどの》のおん弟、九郎大夫の判官殿で、あられるう！」

すると、盛嗣が応《こた》える。

「そういえば、そういえばあ！　先年、平治《へいじ》の合戦に父が討たれて孤児となりい、次いで鞍馬《くらま》山《やま》の稚児《ちご》となりい、のちには黄金《こがね》の商人のお供となって食糧を背負い持ちい、奥州のほうへ零落《おちぶ》れて下《くだ》ったといわれているう、つまりはあの小冠者《こかんじゃ》のことかあ！」

すると、義盛が応える。

「舌《べろ》が柔らかな輩《やから》はいい気になってあれこれ申すことよ、ことよなあ！　我が主君の雑言《ぞうごん》をそのように、べらべらとあれこれとう。やめい、やめいい！　そういうお前こそはあ、先々年に砥《と》浪山《なみやま》の合戦で追い落とされて後《のち》は命からがら北陸道をうろついて乞食《こつじき》しつつう、しつつう、京都へ逃げ上《のぼ》った者であろうとお見受けしたがあ、どうだあ！」

すると、盛嗣が重ねて海上から大声で弁じる。

「主君のご恩恵をば存分に堪能している我が身があ、この我が身があ、なんの不足があって乞食などしようぞう！　そういうお前こそは、伊《い》勢《せ》の国の鈴鹿《すずか》山《やま》にて山賊をして妻子を養ってえ、自身も世過《よす》ぎをしていたと聞いたあ、聞いたわあ、違うかあ！」

　ここに金子十郎家忠が、判官の軍勢側から加わる。

「ええい殿方よ、役にも立たぬ悪口《あっこう》ばかりを！　おのおの方《がた》あ、無理にでたらめをこじつけてだあ、雑言をするという諍《いさか》いであってはあ、優劣などつきかねるわあ。かねるう、かねるわあ。そもそも去年の春う、一《いち》の谷《たに》のあの合戦にてだあ、武蔵と相模《さがみ》の若武者たちの腕前のほどは見たであろう、あろうによおお！」

　こう言い立てるが、その言葉も終わらないうちに、十郎家忠の傍《かたわ》らにいた弟の与一親範が長さ十二束二伏《そくふたつぶせ》の矢を引き絞り、ひゅっ、と射放ち、盛嗣の鎧の胸板を射た。矢は貫通した、鎧の裏まで。しかし盛嗣の体には刺さっていない。

　この一矢《いっし》をもち、舌戦は熄《や》んだ。

　熄めば、男が出る。

　男を討とうと男が出る。前面に。

　男だ。

　能登の守教経は「船戦《ふないくさ》にはそれ用の身支度《みじたく》が要るものだ」と言い、鎧直垂は着ず、唐巻染《からまきぞめ》の小袖《こそで》に唐綾威《からあやおどし》の鎧を着、その外装厳《いか》めしい太刀を佩き、鷹護田鳥尾《たかうすびょう》の矢を二十四本さした箙《えびら》を負い、滋籐《しげどう》の弓を持たれた。そのお姿、両膝を出していて浅海にも踏み込める。そもそも京都でも随一の射手、剛力《ごうりき》のまさに強弓《つよゆみ》引きであられたから、その矢面にまわった者はただ一人として射通されないということがない。能登の守はとりわけ九郎大夫の判官を射落とそうと狙われる。船上から、陸上の男を。その男がその男を。しかし源氏のほうでも心得て、奥州の佐藤三郎兵衛嗣信、その弟の四郎兵衛忠信、伊勢三郎義盛、源八広綱《げんぱちひろつな》、江田の源三、熊井太郎、武蔵房弁慶などという一《いち》人当千《にんとうぜん》の兵《つわもの》たちが我も我もと馬の頭を並べて、大将軍の矢面に立ち塞がる。九郎大夫の判官の、おん前に。船上の男は言う、「俺の矢の飛ぶ正面の——雑兵《ぞうひょう》ども！」と男は、平家一の猛将は言われる。「そこを、退《の》かれよ！」

矢をつがえ、引かれる。

つがえ、引かれる。

速やかに——その速射。びゅうびゅう風が鳴る。即座に鎧武者十余騎ばかりが射落とされる。馬上から潮干潟へ。浅海へ。

なかでも真っ先に進んだ奥州の佐藤三郎兵衛が左の肩から右の脇へつっと射貫《いぬ》かれ、堪《こら》えようもなしに、その場で、逆《さか》さまに馬から落ちる、どっと。すると、誰かが駆ける。それも船上から、飛び、ばっ、ばしゃばしゃと飛沫《しぶき》をあげながら、走る。能登殿の童《わらわ》の菊王丸《きくおうまる》という者だった。萌黄威《もえぎおどし》の腹巻を着け、三枚兜《さんまいかぶと》の緒を締めていた。この、大力で知られる剛の者が白柄《しらえ》の長刀《なぎなた》の鞘《さや》を、走りながら外し、三郎兵衛に躍《おど》りかかる。その首を、取る、と。しかし取らせまいと念じる弟がいる。佐藤四郎兵衛が、させるか！　と弓を引き絞って射る。びゅんと飛ぶ。菊王丸は腹巻の合わせ目のところを射貫かれる。後ろに、つっと。四《よ》つん這《ば》いに倒れる。

能登殿がこれを見、刹那に船上から飛び下り、駆け、水飛沫をあげ、四つん這いに伏せた童のもとへ着き、抱《かか》え、それも左の手に弓を持ちながら、右手に射られた菊王丸をひっさげ、やや退《の》き、それから船へ、からりと投げ上げられた。次いで自らも船上へ。戻られる。この迅速《じんそく》さ。この迅速な船戦《ふないくさ》さ。しかし。

菊王丸は、源氏の軍兵《ぐんぴょう》に首を取られてはいない。が、受けたのは致命傷で、死ぬ。

菊王丸は、もともとは能登殿の兄であられる越前《えちぜん》の三位通盛卿《さんみみちもりきょう》の童だった。それが、三位通盛卿が昨年一の谷で討たれて後《のち》より能登殿に使われていた。

菊王丸は当年十八歳だった。

この童が討たれて、能登殿はあまりにも悲しまれる。

合戦を、そこで中断される。

これに相通ずる情景が陸上にもある。船上のみならず、陸《おか》の上にも。判官が、自分の身に代わって射られた佐藤三郎兵衛を陣の後方へと担ぎ入れさせ、馬から下り、手をつかんで「三郎兵衛よ、三郎兵衛よ！」と言われる。

言われている。

「三郎兵衛よ、どうなのだ、気分は――意識は――」

「今はこれまでと存じます」苦しい息の下から、答えが返る。

「思い残すことはないか、ないのか」

「何の思い残しがございましょうか。ただ、君《きみ》が――我が主《あるじ》の九郎様がじきに世に出て栄達されますのを見申しあげずに死にますこと、そればかりは――心残りです。そのほかには何もございません。敵の矢に当たって死ぬことは、武士としてもとより覚悟の上。ただ、ただ、申し添えたいと思いますのは、私のことが末代までの物語にされれば――。『源平のご合戦に、奥州の佐藤三郎兵衛嗣信とか申した者が、讃岐《さぬき》の国の屋島の磯で、主君のお命に代わって討たれた』と、こう物語にされれば――それは――ああ、現世での名誉。また、冥途《めいど》の、冥途における、思い、――思い出」

言いながらもみるみる衰弱した。

判官は涙をはらはらと流した。

「この辺に尊い僧は」とおっしゃられた。「おわさぬのか。者ども、捜せ！」

尋ね出させた。

そして、現われた僧に向かって申されるのだった。「手負いの者が今、今ここに息をひきとる。一日経《いちにちぎょう》をお願いするぞ。弔いをお願いするのだ」と頼み、さらに逞《たくま》しく肥《ふと》った黒い馬に金覆輪《きんぶくりん》の鞍《くら》を置いて、これを布施として僧に与えられたのだった。無名の馬ではない。この馬は判官が五位の尉になられたときに、五位の通称はたいふともたゆうとも読む「大夫」であるからと、これもまた五位にして大夫黒《たゆうぐろ》と名づけられた一頭だった。しかも、例の一の谷の鵯越《ひよどりごえ》もこの馬で落とされている。

その馬をこそ、布施にした。

弟の四郎兵衛は泣いた。

この場に臨んだ武士たちは全員が泣いた。

「この君、九郎様というこの主君のおん為《ため》に命を失うことは、まったく露《つゆ》や塵《ちり》ほども惜しくはないわ」

全員が言った。

そして、佐藤三郎兵衛嗣信がその遺言として望んだ「佐藤三郎兵衛嗣信の物語」は、たしかにここにある。ここに一篇の物語にされて、遺《のこ》る。

那須与一《なすのよいち》――揺れる扇が

さて阿波《あわ》と讃岐《さぬき》には以前、平家に叛《そむ》いて挙兵した者たちの残党がいた。これらは源氏軍の進攻を今か今かと待っていた。そうした武士たちが潜《ひそ》んでいた山中や洞窟から続々、たとえば十四、五騎、たとえば二十騎と連れ立ってやってきた。判官《ほうがん》のその勢はじき三百余騎となった。とはいえ「今日はもう日が暮れてしまう。決戦は無理だ」

というわけで、引き揚げはじめた。

そのときだった。

沖のほうから立派に飾り立てた小船が一艘《そう》、汀《みぎわ》をめざして、来る。

漕《こ》ぎ寄せる。

と、磯《いそ》へ七、八段《たん》ほどの距離となったところで、船の向きを横にする。

「あれは、なんだ」源氏の軍兵《ぐんぴょう》たちは訝《いぶか》る。

目を離さないでいると、船屋形《ふなやかた》から年のころ十八、九の女房が現われる。柳の五衣《いつつぎぬ》に紅《くれない》の袴《はかま》を着て、優美なことこの上ない。紅《くれない》の地に金箔《きんぱく》でもって日輪《にちりん》を描いた扇を持っている。いや、扇は竿《さお》の先についていて、その竿を持っている。その竿を船乗りたちが足場とする船の縁板《へりいた》に立てる。それから、陸に――源氏の武士たちに――向かって手招きをする。

判官は後藤兵衛実基《ごとうびょうえさねもと》を呼んだ。

「後藤兵衛よ、あれはいったい何が言いたいのであろうか」

「射よ、ということでございましょう。あの扇を」と、さきほど屋島《やしま》の内裏《だいり》を焼き払った古兵《ふるつわもの》の実基は答える。「ただし大将軍が矢面に進み出て、あの美しい女をご覧になれば、弓の名手に狙わせて射殺《いころ》してしまおうとの計略でもあろうと思われます。ま、そうでありましても、それはそれとして、やはり扇は射させられるのがよいと存じます」

「なるほどな。それで、味方にあれを射落とせる者は誰かいるか。お前はいると思うか」

「上手な者は幾らでも。そのうちでは特に下野《しもつけ》の国の住人の那須太郎資高《なすのたろうすけたか》の子、与一《よいち》宗高《むねたか》の名を挙げられるかと。この者は小柄ではありますけれども、技には優《すぐ》れております」

「何をもってそれを証すのだ」

「たとえば」と後藤兵衛実基は判官のご下問に答える。「空を飛んでいる鳥を射る技を競いあいますと、三羽に二羽は射落とします。必ず」

「なんとも強力な証《あか》しだな。ではその者、呼べ」

判官はおっしゃり、与一宗高を呼ばれる。

与一は当時二十《はたち》ばかりの男で、褐《かち》に赤地の錦《にしき》で衽《おくみ》や袖口《そでぐち》の端《はし》を飾った直垂《ひたたれ》に、萌黄《もえぎ》威《おどし》の鎧《よろい》を着て、鞘《さや》の金具が銀作りとなっている太刀《たち》を佩《は》いていた。この日の戦《いく》さに少々射残した切斑《きりふ》の矢を、その先端が自分の頭より高く差し出るように背負っていた。そこには薄い切斑に鷹《たか》の羽を混ぜて作ったぬた目の鏑矢《かぶらや》を差し添えていた。滋籐《しげどう》の弓を脇に挟んでいた。兜《かぶと》は脱いで、高紐《たかひも》にかけていた。

与一は、判官の前に畏《かしこ》まった。

「さあ、宗高よ」と判官が与一に言われる。「あの扇の真ん中を射てやってだ、平家の連中にな、いとも面白い見物《けんぶつ》をさせてやれ」

畏まったまま与一が申した。

「射遂げることを『確実に』とは残念ながらお答えできません。もしも私が射損《いそこ》ないましたならば、これは末永い源氏の恥。よって、ここは確かにやりおおせるであろう方にご命じになるのがよろしいかと存じますが」

すると判官の気色《けしき》が変わられた。

判官は、すっと血を上《のぼ》らせられた。

怒《いか》られた。殺気をまとわれて。

「鎌倉を出発して西国《さいごく》へ出向いた者たちはな、宗高よ。俺の——」と言われた。「こ、の義経の命令に叛いてはならぬ。なあ、宗高。少しでも異存なぞのある者はだ、なあ、ただちにここから帰られるがよいわ。戦場《いくさば》を離れてな、鎌、倉へ」

与一は、重ねてご辞退してはまずいことになると思ったのか、前言をひるがえした。

「ご命令でございますれば」と言うのだった。「矢が外れる外れないはわかりませんが、いたしてみます」

御前を下がる。与一は、それから逞《たくま》しく肥えた黒馬に小房《こぶさ》の鞦《しりがい》をかけ、寄生木《やどりぎ》のまろぼやの紋を摺《す》った鞍《くら》を置き、跨《また》がり、進み出た。弓を持ち直し、手綱を繰《く》って、馬を、波打ち際に歩ませた。味方の軍兵どもはその後ろ姿を見送る——ずっと遥《はる》かに見送る——与一の覚悟を感じる。

「あの若者、たしかに仕遂《しと》げると思われます」

軍兵どものその声に、判官も頼もしそうに見ておられる。厳命の主《ぬし》も。

矢を射る距離が少し遠い、と、与一は海中に一段ほど馬を乗り入れる。それでも扇との隔たりは七段ほど、ある。そのように見える。

時は二月十八日の酉《とり》の刻《こく》ごろ。矢を射るには具合のよくない夕暮れ。しかも北風が吹いている。射るには障《さわ》りとなる向かい風が、折りも折り烈《はげ》しく吹きつける。磯に打ち寄せる波も高い。船が、波に揺り上げられる。かと思うと揺り下げられる。漂いながら上下して上下して止《や》まない。竿の先の扇も当然ながら安定せず、揺れ、ひらめいた。

沖には、船をずらりと並べて見物する平家が——。

陸には、馬首をずらりと並べて見守る源氏が——。

海上も陸上も、ともに晴《はれ》の場だといってよい。

与一は目を閉じる。馬上で。

祈る。

「南無《なむ》八幡大菩薩《はちまんだいぼさつ》よ。また我が生国《しょうこく》の神々の、日光《にっこう》の権現《ごんげん》よ。宇都宮《うつのみや》の明神《みょうじん》よ。那須《なす》の湯泉大明神《ゆぜんだいみょうじん》よ。どうぞ、あの扇の真ん中を射当てさせてくださいませ。万一これを射損なうことがあれば、私、那須与一宗高は弓をば圧《へ》し折って自害し、二度と他人《ひと》には顔を合わさぬつもりです。いま一度、生国たる下野《しもつけ》の国に帰らせてやろうとの思《おぼ》し召しでしたら、この矢、外させなさらないでくださいませ」

心中で祈り、目を開く。

見開いた。

風が少し弱まっている。

扇が射やすそうに、ある。

与一は、鏑矢をとって弓につがえ、引き絞る。射る。ひゅう、と。与一は、小柄であるから長さ十二束三伏《そくみつぶせ》の矢を射るだけだが、弓のその弦《つる》の張り具合は強い、鏑矢が浦々の一帯に響きわたるように鳴る、唸《うな》る、長々と鳴って飛び、誤《あやま》たずに扇の要《かなめ》の際《きわ》から一寸ばかりのところを射、ぴっと射切る。しゅっ、ぴっ、ぴっと。

鏑矢が海に落ちる。

扇が空に舞いあがる。

扇は、しばらくは空中でひらめいている。それから春風に一揉《ひと》み二揉《ふた》みと揉まれて、海へ、さっと散る。

夕日の輝いているなかに、一面紅《くれない》の地に金色の日輪を描いた扇が白波の上を漂う。

そして浮いては、沈み、揺られつづける。沖では平家が船端《ふなばた》を叩《たた》いて感歎した。陸では源氏が箙《えびら》を叩いて沸きたった。この晴れがましい場での、見事な、見事な、妙技あるいは神の業《わざ》。

弓流《ゆみながし》――戦《いく》さ再燃

あまりの面白さに、感極まったのか、船の中から年のころ五十ばかりの黒革威《くろかわおどし》の鎧《よろい》を着て白柄《しらえ》の長刀《なぎなた》を持った男が現われ、扇を立ててあったところに歩み出て舞いはじめた。それも厳《おご》そかに、静かに、実に風雅に。このとき伊勢三郎義盛《いせのさぶろうよしもり》が与一《よいち》の後ろへ馬を歩ませて近寄って、言った。

「九郎《くろう》様からのご命令だぞ。あれも射よ」

与一は、今度は鏑矢《かぶらや》の次に箙《えびら》に差した尖《とが》り矢を抜きとって弓につがえ、引き絞り、射る。ひゅう、と。そして舞う男の首の骨を、ぶっ、と。船底へ逆《さか》さまに射倒す。平家方が、しんと静まった。けれども源氏方ではまたもや箙を叩《たた》いて沸きたった。

「おお、射おった！」と言う人がいた。

「これは――なんという殺生《せっしょう》な」と言う者もいた。

そして平家はこれを、もちろん無念至極と思ったのだろう、三人の武者が渚《なぎさ》にあがった。楯《たて》を持って一人、弓を持って一人、長刀を持って一人の計三人が。楯を突き立てて「おう！　おのれら源氏どもよ、来い。勝負せよ！」と呼んだ。

判官《ほうがん》は言われた。

「いざ、強い馬を乗りこなす我らの若者よ、出《い》でよ！　駆け寄って、あれなど蹴散《けち》らしてしまえ。蹴破れ！」

この命《めい》に五人すなわち五騎が応じた。武蔵《むさし》の国の住人の三保谷《みおのや》の四郎、同じく藤七《とうしち》、同じく十郎、上野《こうずけ》の国の住人の丹生《にう》の四郎、信濃《しなの》の国の住人の木曾《きそ》の中次《ちゅうじ》が連れ立って、喊声《かんせい》をあげてただちに突進する。平家は、楯の陰から矢を射る。それも漆塗《うるしぬ》りの矢竹に黒ほろの羽を矧《は》いだ大きな矢を。先頭を進んでいた三保谷の十郎の馬の左の鞅尽《むながいづ》くしが、ひゅう、ぶずっと射られる。矢筈《やはず》が隠れるほど深く射込まれる。馬は屏風《びょうぶ》を倒すようにどっと倒れる。三保谷は倒れる馬に巻き込まれぬよう、右の足を外す、その馬の背越しに足を回して、左側に飛び下りる。すかさず太刀《たち》を抜く。

そこに、楯の陰から、大長刀《おおなぎなた》を持った平家の男が。

その大長刀を振って打ってかかる。

三保谷の十郎は、自分の小太刀ではとても大長刀には張りあえないと判断したのか、姿勢を低くし、逃げる。

大長刀の男は逃《のが》さない。追う。

いかにも長刀で薙《な》ぎそうだが、この戦いを見守る誰もがそう思ったのだが、平家のその男は、大長刀を左の脇に挟んだ。右の手をのばしていた。のばして。三保谷の十郎の兜《かぶと》の錣《しころ》を摑《つか》もうとする。兜の鉢《はち》の下に垂れるそれを。十郎は摑まれまいと逃げる。また摑もうとする。逃げる。平家の武者は、三度摑み損なって、しかし四度めに、むんずと摑む。

三保谷の十郎が堪《こら》える。

堪えているように見える。注視する源平両軍の男たちの目に。

しかし、とうとう兜の鉢付《はちつけ》の板のところから錣をぶっつり引きちぎって、逃げる。ともに突進した他の四騎の源氏の若武者はといえば、先駆けの三保谷のように馬が射殺《いころ》されてしまうのを惜しんで無闇には駆け進まずに見物していた。その、味方の馬の後ろに三保谷の十郎は逃げ込み、はあはあという苦しい息を休める。さすがにそこまでは敵も追いかけてはこない。そしてその敵は、大長刀を杖《つえ》につき、その先に奪った兜の錣を掛け、高く差しあげる。

そうするや、大音声《だいおんじょう》で言った。

「日ごろは噂《うわさ》に聞いてもいただろう。今は、その目で見られよ！　口さがなさでもって知られる都の若い連中、あの京童《きょうわらんべ》たちが評判している上総《かずさ》の悪七兵衛景清《あくしちびょうえかげきよ》とは、まさに我なり！」

名乗った。

そして名乗り捨てて、それ以上は戦わずに退《しりぞ》いた。

平家はこれで気を持ち直した。「悪七兵衛を討たせるな、決して討ちとらせるな！続け、者ども！」と、さらに二百余人が渚にあがる。突き立てた楯を嶋鳥《めんどり》が羽をたたむときと同様に少しずつ重ね並べるという戦法を採り、「おのれら源氏よ、来い、来い！　勝負せよ！」と呼んだ。呼び招いた。

判官はこれを見て言われた。

「小癪《こしゃく》な。この九郎の軍勢を相手に挑発か。ならば！」

陣立てをする。後藤兵衛《ごとうびょうえ》父子と金子《かねこ》兄弟が先鋒《せんぽう》、奥州《おうしゅう》の佐藤四郎兵衛《さとうしろうびょうえ》と伊勢三郎《いせのさぶろう》が左右の両翼、そして後ろに立てたのは田代《たしろ》の冠者《かんじゃ》。この陣形にて、九郎大夫《たゆう》の判官《ほうがん》は八十余騎で喚《おめ》きつつ叫びつつ突撃する。平家の軍兵《ぐんぴょう》どもは馬には乗らず、だいたいが徒歩《かち》の武者であったので、馬に蹴散らされまいと引き退《しりぞ》き、みな船に乗ってしまう。楯は、算木を散らしたようにばらばらに乱れ散る。馬の足にさんざんに踏みつけられる。いっぽうで源氏の軍兵どもは勝った勢いに乗り、馬の太腹《ふとばら》が水に浸《ひた》るほどの深さまで続々と海中に乗り入れて、攻める。さらに攻め戦う。判官もまた深入りして戦っている。船上からは平家の熊手《くまで》がのびる。柄の先に鉄の爪がついたそれが、源氏の騎馬武者の鎧を、兜を、引っかけようとする。捉《つか》まえて落馬させようとする。

判官の兜の鍬にも、からりからりと二度、三度と打ちかける。

それを味方の軍兵どもが太刀や長刀で払いのける。払いのける。

と、どうしたはずみか、判官は弓を熊手に引っかけられる。引き落とされる。海面に。


判官は、うつむきになって鞭《むち》の先でそれを掻《か》きよせ、取ろう取ろうとなさる。

「九郎様、そんなものは！」と軍兵どもは叫ぶ。「お捨てに！　どうか捨てておしまいに！　殿よ！」

しかし判官は、ついに水面《みなも》より拾い取り、笑みをこぼしてお引きあげになる。笑みを。

にこりとしながら。

老武者たちはこれを非難した。「ああ、遺憾なおん事を！」と申した。「たとえ十貫百貫の銭にも値するお弓でありましても、どうして殿のお命に代えなさることがありましょうか」

判官は、しかし、平然とゆるりとおっしゃった。

「この九郎が弓惜しさに拾い取ったのであればまさにお前たちの言うとおりだろうな。しかし、そうではないぞ。義経の弓がたとえば二人がかり三人がかりで弦《つる》を張ったような強弓《つよゆみ》であれば、また、たとえば叔父《おじ》の為朝《ためとも》が扱った五人張りのような類いであれば、私《わたくし》はわざとでも落として敵どもに拾わせたろうな。しかしだ、このように張りの弱い弓を平家に取られでもし、『これぞ源氏の大将九郎義経の、か弱い、ひ弱い弓！』などと嘲《あざけ》られでもしたら、あまりに口惜しいだろうよ。だから命をかけて拾い取ったのだ」

このお言葉に麾下《きか》の一同はみな感じ入った。かえって賞《ほ》めたたえた。

やがて日が暮れた。判官の軍勢は引き退《の》いて、牟礼《むれ》と高松の間の野山に陣を取った。源氏の者たちはこの三日というもの少しも寝ていない。おととい渡辺《わたなべ》と福島を出発した。大波に揺られて、その夜は寝られるはずもなかった。きのう、阿波《あわ》の国の勝浦《かつうら》で戦った。それから夜を徹して中山《なかやま》を越えた。寝《やす》めなかった。きょう、一日じゅう戦いつづけた。みな困憊《こんぱい》し切っていた。ある者は兜を枕にして、ある者は鎧の袖や箙を枕にして、たちまち寝入った。前後不覚に眠り込んだ。みな——。

しかし二人を除《のぞ》いて。

お二人を。

そのお一人、判官は高いところに登って、敵の夜襲に備えて遠くを見張られていた。伊勢三郎は窪《くぼ》みに隠れ、敵が襲ってきたならばまず馬の腹を射ようと待ち構えていた。

この、不寝《ねず》の二人。お二人。

いっぽうで平家の側は、能登《のと》の守教経《かみのりつね》を大将として、五百余騎の軍勢で夜討ちをかけようと準備した。準備はしていた。しかし、越中《えっちゅう》の次郎兵衛盛嗣《じろうびょうえもりつぎ》と海老《え》次郎盛方《みのじろうもりかた》とが「先陣は自分にお任せを」「いや自分だ」と争っていてそのうちに夜は明けてしまった。時間は空《むな》しく費《つい》やされた。もしも夜討ちを決行していたならば、判官の源氏勢はまず滅んだ。このときに夜襲を行なわなかったのはよくよくの運の尽きだった。言わずもがな──平家の。

志度合戦《しどがっせん》──源《みなもとのよしつね》義経、四国を平定

夜が明けると、平家は船に乗って讃岐《さぬき》の国の志度《しど》の浦《うら》に漕《こ》ぎ退《しりぞ》いた。判官《ほうがん》は手勢の三百余騎から馬と人を選び、自ら率いる八十余騎で志度の浦へ追いかけられた。

平家はこれを見て、敵は小勢《こぜい》と判じた。包囲すれば討てる、と断じた。また千余人が渚《なぎさ》にあがった。喊声《かんせい》をあげて攻め戦った。

そうしているうちに屋島《やしま》に残っていた二百余騎の源氏の兵《つわもの》どもが後《おく》れ馳《ば》せに駆けつけた。これを見て平家は、慌《あわ》てた。これはもう、源氏の大軍が続くぞ、続くぞ、と誤認した。何十万騎かあるであろう、我が勢のほうが包囲されてしまっては敵《かな》わぬぞ、と怯《おび》えた。またもや、総勢を見誤らせようとする判官の軍術に嵌《は》まった。急いで船に戻った。また船に乗り込んだ。志度の浦を離れた。志度の浦をも。しかし――どこに逃げればよいのか。潮にひかれ、風に委《まか》せて、船は――平家一門の船々は、落ちる。四国はみな大夫《たゆう》の判官に追い落とされてしまったし、九州にも入れない。そこはすでに平家に叛《はん》する勢力に押さえられている。その様《さま》はまるで、死後に未《いま》だ来世の行きどころというのが定まらず、中有《ちゅうう》に惑っている人の霊魂にも同じだった。

惑い、迷い、いずこにも行けない。

ただ波に揺られる。

波に。

海面がある。

水、水、水、水。

鹹《しおから》い、水。それだけが供に――。

そして、あの問い、「水は夢を見ますか」とのいつかの問いかけに答えるならば、否。水はまだ夢を見ない。今は、今はまだ。

さて判官は合戦の後《のち》、その志度の浦で馬から下り、討ちとった首の実検をし、部下の軍功を定められていた。このときに伊勢三郎義盛《いせのさぶろうよしもり》を呼び、言われた。

「いいか、義経《よしつね》はこう聞いているぞ。阿波《あわ》の民部《みんぶ》重能《しげよし》の嫡子《ちゃくし》の田内左衛門《でんないざえもん》教能《のりよし》は、河野四郎《かわののしろう》通信《みちのぶ》が平家の召集に応じぬのを攻めようと三千余騎で伊予《いよ》の国へ出向いた、と。しかし河野を討ち漏《も》らし、家の子郎等《ろうどう》百五十人の首を斬って昨日内裏《だいり》に献上した、と」判官は眼前のさまざまな首を検《あらた》められながら、ご覧なさりながら、言われる。「そして三千余騎は今日こちらへ到着する、と。以上のように聞いている。そこでだ、義盛、お前は行け。出向いて行け。お前が、田内左衛門を言いくるめて、この義経の前に連れてこい」

伊勢三郎義盛は、畏《かしこ》まる。

畏まってうけたまわる。

白旗を一流《ひとなが》れ頂戴し、背中に挿《さ》し、すぐ、その軍勢わずか十六騎をみな白帷子《しろかたびら》や白《しろ》小袖《こそで》などの白装束にして馳せ向かう。穢《けが》れなき白の装束、まさに丸腰の白、白、白、白で。

十六騎は駆け、駆け、そして義盛は教能に行き会う。十六騎が掲げるのは白旗、三千余騎が掲げるのは赤旗、その紅白の旗印《はたじるし》が二町ばかりを隔てて向かいあい、停《とど》まる。

伊勢三郎義盛は使者を送る——進まずに停滞した赤旗側に。

「これは源氏の大将軍たる九郎大夫の判官殿の家臣、伊勢三郎義盛と申す者です。そちらの大将に申さなければならないことがあってここまで出向いて来ました。格別の戦《いく》さのために来たのではありませんから、鎧兜《よろいかぶと》も身につけず、従者たちにも弓矢を持たせたりなどしておりません。あいだを開け、お通しください」

三千余騎の軍兵《ぐんぴょう》どもは、中を開けて義盛の勢十六騎を通した。

通した——義盛は教能と馬を並べる。

義盛は言う。

「すでにお聞き及びになっているかもしれませんが、鎌倉の前《さき》の兵衛《ひょうえ》の佐殿《すけどの》のおん弟、九郎判官殿は院宣《いんぜん》をいただいて西国《さいごく》へ下《くだ》られました。一昨日には阿波の国の勝浦《かつうら》にて、あなたの叔父《おじ》の桜間《さくらば》の介《すけ》がお討たれになりました。昨日は屋島に攻め寄せて御所と内裏《だいり》をすべて焼き払い、大臣殿父子を生け捕りにし、能登《のと》殿は自害なさいました。そのほかの公達《きんだち》は、あるいは討ち死にし、あるいは海へ身を投げられました。生き残ったわずかの軍勢も、今朝、志度の浦で全滅いたしました。あなたの父、阿波の民部殿は自ら降参を申し出て生け捕りの身になられました。その身柄を義盛がお預かり申しているのですが、『ああ、痛ましいことよ、田内左衛門は』とあなたのことに言い及ばれるのです。『わが子田内左衛門は、こうした戦況とは夢にも知らず、明日は戦《いく》さをして討たれてしまうのだろう。痛ましい、痛ましい！』とひと晩中ずっと歎《なげ》かれるのです。その様《さま》、あまりにお気の毒。ですから義盛はそのことをお知らせ申しあげようと、ここまで出向いて参りました。して、お知らせはいたしました。あとはあなたのお考え次第です。戦って討ち死にするもよし、降服して父上にいま一度お会いになるのもよし」

相当に虚偽を交えて、しかし形勢にはなかなか忠実に、伊勢三郎義盛は言った。いわば達人の嘘《うそ》を吐《つ》いた。

田内左衛門教能は世間に名の通った武士だったが、その運も尽きたのか「すでに聞き及んでいたことと寸分も違《たが》わぬ」と言い、兜を脱いで弓の弦《つる》を外した。戦意、なし、を示した。大将がこのようにしたので、麾下の軍兵もこれに倣《なら》った。

三千余騎がみな、兜を脱ぎ、弓の弦を外した。

我ら全員、源氏に対して、戦意、なし。

降伏し、義盛のわずか十六騎に連れられて、おめおめと志度の浦に参った。判官の御前《ごぜん》に。

判官はおおいに感じ入られた。

「やはり義盛、その策謀の力量に関してはほとんどこの世に無双。すばらしいぞ、義盛よ」

そして、田内左衛門のことはそのまま、一切の武具を取りあげられて伊勢三郎に預けられた。併《あわ》せて、お尋ねになった。

「で、田内左衛門のあの軍勢は、どうする。どうしようか」

「こうした片田舎《かたいなか》の武者たちというのは、誰を主《あるじ》と定めているわけではございません。すなわち平氏でもよし、源氏でもよし。ただ天下の乱を鎮めて国を統治する人をば主君と仰ぎ、仕えましょう」

「なるほど。そうに違いないな」

判官はおっしゃり、三千余騎を残らずご自身の軍勢に編入なさった。

同月二十二日の朝、辰《たつ》の刻《こく》、屋島の磯《いそ》に源氏の船団が到着した。摂津《せっつ》の国渡辺《わたなべ》の湊《みなと》に残りとどまっていた二百余艘《そう》だった。それが梶原平三景時《かじわらへいぞうかげとき》を先頭に、判官に四、五日も遅れて着いた。人々は「四国はすべて九郎大夫の判官に攻め落とされたのだから、今ごろ着いて、いったい何にまにあうというのか。さながら法会《ほうえ》に届かなかった花も同様、端午《たんご》の節句《せっく》の五月五日に一日遅れて持ってこられた六日の菖蒲《しょうぶ》も同様。あとは、あれだ、喧嘩《けんか》が終わってから『はいよ』とさしだされた棒だな」と笑った。梶原は面目《めんぼく》をまるまる潰した。

これは判官が都をご出発になって後のことだが、住吉《すみよし》神社の神主《かんぬし》の津守長盛《つもりのながもり》が院の御所に参り、大蔵卿《おおくらきょう》の高階泰経朝臣《たかしなのやすつねあそん》を通じて次のように奏上するということがあった。

「去る十六日の丑《うし》の刻に、当社第三の神殿から鏑矢《かぶらや》の音がしまして、鳴り響きながら西を指して飛び去りました」

後白河《ごしらかわ》法皇はたいそうご感動なさった。この長盛に託して、御剣《ぎょけん》以下のさまざまな神宝を住吉大明神に奉納された。

その昔、神功皇后《じんぐうこうごう》が新羅《しらぎ》を攻められたときに、ご先鋒《せんぽう》として伊勢大神宮《いせだいじんぐう》から二柱の神がさし添えられた。この二柱の神はお船の艫《とも》と舳先《へさき》に立ち、やすやす新羅を攻め従えさせられた。日本にお戻りになると、一柱の神は摂津の国の住吉の郡《こおり》におとどまりになった。これぞ、住吉の大明神である。いま一柱の神は信濃《しなの》の国の諏訪《すわ》の郡に鎮座なさった。これぞ諏訪の大明神である。

昔の新羅征伐のことをお忘れにならず、今も朝廷の怨敵を滅ぼしたもうのか——。

そのように君《きみ》も臣《しん》も頼もしく思われた。

都では、こうだった。

鶏合《とりあわせ》　壇浦合戦《だんのうらかっせん》——海上に両氏が

さて西国《さいごく》では九郎大夫《くろうたゆう》の判官義経《ほうがんよしつね》が周防《すおう》の地におし渡った。兄の三河《みかわ》の守範頼《かみのりより》の軍勢と合流した。

平家は長門《ながと》の国の引島《ひくしま》に到着した。海を漂い、流され、船中での暮らしを強《し》いられつづけた果てに。船端《ふなべり》の向こうには一面の水ばかりを、見て、見下ろして、供とし、さすらいつづけた先に。

その引島に。

島の名前を——地名を侮《あなど》ってはならない。なにしろ源氏は阿波《あわ》の国の勝浦《かつうら》に着いて、そして勝っている。かつ浦。屋島《やしま》のあの合戦に勝利している。そして今度、平家が引島に着くと伝わったら、源氏が同じ長門の国の追津《おいつ》に着いた。追津という島に。引く、追う——この不思議さ。

何も侮ってはならない。

鶏《とり》をも。

鶏は、熊野《くまの》の別当湛増《べっとうたんぞう》に与《あずか》る。つごう十四羽の鶏が、平家に深い恩恵を受けていた湛増に。湛増は、情勢の移り変わりというものを見ていた。湛増は、平家につくべきか、それとも源氏の側に荷担すべきか、迷っていた。そこでまず田辺《たなべ》の新熊野《いまくまの》の社《やしろ》でお神楽《かぐら》を奏し、権現に祈誓した。白旗につけとのご託宣があった。この熊野権現のお告げを、湛増は、しかしなお疑った。そして鶏だった。湛増は、白い鶏を七羽と赤い鶏を七羽でもって、権現のおん前で勝負をさせた。

赤い鶏は一羽も勝たなかった。

みな負けて逃げてしまった。

ならば、白——。いよいよ湛増は、源氏につこうと心を決めた。

湛増は、一門の者どもを召集して、つごう二千余人の軍勢となり、二百余艘《そう》の船を連ね、乗り込んだ。

船には、若王子《にゃくおうじ》のご神体をお乗せ申している。旗の上の横木には、金剛童子《こんごうどうじ》をお書き申しあげている。そうした船団が、長門の国の壇《だん》の浦《うら》へ進む、進む。

壇の浦へ、来る。

これを見て源氏も平氏もともに礼拝した。しかし、両氏が伏し拝んだにもかかわらず、船団は源氏の側についた。湛増のそれは。平家は、じつに落胆した。それだけではなかった。ほかに、伊与《いよ》の国の住人の河野四郎通信《かわののしろうみちのぶ》が百五十艘の軍船を連ねて壇の浦方面に漕《こ》ぎ寄せてきて、そして——案に違《たが》わず源氏と合流した。たまったものではない。いっぽうで判官は、熊野の別当湛増の船団も、河野四郎の船団もと続々味方となり、頼もしい限りだった。力強いと思われるばかりだった。

数でいえば、源氏の船は三千余艘。

平家の船は千余艘で、大型の唐船《からぶね》が少々まじる。

源氏の勢が増し、それにつれ、平家の勢が減る。

しかし、それでも合戦はある。それだからこそ合戦が迫る。源平両軍の矢合わせは元暦《げんりゃく》二年三月二十四日の早朝、卯《う》の刻《こく》と定められる。場所は、豊前《ぶぜん》の国の門司《もじ》とその対岸、赤間《あかま》の関。

まさにその日、判官と梶原《かじわら》とがあわや同士討ちという一件が出来《しゅったい》した。

判官も、梶原も、合戦を望み、そこでの名誉を欲する男であったから、出来した。男と、男であり、それに従っている者も血を分けている者も同輩である者も、男、男、男、男、男であったから、起きた。

男が争うべきものを巡り、争った。

梶原が言ったのだ。そして判官が、拒んだ。それを欲望してよいのはお前ではない、と。

「今日の先陣、この景時《かげとき》にお与えください」と梶原平三《へいぞう》景時は申した。

「そうだな。もしも義経がいなければな」と九郎大夫の判官義経はお答えになった。

「しかし、義経は、見てのとおりだぞ。梶原殿の目の前に、ほれ、いるな」

「ですが、よろしくないことですよ」と梶原は反駁《はんばく》した。「あなたは全軍を指揮なさる大将軍でいらっしゃるのですから」

「私《わたくし》が大将軍だとは、これはこれは、そうした言い分はとんでもないぞ。だとしたら——」と判官は間《ま》を置かれる。「わが兄上、鎌倉の前《さき》の兵衛《ひょうえ》の佐殿《すけどの》は大将軍ではあられぬ、と、梶原殿はそう告げられるわけだ。なあ、義経もまた上からのご命令でもってここにあって、陣頭の指揮を執《と》っているまでだ。これは、ただただあなた方と同じことではないかな」

梶原は判官のこのひと言にて、もはや先陣を所望しかねると悟った。

「生まれつきこの殿は、武士の主《あるじ》にはなれない人よ」とつぶやいた。

　はっきりとつぶやいた。

　聞き漏《も》らせはしない。できるはずもない。

「この――日本一の大馬鹿者め！」ただちに判官は太刀《たち》の柄《つか》に手をかけられた。

「鎌倉の頼朝《よりとも》殿のほかに、俺に主君はないぞ！」梶原は吠《ほ》え、これも太刀の柄に手をかけた。

　すると梶原の血を分けた男たち、嫡子《ちゃくし》の源太景季《げんたかげすえ》と次男の平次景高《へいじかげたか》、そして同じく息子の三郎景家《さぶろうかげいえ》が父親のもとに参集した。ぱっと固まった。

　同時に判官の顔色を見たてまつって、奥州《おうしゅう》の佐藤四郎兵衛忠信《さとうしろうびょうえただのぶ》が、伊勢三郎義盛《いせのさぶろうよしもり》が、源八広綱《げんぱちひろつな》が、江田《えだ》の源三《げんぞう》が、熊井太郎《くまいたろう》が、武蔵房弁慶《むさしぼうべんけい》が梶原一族を取り囲んだ。判官の股肱《ここう》の臣《しん》であるまさに一人当千《いちにんとうぜん》の男たちが。

　俺が討つ、と進み出た。

　俺が、俺が俺が、と。

　しかし判官には三浦《みうら》の介義澄《すけよしずみ》がとりつき申した。梶原には土肥次郎《といのじろう》がしがみつき、抑えた。この二人が必死に懇願した。

「なりませぬ！　なりませぬ！　源平両氏のこれほどの重大事を目前にしながら同士討ちとあっては、単に平家を力づかせるだけ！　また、もしも鎌倉の頼朝様のお耳にそうしたことが入りましたら、ただでは済みませぬよ！」

判官は、ぬ、と怒りを鎮められた。

梶原も手を引いた。

ただし、付言しておけば、この一件があってから梶原は判官を憎みはじめた。そして終《しま》いには讒言《ざんげん》して判官を失脚させるに至る。お命まで失わせることになったのだ、と言われている。

しかしながら、それは後日譚《ごじつたん》。

今日は今日であり、その今日こそは源平の矢合わせ。

矢合わせすれば、鏑矢《かぶらや》は鳴る。双方の陣から射られて、飛んで。

鳴る。唸った――空中で。

この時点で源平両軍のその陣と陣の間は海上三十余町を隔てていた。視点を変えれば、わずかに三十余町しか隔てていない。そして戦場《いくさば》となった海は尋常な海ではなかった。逆巻いて流れ落ちる潮《しお》があるのが、門司、赤間、壇の浦という海峡だった。そこにて外海《そとうみ》と内海《うちうみ》とが細く細く繋《つな》がり、そのために潮流は奔《はし》る。今、源氏の船は潮流に逆らっていた。漕ぎ進めるのだが、不本意にも押し返される。平家のほうは流れに乗った。潮が平家の船を押し進めた。沖は潮が速いことを梶原平三景時は見てとった。そこで岸辺にあえて寄り、敵の船が行き違うのをあえて待ち、それから熊手《くまで》の出番とした。すれ違いざま、熊手を打ちかけ、相手の船を曳《ひ》き、親子主従十四、五人で乗り移り、太刀や長刀《なぎなた》を抜いて艫《とも》に舳先《へさき》にと薙《な》いでまわる。さんざんに斬ってまわる。相当数の分捕《ぶんど》り首《くび》を挙げて、その日の殊勲第一の者として功名帳の筆頭に記された。

しかしながら、それも戦《いく》さが終わってからの後日談。

今は今であり、両軍の陣の隔たりはちぢみ、いよいよ向かい合わせの陣の様《さま》は明瞭となって、互いにいっせいに鬨《とき》の声をあげる。響く。轟いた――上にも下にも。上《かみ》は、梵天《ぼんてん》までも聞こえ、下《しも》は、海中深くの竜神も驚くであろうと思われた。このとき、平家方の陣では一人の武将が大音声《だいおんじょう》をあげた。檄《げき》を飛ばした、男が。船の屋形に立ち出《い》でたのは新中納言知盛卿《とももりきょう》で、このように自軍の兵《つわもの》どもを鼓舞された。

「戦いは今日が最後となる。これが最後だ、者ども。少しも退《しりぞ》く心を持つな。たとえば天竺《てんじく》や震旦《しんたん》のまたとない名将も、運命が尽きればそれまで。たとえば日本《にっぽん》わが国に並ぶ者なき勇士も、運命が尽きればどうしようもない。しかし、なんといっても名は惜しいぞ。者どもよ、その名を汚すな。東国《とうごく》の連中に弱気を見せるな。命を捨てるべきは今。今！　惜しんでいて将来に役立てられるものではないのだ、わかるな、お前たちのその命は！　知盛が願うところは以上である」

直後に、知盛卿の御前に控えた飛騨《ひだ》の三郎左衛門景経《さぶろうざえもんかげつね》が叫んだ。

「このお言葉、うけたまわれ――侍ども！」

哮《たけ》りながら命じた。

それから上総《かずさ》の悪七兵衛《あくしちびょうえ》が御前に進み出て、申した。

「坂東武者《ばんどうむしゃ》は馬の上でこそ大口を叩《たた》きますが、はてさて、船戦《ふないくさ》はいつ訓練したやら。しているはずがございませんぞ。要するに魚が木に登ったようなもの。一尾一尾とっ捕まえまして、海に漬けてやりましょう」

また、越中《えっちゅう》の次郎兵衛《じろうびょうえ》も申した。

「どうせ組むのならば、あちらの大将軍の源九郎《げんくろう》めとお組みなされよ。九郎は色白で、背《せい》は低く、それから出っ歯でよく目立つということですから『おう、こいつか』と識別できましょう。ただし直垂《ひたたれ》と鎧《よろい》をよく着替えるようで、いつもの毛付《けづ》けは――鎧の縅毛《おどしげ》などによっての判別は無理。そこはご留意を」

「小冠者《こかんじゃ》め」と上総の悪七兵衛が罵《ののし》った。「いかに気だけは強くても、たいしたことはあるまい。もし俺が見つけたら、片脇に挟んで海に投げ入れてやるわ。海に、どっぷりと漬けてな」

知盛卿という男の大音声の檄は、侍大将の格にある他の平家方の男たちにこのように火をつけた。男たちに、むろん多数の軍兵《ぐんぴょう》にも。軍兵――男、男、男、男、男たちに。

しかも知盛卿はいろいろと見通された。

男たちの応答と物腰とから、この男こそは見通された。知らせなければと、檄そのものの下知《げじ》を終えて後《のち》、大臣殿の御前に参った。兄にして一門の総帥、前《さき》の内大臣宗盛《むねもり》公のところに。

そして進言された。

「今日は味方の侍ども、その士気は実に盛んに見えております。ただし、阿波《あわ》の民部《みんぶ》重能《しげよし》、あの者はどうも様子がおかしい。心変わりしたと思われます。知盛としては首を刎《は》ねたいものです」

「く、首。なんと首をか」と大臣殿は眉をひそめられた。「はっきりとした証拠もないのに、裏切り者と断じて首を斬るなど、どうしてできよう。あれはな、知盛よ、当家にずっと忠実に仕えてきた者ではないか。ずっとだ。そうであろう。まあ、いずれにしてもここに呼ぼう。重能参れ」

阿波の民部重能は、召されて、木蘭地《むくらんじ》の直垂に洗革《あらいがわ》で緘《おど》した鎧《よろい》という装いでもって大臣殿の御前に畏《かしこ》まった。

子息の田内左衛門《でんないざえもん》教能《のりよし》をすでに源氏に生け捕りにされている重能は、そうした事情を知らない平家の棟梁《とうりょう》の御前で、畏まった。

重能の顔色は蒼《あお》かった。

「どうしたのだ重能」と大臣殿は問われた。「もしやお前は心変わりしたのか。もし、もしや。答えてみよ。ぬ。さあ、む。うむ、答えぬな。そうか、心変わりはしておらんか。しかし今日に限っては元気がないようだぞ。頼むから重能、配下の四国の者どもに立派に戦うように命じよ。なあ重能、ちょっと気が臆《おく》したというわけだな」

「怯《ひる》んでなど。まさか、そのようなことは。殿」と重能は言った。

まさかと言い、重能は退出した。

新中納言知盛卿は、重能が兄の大臣殿の御前に控えているその間、斬りたい、斬りたいと心中に思われた。「ああ、こやつの頭《こうべ》、斬り落としてやりたい！」と。太刀の柄を砕けんばかりに握られた。大臣殿のほうにしきりに目を向けられた。しかし、お許しがない。ない。致し方ない。

知盛卿はお斬りになれず、阿波の民部はその首、刎ねられない。

そして緒戦。平家はその勢千余艘を三つの船団に分けていた。山鹿《やまが》の兵藤次秀遠《ひょうどうじひでとお》が五百余艘で先陣として漕ぎ向かっていた。松浦《まつら》党が三百余艘で第二陣に続いていた。平家の公達《きんだち》は第三陣、二百余艘でこれら筑前《ちくぜん》の国や肥前《びぜん》の国の軍勢に続かれた。兵藤次秀遠は九州第一の精兵《せいびょう》、すなわち弓勢《ゆんぜい》の強さを誇っていた。その引き絞る強さを、射当てる力量を誇負していた。かつ秀遠は、おのれには及ばないけれども普通に強弓《つよゆみ》と呼ばれる武士を五百人選んで、船々の艫に、舳先にと立ち並ばせた。列をなして横一列に。そうして五百の矢をいっせいに射放った。降る、降る、矢が降る、一度に降る！　源氏は何をしているのか。源氏は三千余艘の船なので、軍兵の数もさぞかし多いと思われた、が、あちこちから射る。ばらばらに射放っている。強弓の者がどこにいるのかがわからない。精兵の男はどこに。男はどこに。

その男に関してならば、真っ先にいるのだ、と答えられる。大将軍の九郎大夫の判官の船団はまさに先陣、真っ先駆けて戦っている。しかしそこに、五百の矢が、降る、降る、一度に降る。それから二度。これで一千の矢。それから三度。これで一千五百の矢。楯《たて》も鎧《こら》も堪え切れず、その降る、降る、降るに勢を崩された。はっきりと勢いを挫《くじ》かれて、その様《さま》、平家軍に見られた。

平家は味方が勝ったとしきりに攻め太鼓を打つ。喜びの鬨の声をあげる。緒戦、はっきりと平家が優勢だった。

遠矢《とおや》——奇瑞《きずい》はあらかじめ告げる

そして男がそこに、ここに。

たとえば源氏の側に。いた。源氏方にもいたのだ。

もとは坂東《ばんどう》平氏だが今や源氏方の三浦《みうら》一族の一人、和田小太郎義盛《わだのこたろうよしもり》は船には乗らずに馬に乗って渚《なぎさ》に立っていた。その男は、海にはおらず、陸《おか》にいたのだ。兜《かぶと》を脱いで人に持たせ、鐙《あぶみ》の端がぐっと反り返るほど足を突っぱり、弓をじゅうぶんに引き絞って、射た。まさに遠矢《とおや》を放つための利を得た体勢となって射放ったのだ。三町内外の狙いは決して外すことなく、強く射た。

そうして射た矢のなかで、ことに遠くまで届いたと思われる矢を、和田小太郎は「その矢を、返していただきたい！」と求めた。挑発的に手招きした。

平家方では、新中納言知盛卿《とももりきょう》がこの矢を持ってこさせ、ご覧になった。すると白篦《しらの》に鶴の本白《もとじろ》の羽と白鳥の羽とを混ぜあわせて矧《は》いだ長さ十三束二伏《ぞくふたつぶせ》の矢だった。十三束を超えていたのだから、大矢《おおや》だ。通常よりも長大な矢。鏃《やじり》のところから拳《こぶし》ひと握りほど置いて「和田小太郎 平義盛《たいらのよしもり》」と漆《うるし》で書きつけてある。

もちろん平家方には精兵《せいびょう》が多かったが、それでもこれほどの遠矢を射る者はいなかったのか、和田小太郎の求めからだいぶ時間が経《た》った。しかし、ついに、男が呼ばれた。伊予《いよ》の国の住人だ。新居《にい》の紀四郎親清《きしろうちかきよ》が呼び出され、この矢を知盛卿より賜《たま》わった。

賜わったのだから、射返した。

射返したのだ。船上から陸上に。

沖から渚へ、その渚へ——三町あまりを飛んだ。つっと射通した。そして和田小太郎の後ろ一段ほどのところに控えていた三浦の石左近の太郎の左腕に、深々と突き刺さった。

刺さったのだ。

相模《さがみ》の国の三浦の郡《こおり》の人々は、この至芸を目撃し、「いやはや、和田小太郎は『俺以上の遠矢を射られる者はない』と思って、傲《おご》って、恥をかいたぞ。見苦しいのう。あれを見よ」と言って笑った。

男は、笑われた。源氏の男は、一族から。

和田小太郎はこれを聞いて、「糞《くそ》、腹立たしい！」と言い、小船に乗って漕《こ》ぎ出させた。すなわち陸上から海上へ。海だ。そして平家の軍勢のなかへ矢をつがえては引き、矢をつがえては引き、さんざんに射たので、多くの者たちが射殺《いころ》されるか手負いになった。

平家の側でだ。

そしてまた、男がここに、そこに。

判官《ほうがん》の乗っておられた船に白篦の大矢が一本、射立てられた。しかもその大矢の射手は、和田小太郎義盛が前にやったように「その矢を、返していただきたい！」と求めた。挑発的に手招きした。判官はその矢を引き抜かせ、ご覧になった。白篦に山鳥《やまどり》の尾羽を矧いだ長さ十四束三伏《みつぶせ》もある矢だった。大矢も大矢だ。そこに「伊予の国の住人、新居の紀四郎親清」と書きつけてある。

平家方の、遠矢の名射手である男は、これまた和田小太郎に倣《なら》って、和田以上の大矢で挑んだのだ。

判官は後藤兵衛実基《ごとうびょうえさねもと》を呼んだ。屋島《やしま》の内裏《だいり》を煙に変えた古兵《ふるつわもの》のあの実基を。

「後藤兵衛よ、味方にこれを射返せる者は誰かいるか。いると思うか」

「甲斐《かい》源氏の浅利《あさり》の与《よ》一義成《いちよしなり》殿をこそ、精兵としてお名を挙げられるかと」

「その者こそが強弓なのだな。では、呼べ」

召されて、浅利の与一が御前に出てきた。推薦された男が。これも男が。大将軍たる男、判官の御前に。判官はただちに言われた。

「沖からこの矢を射てきたのだが」と示された。「これだ。これですよ。そして『返していただきたい』などと烏滸《おこ》がましくもさし招いているのです。甲斐源氏のあなた、一つ試してみてもらえませんか」

味方では随一の強弓と推薦されて参上した男は、「その矢、頂戴《ちょうだい》して、どんなものやら見ましょう」と言い、指で矢の先端を捻《ひね》り、検《あらた》め、それから「これは、箆《の》が」と矢竹に言及した。「少し弱いようでございます。長さも少し短いと感じられます」

それから男、浅利の与一義成は言った。

「同じことならばこの義成自身の矢で試しましょう。返し矢を」

浅利の与一は塗籠籐《ぬりごめどう》の九尺ほどもある弓——すなわち並の弓よりも一尺五寸ほど長い大弓に、漆塗りの矢竹に黒ほろの羽を矧いだ、長さは与一のその大きな手で十五度握った分ある——すなわち十五束にも達する大矢をつがえた。

十三束二伏を超える、十四束三伏をも上回る、大矢も大矢もまさに大矢。

それを、この男はつがえて、引き絞って。じゅうぶんに引き絞って、放った。

ひゅっ、というよりも、轟《ごう》、と。

四町あまりを飛んだ。つっと射通した。

のみならず——。

大船の舳先《へさき》に立っていた、平家方の男、新居の紀四郎親清のその胴体のど真ん中を、ずう、ぶっと射た。船底へまっさかさまに射落とした。紀四郎親清が射殺《いころ》されたのか、傷手《いたで》を負っただけかは見定められない。いずれにしても、後からの男が前の男に勝利した。その男とは、源氏の、浅利の与一だ。与一はもともと精兵のなかの精弓。その弓勢《ゆんぜい》、比《たぐ》いなし。距離にして二町先を走る鹿を、射損じることなく仕留める、との評判だった。

男、男、男。

その後、源平両軍の兵《つわもの》たちは互いに命を惜しまず、喊声《かんせい》をあげて攻め戦った。男たちが。いずれに属しているのであれ、男たちが。殺すのは男だ。殺されるのは男だ。

どちらが劣勢とも見えなかった。しかし、はっきりしていることはある。平家方には十善帝王《じゅうぜんていおう》、すなわち前世において十善戒を保たれ、その功徳《くどく》によって現世の帝王にお生まれになった安徳《あんとく》天皇がいらっしゃる。それも三種の神器を帯していらっしゃる。そうである以上は源氏方は叛徒《はんと》。武運に見放されて当然だし、事実、源氏の軍兵《ぐんぴょう》たちもこのことを不安がっている。ところが、何かがある。何かが。源氏の側で、一つの不思議が。

しばらくは白雲かと見えた。

そんなものが大空に漂っていた。

しかし雲ではなかった。

持ち主もない一流《ひとなが》れの白旗が、舞い下がってきた。

ひらひらと、源氏の船の舳先《へさき》に、その旗竿《はたざお》に結ぶ緒が触れるほどに近づいて見えた。見えたのだ。

判官は「これは八幡大菩薩《はちまんだいぼさつ》が現われなさったのだ。そうに相違ない。南無《なむ》八幡！」と悦《よろこ》ばれた。手水《ちょうず》と嗽《うがい》をして我が身を浄《きよ》め、これを拝み申しあげた。軍兵どももみなこれに倣った。

そして平家の側でも何かがある。何かが。もちろん一つの不思議、神慮の奇瑞《きずい》が。

それは大空に現われたのではなかった。海だ。海の、源氏のほうから平氏のほうへと来た。一千尾か二千尾か、海豚《いるか》という魚が口を動かしながら口を動かしながら、つまり海面で息を継ぎながら泳いできた。大臣殿はこれをご覧になり、慌てて小博士《こはかせ》の晴信《はれのぶ》をお呼び出しになった。「たしかに海豚はいつも多い。群れて泳いではいる。群れてはいるが」と言われた。「これほどの大群は、な、なんなのだ。どういうことなのだ。博士《はかせ》として急ぎ占い申せ！」と命じられた。

「この海豚が——」と晴信はただちに卜占《ぼくせん》して言った。「海の面《おもて》に口を出しまして息を継ぎ、もと来たほうへ泳ぎ返っていきましたならば、源氏が滅びるでしょう。口を出しつつも真っすぐ泳ぎ過ぎますならば、お味方の軍、危のうございます」

しかし、晴信が言いも終わらないうちに、海豚は泳ぎ過ぎていった。

平家の船の下を、口を動かし、動かし、真っすぐ。

「平家の世は、もはやこれまででございます」と晴信は断じるしかなかった。

男たち。男たち。男たち。そして阿波《あわ》の民部《みんぶ》重能《しげよし》も、男だ。男だが、どちら側の男なのか。阿波の民部重能はこの三年の間、平家のためによくよく忠義を尽くしていた。たびたびの合戦に命を惜しまず、防ぎ戦った。平家方の男だ、すなわち。しかし子息の田内左衛門《でんないざえもん》を、先月、生け捕りにされている。伊勢三郎義盛《いせのさぶろうよしもり》の策略で、九郎大夫《くろうたゆう》の判官の勢にだ。源氏にだ。これでは、とても駄目だ、と思ったのだろう。たちまち心変わりした。平家を裏切った。源氏に味方した。つまり阿波の民部重能は、今、源氏方の男だ。この男は、ある謀《はかりごと》を源氏に漏《も》らした。平家方には軍謀《ぐんぼう》があった。いかにも貴人が乗りそうに見える大型船の唐船《からぶね》には、しかし身分ある方々はお乗せしなかった。あえて戦《いく》さに用いる小型の軍船に乗せ、端武者《はむしゃ》たちのほうを唐船に乗せた。そして源氏が「大将軍はこちらに乗っているだろう」と唐船を攻めたならばこれを取り囲んで討つ、そうした手筈《てはず》を調《ととの》えていた。

だが阿波の民部は裏切った。

平家を裏切り、源氏に内通した。

源氏方の男になった。この男は。

よって謀《たばか》りを知っている源氏の軍勢は、唐船には目もくれない。大将軍がその身を窶《やつ》して、雑兵に見せかけて乗っておられる軍船を、狙い、攻めた。攻めかけた。

「やはり。無念」と口にされたのは平家の公達《きんだち》、新中納言知盛卿に他ならぬ――この男に。「重能め、斬って捨てるべきだった」

深く、深く後悔なさった。しかしどうにもならない。もはや。今では。

阿波の民部重能のような男は一人だけかと言えば、そうではなかった。男たちは、もっと裏切った。もっと寝返った。戦局が変わるにつれて四国の軍兵どもはみな平家に叛《そむ》いた。九州の軍兵どもはみな源氏についた。男たちは、源氏方の男たちに。今まで従いついていた一派ことごとくが、君《きみ》すなわち安徳天皇に向かって弓を引き、主君すなわち平家に対して太刀《たち》を抜いた。
そして平家は、あちらの岸に船を着けようとする。
できない。波が高い。
ならばとこちらの渚に船を寄せようとする。
無理だ。敵が矢先を揃《そろ》えて待ち構えている。
源氏の男たちと、今や源氏方となった男たちが。
そして合戦は、男のもの――。
源平の天下分け目の争いも今日が最後と見えた。
誰かが言ったように。誰かがすでに、飛ばした檄《げき》のうちで言われていたように。

先帝身投《せんていみなげ》――天皇とその祖母と

いよいよ、源氏の軍兵《ぐんぴょう》どもが平家の船に乗り移る。
いよいよ、船頭が殺される。梶取《かじと》りが殺される。
射殺《いころ》される。
斬り殺される。
船の向きすら変えられない。

みな、船底に倒れ伏した。

そんななか、新中納言知盛卿《とももりきょう》が小船に乗られ、安徳《あんとく》天皇の御所となっているおん一艘《そう》、御座船《ござぶね》に参られる。

参られて、口を開かれる。

「平家の世も、もはや最後と思われます」と断じられる。「さあ、見苦しいものは全部、この海にお棄《す》てください。海中に《へ》」

知盛卿は、御座船のその中を艫《とも》へ、舳先《さき》へと走りまわられる。掃いたり、拭《ふ》いたり、塵《ちり》を拾ったり、お手ずから掃除なされる。その男が——知盛卿が。

御座船にいる女房たち、身分ある女性《にょしょう》たちが尋ねられる。口々に「中納言殿、それで戦《いく》さは」と尋ねられる。「どうなっているのです、戦さの行方《ゆくえ》は」と訊《き》かれる。

女たちが、戦況は、と。

「行方でございますか。まもなく、珍しい東国《とうごく》の男たちをご覧になれるでしょうよ。さらには契りをも結べますでしょうよ。たとえ船上でも」

答えるや、からからと笑われた。

「どうしてそのようなご冗談を、今！」

女房たちは悲鳴をあげられる。声々《こえごえ》に、喚《おめ》かれた。

女房たち、女たち、女たち。女たちが。

このとき、母がいる。知盛卿の母君はこの御座船におられる。この方は母であられるだけではない。故入道相国清盛公《しょうこくきよもり》の北の方《きたのかた》、また一門の棟梁宗盛公《とうりょうむねもり》の母君でもあり、建礼門院《けんれいもんいん》の母君でもあり、すなわち主上《しゅじょう》のおん祖母君であられる。この二位殿《にいどの》は、前々より尼。すなわち出家のおん身であって、喪服に用いる鈍色《にびいろ》の二枚重ねの衣を頭から被《かぶ》っておられる。しかし、そこにはお覚悟がある。日ごろから固められていたお覚悟がある。二位殿は、見られていた、女房たちのありさまを。また戦さの形勢を。男たちの合戦がどうなったか、どうなり果てるのかを。戦場《いくさば》には出られない女として、一切をご覧になっていた。女として——。

そう、女としてです。女。

二位殿は、女なのです。

かつ主上の、おん祖母。そうなのですよ。女。

頭からすっぽりと二枚重ねの鈍《にび》の衣をかぶられた二位殿は、その裾が邪魔にならぬようにと練絹《ねりぎぬ》の袴《はかま》の股《もも》だちを高く挟み、そして神璽《しんじ》を——三種の神器の一つたる八坂《やさか》瓊《に》の曲玉《まがたま》を脇に抱《かか》え、宝剣を——三種の神器の一つたる草薙《くさなぎ》の剣《つるぎ》を腰にさし、天皇をお抱き申しあげます。そして、この御座船の上で、おっしゃるのです。安徳天皇に。また、他の女たちに。

「わが身は女ですが、敵の手にはかかりませんよ。帝《みかど》のお供に参ります。お供に。帝に忠節を尽くそうと思い申しあげている人々は、さあ、急いで私の後にお続きなさい」

二位殿は、船端《ふなばた》に歩み出られました。

驚き、戸惑われているのは天皇であられます。安徳天皇は今年八歳になられましたが、お年のほどより遥《はる》かに大人びていらっしゃって、そのご容姿は端麗、あたりも照り輝くばかりで、御髪《おぐし》は黒くゆらゆらとして、お背中の下まで垂れておられます。そして、戸惑われたご様子のまま、おおせられるのです。

「尼ぜ、私をどこへ連れてゆこうとするのか」

お婆様の尼ぜ、と問いかけられた二位殿は、幼い帝に向かいたてまつって、涙を抑えて申されます。

「君《きみ》はまだご存じではございませんか。前世の十善《じゅうぜん》の戒行のお力によって、今、万《ばん》乗《じょう》の天子とお生まれになられましたが、悪縁に引かれ、ご運はもう尽きてしまわれました。まず、東にお向きになられて伊勢大神宮《いせだいじんぐう》にお暇乞《いとまご》いあそばしませ。それから、西方浄土《さいほうじょうど》の阿弥陀仏《あみだぶつ》のお迎えに与《あずか》ろうとお思いになって、西にお向きになりお念仏あそばしませ。この国は粟散辺地《そくさんへんじ》と申して、厭《いと》わしいところでございますから、この尼が、極楽浄土という結構なところへお連れ申しあげます」

泣きながら、二位殿は申されます。

幼い帝も、山鳩《やまばと》色の御衣《おんぞ》に、びんずらをお結いになり、そのお顔じゅうを涙でいっぱいにされ、小さい美しいお手を合わせ、まず東を伏し拝み、皇室のおん祖神《おやがみ》伊勢大神宮にお暇を申され、それから西に向かわれて南無阿弥陀仏《なむあみだぶつ》とお念仏を唱えられます。

二位殿は即座に、帝をお抱き申しあげます。

それから、お慰め申しあげます。

「波の下にも都がございますよ」

申して、船端より飛び、千尋《ちひろ》の海底へお沈みになりました。

悲しい、悲しいかな、無常の春の風は安徳天皇の花のようなお姿を散らし、痛ましい、痛ましいかな、六道を輪廻《りんね》する生死の掟《おきて》は壇《だん》の浦《うら》の荒波と化して安徳天皇のお体をお沈め申しあげ、たとえばその御所は「長生殿《ちょうせいでん》」として長命の名にあやかってもいるのに、そもそも皇居の門を「不老門《ふろうもん》」とも呼んでいるのに、長命どころか老いぬどころか、まだ十歳にもならずして海底の水屑《みくず》となりたもうた。現世に天子としてお生まれになられるまでの先《さき》の世の善根というのは申しあげようにも申しあげ切れるものではない、なのに、それなのに、雲の上の竜はたったいま下《くだ》られて、海底の魚となりたもうた。たもうた、たもう――たもうて。

かつては梵天王《ぼんてんおう》の宮殿さながらの、また帝釈天《たいしゃくてん》の善見城《ぜんけんじょう》さながらの都の内裏《だいり》に住んでいらっしゃって、大臣たち公卿《くぎょう》たちに取り巻かれ、一門の人々を靡《なび》かせ従えていらっしゃったのに、今、船のうちに過ごされた後《のち》、波の下にお命を一瞬にお滅ぼしなられたのです。悲しい、悲しいかな――悲しすぎる。

能登殿最期《のとどのさいご》――壮絶な死

このとき、母がいます。主上《しゅじょう》の母后、建礼門院《けんれいもんいん》が。御座船《ござぶね》にいらっしゃって、このおん様《さま》をご覧になって、おん焼石《やきいし》、おん硯《すずり》を左右のおん懐《ふとこ》ろに入れ、そして――海へ身を投げられます。ところが、重石《おもし》まで抱《いだ》かれたというのに、沈まれる前に源氏の軍勢が、来る、来る。もう来ている。渡辺《わたなべ》党の源五《げんご》右馬《うま》の允昵《じょうむつる》が、その女人《にょにん》が誰とは存じあげなかったのですけれども、建礼門院のその御髪《みぐし》を熊手《くまで》にかけ、引きあげたてまつったのです。船上の女房たち、女たちが叫びます。「お止《や》めに！　お止めになって！　それは女院《にょいん》にまします！」と。声々《こえごえ》、口々に喚《わめ》きます。

女たちが女のために。

源氏の男たちはすわとばかり九郎判官《くろうほうがん》にこの由《よし》を申して、急ぎ、再び御座船にお移し申しあげます。

いっぽう、女の身投げはまだ続いている。安徳《あんとく》天皇のおん乳母《めのと》は、三位《さんみ》中将重衡《しげひら》卿《きょう》の北《きた》の方《かた》、大納言《だいなごん》の佐殿《すけどの》でしたが、この人は大混乱の最中《さなか》、おん唐櫃《からびつ》を持って海へ入ろうとなさっている。内侍所《ないしどころ》を――三種の神器の一つの神鏡八咫《やた》の鏡を納めたおん櫃《ひつ》を。しかし、袴《はかま》の裾を船端《ふなばた》に射付けられる。矢で。つまずき、倒れられる。そこに源氏の軍兵《ぐんぴょう》が。

取り押さえて入水《じゅすい》をお止めする。お止めしてしまった。

女の意思は止められた。女の、それは。女のものはだ。

すると、男。

男たちは、これは源氏の武士どもということだが、内侍所のおん唐櫃の鎖《くさり》を捩《ね》じ切る。いまや、おん蓋《ふた》を開けようとし、すると眩暈《めまい》がする。鼻血が垂れる。この御座船の船上で、乗り込んできた源氏勢に生け捕りの身とされた平大納言時忠《へいだいなごんときただ》卿が叫ばれる。

「それは内侍所であらせられるぞ。凡人《ただびと》は見申しあげては、ならぬ！」

軍兵どもはみな離れ、ぱっと退《の》いた。そののち、判官は平大納言と相談し、元のとおり紐《ひも》で結んでお納め申しあげた。

そして、死ぬ、死なれる、平家一門の人々が続々と。門脇《かどわき》の通り名で知られた平中《へいちゅう》納言教盛《なごんのりもり》と修理《しゅり》の大夫《だいぶ》経盛《つねもり》の兄弟が鎧《よろい》の上に碇《いかり》を背負い、手に手を取り組んで海へお入りになる。小松《こまつ》の新三位《しんざんみ》中将資盛《すけもり》と同じく少将有盛《ありもり》の兄弟、従兄弟《いとこ》の左馬《さま》の頭行盛《かみゆきもり》の三人が手に手を取り組んでいっしょに海に沈まれる。人々は、このようになさる。

しかし棟梁《とうりょう》はどうか。大臣殿父子《おやこ》は海へ入ろうとされるご様子がない。船端に出て呆然と四方を見回しておられる。それを、情けないことだと侍どもが思う。平家の男たちですら思ってしまう。傍《かたわ》らを通りすぎるふりをして、この腑甲斐《ふがい》ない総大将を海へ突き入れ申す。お子の右衛門《うえもん》の督清宗《かみきよむね》卿は、これを見て、すぐに続いて飛び込まれる。しかし、人がみな沈むのは重い鎧の上にさらに重い物を背負ったり抱いたりしているからこそ。この父子はそうなさらなかった。おまけに水泳の達者でおられた。よって沈んでおしまいにもならない。死なれない。大臣殿は、「右衛門の督が沈んだら私も沈もう。助かりなされば私も助かろう」と思っておられる。右衛門の督は、「父がお沈みになったら私も沈もう。お助かりになったら私も助かろう」と思っておられる。お互いに目と目を見交わし、泳ぎまわっておられる。

伊勢三郎義盛《いせのさぶろうよしもり》が小船をつっと漕《こ》ぎ寄せる。

熊手をのばす。

まず右衛門の督を引っかけて、引き揚げたてまつる。

大臣殿はこれを見て、いよいよ沈めない、沈み切りもなさらない。

熊手がのびる。

伊勢三郎義盛は、右衛門の督と同様に大臣殿を引き揚げ、お捕らえ申しあげた。

すると声があがる。「わが君《きみ》をお捕らえ申しあげるのは何者か！」と。大臣殿のおん乳母子《めのとご》、飛驒《ひだ》の三郎左衛門景経《さぶろうざえもんかげつね》が、小船に乗り、もう義盛の船に乗り移っている。

君を討たせまいと走る、中に割って入る、景経と伊勢三郎義盛とのあいだを隔てる。そして、景経の二の太刀。義盛の童《わらわ》が主
太刀《たち》を抜いている。走りかかっている。義盛は危うい、すでに、もう。義盛の童《わらわ》が主
景経が振り下ろす太刀が童の兜《かぶと》の鉢《はち》のその前面を打ち割る。そして、景経の二の太刀。

義盛の童武者《わらわむしゃ》の、首が飛ぶ。

義盛も、もう危ないと見える。と、隣りの船から堀弥太郎親経《ほりのやたろうちかつね》が矢を引き絞る。射る、ひゅっと。景経は兜の内側を射られる。顔面を。ひるむ。

そこに堀弥太郎が乗り移ってくる。

三郎左衛門景経を組み伏せる。

堀の郎等《ろうどう》も主《あるじ》に続いて乗り移る、景経の鎧の草摺《くさずり》をひきあげる、刺す。一度、二度。飛騨の三郎左衛門景経は名高い大力《だいりき》の剛《ごう》の者《もの》だったけれども、運が尽きたのか深傷《ふかで》を負う。しかも、敵は多い。その場でとうとう討たれる。

こうした一切を大臣殿はご覧になった。

生きながら海面より引き揚げられ、目の前で乳母子が討たれるのをご覧になった。

何を思われたのか——何を。

ところで「戦いは今日が最後だ」と、あの新中納言知盛《とももり》卿のように思われていると見える人がいる。平家の男に、武将に、一人、いる。能登《のと》の守教経《かみのりつね》殿がおられる。この能登殿の射られる矢の前に身をさらせる源氏の男はおよそいなかった。用意した矢

のありったけを射られる。射尽くされる。今日が最後と思われているからの装いなのだろう、赤地の錦《にしき》の直垂《ひたたれ》に、唐綾威《からあやおどし》の鎧を着ておられる。作りも厳《いか》めしい大太刀を抜き、白木の柄の大長刀《おおなぎなた》の鞘《さや》を外し、斬られた、払われた、左右に持って振りまわして進まれた。源氏方の軍兵がさらに多く、多く、討たれる。と、その奮戦を目にされた知盛卿から、使者が立てられた。

「能登殿よ、あんまり無益な殺生《せっしょう》をなさるな」と言い送られてきた。「立派な敵でもあるまいに。雑兵《ぞうひょう》ばかりではございませんか」

そうか、と能登殿は察せられた。さては大将軍に組めと、九郎義経めにな。能登殿は、長刀の柄《つか》をその鍔《つば》もと近くに握られる。短く。源氏の船に乗り移られる。次々。大声を発して攻め戦う、が。しかし判官《ほうがん》の顔はご存じない。鎧兜の立派な武者を、判官か、と目をつけて駆けまわった。

九郎大夫《くろうたゆう》の判官義経《よしつね》も、前もってこれを悟られた。能登殿の正面に出るようになさりつつ、すなわち陣頭に立たれることで味方の士気を奮《ふる》いたたせつつ、上手にやりすごし、能登殿には組まれないようにされていた。

しかし、どうした拍子か、能登殿が判官の乗っておられる船に——。

出会われた。

飛び移られた。

「いたな！」

哮《たけ》り、躍《おど》りかかる、判官めがけて。

判官は、瞬時に、これは敵《かな》わぬぞと思われたのか、長刀を脇に挟み、二丈ばかり離れていた味方の船に――。

ゆらり、と飛び移られた。

その早業《はやわざ》。能登殿は、そうした身のこなしの捷《はや》さでは劣っておられたのか、すぐさま続いてはお飛びにならない。

飛び移られずに、まず、太刀を海へ投げ入れられた。長刀も。兜も脱《ぬ》いで捨てられた。能登殿は、たぶん今はこれまでだと思っておられる。鎧の草摺も荒々しく引き落として棄《す》てられた。胴だけを着て、髪をふり乱し、そのざんばら髪で大手をひろげて立たれた。

凄《すさ》まじいお姿。

壮烈なお姿。

威風、あたりを払った。圧倒した。恐ろしいなどというだけでは足りない。到底足りない。

そして能登殿は、大音声《だいおんじょう》をあげられた。

「我こそはと思う源氏の男よ、寄って教経に組み、生け捕りにせい！　鎌倉に下《くだ》って頼朝《よりとも》と会い、ひと言、物を言おうと思うぞ。さあ、寄れ、寄ってこい！」

誰一人、寄らなかった。

しかし、ここに土佐《とさ》の国の住人で安芸《あき》の郷《ごう》を支配していた安芸大領実康《あきのだいりょうさねやす》の子、安芸《あきの》太郎実光《たろうさねみつ》がいた。三十人力を持った剛の者だった。しかもおのれに少しも劣らぬ大力《だいりき》無双の郎等一人と、これまた豪傑の弟の次郎を連れていた。安芸太郎は能登殿を見、

「いかなる勇将であられても、俺たち三人が一時《いちどき》に摑《つか》みかかったならば、あれだ、たとえ身の丈《たけ》が十丈ある鬼であろうと屈服させられぬということはあるまい。従えられるはずだ」と言い、主従三人で小船に乗って、能登殿の船に横づけして、えいと叫びつつ乗り移った。兜の緩《しころ》は、傾けている、深く。みな太刀を抜いた。三人いっしょに打ちかかった。能登殿は少しもお騒ぎにならない。真っ先に進んできた安芸太郎の郎等を、さっと足払いし、それから海へどっと蹴《け》り入れられた。続いて、進み出てきた安芸太郎を左手の脇に挟みつける。弟の次郎を右手の脇に挟みこみ、ぎゅ、とひと締め締める。

「さあ、貴様らよ、この教経の冥途《めいど》への旅、お供せい」

そう言い、海へつっと飛び込まれた。

この年、能登の守教経殿は生年《しょうねん》二十六だった。

内侍所《ないしどころのみやこいり》都入——合戦終わる

新中納言知盛卿《とももりきょう》は、言われる。

「見届けたな。これで全部を。私が見届けるべき一門の運命の、全部を」

そして、言われる。

「今は私の番だ。自害の」

乳母子《めのとご》の伊賀《いが》の平内左衛門家長《へいないざえもんいえなが》を呼び、前々からの主従の約束は違《たが》えまいな、と問われる。どうだ家長、生死はともに、と訊《き》かれる。乳母子は、もちろんのことですとも、と答える。もちろん、と言う。平内左衛門家長は、中納言に鎧《よろい》二領をお着せ申す。自分も鎧二領を着る。重い。そして手に手を取り組んで、主従は、海に入る。いっしょに沈む。沈まれた。

これを見て、侍ども二十余人も遅れ申すまいと手に手を取り組んで海に入る。入り、沈む。

ただし全員ではない。平家の家人《けにん》のうち、四人が逃げのびている。越中《えっちゅう》の次郎兵衛《じろうびょうえ》盛嗣《もりつぎ》が、上総《かずさ》の五郎兵衛忠光《ごろうびょうえただみつ》が、悪七兵衛景清《あくしちびょうえかげきよ》が、飛騨《ひだ》の四郎兵衛《しろうびょうえ》が——。どのようにしたのか、討たれもせずに捕らわれもせずに、壇《だん》の浦《うら》のこの戦場《いくさば》より侍四人は落ちのびた。源氏の手を逃《のが》れた。

海上が赤い。

平家の赤旗が投げ捨てられているから。赤印《あかじるし》がかなぐり捨てられているから。さながら竜田川《たつたがわ》の紅葉《もみじ》の葉を嵐が吹き散らしたのに似る。

水際《みずぎわ》に打ち寄せる白波ですらも、薄紅《うすくれない》になってしまっている。

主人のいない空《から》の船が潮《しお》の流れに押し流される。風に吹き流される。揺られて進むが、当てもない。ただ痛ましい。

海面、赤い海面。

一面の水。

鹹《しおから》い、その水。

まるで夢を見そうに、その水はある。琵琶《びわ》の夢を見そうに。あるいは琵琶は咲かせないでもよい。しかし何かは咲かせる。それは蓮《はちす》か。幻の、無数の蓮か。しかし誰の目に映る。誰の、誰の眼《まなこ》に。とはいえ映ってはいる。咲いて、い、い、い、るのだ、滅びが、と。それこそが、見届けねばならない種類のこと。噛《か》みしめて、辛《から》い、辛い、鹹《しおはゆ》いと顔をしかめつづけなければならないような類いのこと。そして、こう求めなければならないこと。何面もの琵琶よ、と。撥《ばち》よ、と。

この穢土《えど》に、琵琶よ、と。

魂を鎮める琵琶よ。

　平家一門で生け捕りとなったのは前《さき》の内大臣宗盛《むねもり》公、平大納言《へいだいなごん》時忠《ときただ》、右衛門《うえもん》の督清《かみきよ》宗《むね》、内蔵《くら》の頭信基《かみのぶもと》、讃岐《さぬき》の中将時実《ときざね》、兵部《ひょうぶ》の少輔尹明《しょうまさあきら》、大臣殿の八歳になられる若君、僧では二位の僧都《そうず》全真《ぜんしん》、法勝寺《ほっしょうじ》の執行能円《しゅぎょうのうえん》、中納言の律師忠快《りっしちゅうかい》、経誦房《きょうじゅぼう》の阿闍梨《あじゃり》融円《ゆうえん》、侍では源大夫《げんだゆう》の判官季貞《すえさだ》、摂津《せっつ》の判官盛澄《もりずみ》、橘内左衛門《きちないざえもん》季康《すえやす》、藤内左衛門《とうないざえもん》信康《のぶやす》、阿波《あわ》の民部《みんぶ》重能《しげよし》の父子、ほか以上三十八人だった。菊池次郎《きくちのじろう》高直《たかなお》と原田大夫《はらだのたいふ》種直《たねなお》は戦《いく》さの前から郎等《ろうどう》どもを連れて降服していた。女房では建礼門院《けんれいもんいん》、北《きた》の政所《まんどころ》、廊《ろう》のおん方、大納言《だいなごん》の佐殿《すけどの》、帥《そち》の典侍殿《すけどの》、治部卿《じぶきょう》の局《つぼね》以下四十三人ということだった。

　いっさいは元暦《げんりゃく》二年という年の春の暮れだった。いったいどういう年であったから帝《みかど》が海底に沈みたまい、どういう月であったから文武百官の人々が波の上に浮かび漂うことになったのか。国母《こくぼ》建礼門院とその女官たちが東国《とうごく》と九州との源氏方の粗野な武士どもの手中に委ねられ、天子に仕える近臣たち公卿《くぎょう》たちが数万の軍兵《ぐんぴょう》に生け捕りにされて、故郷の都へ帰られた。が、大陸のかの大守《たいしゅ》の朱買臣《しゅばいしん》のように錦《にしき》は飾れない、ただ生き恥がある。おありになる。女性《にょしょう》たちには、漢のかの美女王昭君《おうしょうくん》が北方の胡国《ここく》に送られ、そこの匈奴《きょうど》の王に嫁さざるをえなかった大いなる悲しみ歎《なげ》きもさながらのつらさがある。おありになる。

　いったい、どういう年、どういう月。

　しかしその月は暮れ切る。春、三月は。

同年四月三日、九郎大夫《くろうたゆう》の判官義経《ほうがんよしつね》が源八広綱《げんぱちひろつな》を使者として、院の御所へ「去る三月二十四日、豊前《ぶぜん》の国の田《た》の浦《うら》、門司《もじ》が関、長門《ながと》の国の壇の浦、赤間《あかま》が関にて平家を攻め落とし、三種の神器を無事にご返納申しあげます」との由《よし》を奏上せられた。院中の人々は上も下も騒《ざわ》めき立った。後白河《ごしらかわ》法皇は使いの広綱を御所の内庭へお召しになった。合戦のその一部始終を詳しくお尋ねになり、ご感喜のあまり広綱の官位を即座に左兵衛《さひょうえ》の尉《じょう》になされた。「神器がたしかに都へお帰りになられるか、見てまいれ」と言われて、五日に、北面に伺候《しこう》する武士である藤判官信盛《とうほうがんのぶもり》を西国《さいごく》へ下《くだ》された。信盛はわが家へも帰らず、院の廏《うまや》のお馬をいただいて、すぐさま鞭《むち》をあげ、西を指して馳《は》せ下った。

同月十四日、生け捕りにした平家の男女をひき連れて上洛《じょうらく》の途にある九郎大夫の判官義経が播磨《はりま》の国の明石《あかし》の浦《うら》に到着した。月の名所として知られるその浦に。実際、夜が深《ふ》けるにつれて月は空高く澄んで昇り、その風情《ふぜい》は秋の空にも劣らない。平家の女房たちは寄り集まり、「先年ここを通った折りには、よもや、よもや一門がこんなことになろうとは、わが身が囚《とら》われになろうとは、思いも及びませんでしたよ」などと言い、声を忍ばせ泣きあわれた。安徳《あんとく》天皇のおん乳母《めのと》であった帥の典侍殿はつくづくと月をお眺めになって、あれも、これも、と続けざまに思い出されて、床《とこ》も浮くほどに涙を流されながら、次のようにお詠《よ》みになった。

ながむれば　ああ、眺めていたら
ぬるるたもとに　涙に濡《ぬ》れた私の衣《ころも》の袖に
やどりけり　宿っているわ、月が、月の光が
月よ雲井《くもゐ》の　その月、どうぞ私に雲の上のお話と
ものがたりせよ　宮中のお話とをしてちょうだい

また、こうも詠まれた。

雲のうへに　雲井といったら、それは宮中のこと
見しにかはらぬ　昔、その宮中で見たのと変わらない
月かげの　月の光が、今も
すむにつけても　こんなにも澄んで見られて
ものぞかなしき　そのことがとても悲しいの

それと、大納言の佐殿はこう詠まれた。

我身《わがみ》こそ　囚われの身の、この私の身が
あかしの浦に　明石の浦で
たびねせめ　旅寝することになります
おなじ浪《なみ》にも　その明石の浦の、ほら、同じ波の上に
やどる月かな　月の光が、宿っているわ

これら生け捕りの人々を連れてともに明石の浦におられる判官は、武士ではあるが情け深い男なので、「さぞかし物悲しく、また、昔を恋しく思われているのだろうな」と同情せられた。

同月二十五日、三種の神器のうちの二種、内侍所《ないしどころ》と神璽《しんじ》のお箱が鳥羽《とば》にお着きになると伝えられた。これを内裏《だいり》からお迎えに参られた人々は、勘解由小路《かでのこうじ》家の中納言藤原経房《ふじわらのつねふさ》卿、高倉の宰相中将藤原泰通《ふじわらのやすみち》、権右中弁《ごんのうちゅうべん》源兼忠《みなもとのかねただ》、左衛門《さえもん》の権佐《ごんのすけ》藤原親雅《ふじわらのちかまさ》、榎並《えなみ》の中将藤原公時《ふじわらのきんとき》、但馬《たじま》の少将藤原範能《ふじわらののりよし》、武士では伊豆《いず》の蔵人《くろうど》の大夫《たいふ》源頼兼《みなもとのよりかね》、石川の判官代源義兼《みなもとのよしかね》、左衛門の尉源有綱《みなもとのありつな》ということだった。その夜、子《ね》の刻《こく》に内侍所と神璽のお箱が太政官庁《だいじょうかんちょう》へお入りになった。三種の神器のいま一種、宝剣は失われてしまった。

ちなみに神璽は、海上に浮かんでいたのを片岡太郎経春《かたおかのたろうつねはる》がお取り上げ申したということだった。

剣《けん》——由来、そして占いは語る

日本国《にっぽんこく》には霊剣が三つある。
神代《かみよ》の昔から昔から伝わったものが、三つ。

一つは、十握《とつか》の剣《つるぎ》。
一つは、天《あま》の蝿斫《はえきり》の剣《つるぎ》。
一つは、草薙《くさなぎ》の剣《つるぎ》。

十握の剣は大和《やまと》の国の石上布留《いそのかみふる》の社《やしろ》に納められている。天の蝿斫の剣は尾張《おわり》の国の熱田《あつた》の宮にある、と言われる。草薙の剣は内裏《だいり》にある。

内裏にある。

今の宝剣がこの剣のこと。そして、今、内裏に――ない。

この草薙の剣の由来は、以下となる。しかし、その前に大切な他の事柄の由来がまず、ある。昔、素戔嗚《すさのお》の尊《みこと》が出雲《いずも》の国の曾我《そが》の里に宮殿を造られたとき、そこには八色の雲がつねに立った。尊はこれをご覧になって、こうお詠《よ》みになった。

八雲《やくも》たつ　　幾重にも重なって雲が立ちのぼる
出雲八重垣《いづもやへがき》　　この地出雲よ、その雲が八重垣を作る
つまごめに　　私の妻を籠らせるために
八重垣つくる　　幾重にも重なった垣を宮の周囲に作る
その八重垣を　　美しいこの八重垣を

これを三十一文字《みそひともじ》の初めとする。すなわち和歌はここに由来する。また、国を出雲と名づけることも、同じくこのことに由《よ》ると聞いている。

　そして尊が宮造りをされるに先立っての、昔。尊は、出雲の国の簸《ひ》の川《かわ》の河上《かわかみ》に降《くだ》られた。この国の神に足なずち、手なずちという夫婦神《めおとがみ》がおられた。お二人の間には容貌《かおかたち》の美しい娘があって、名を、稲田《いなだ》姫《ひめ》といった。親子三人は泣いていた。尊は「どうしたのか」とお問いになった。

　すると、お答えして申した。

「私には八人の娘があった。しかし、みな、大蛇に呑《の》まれてしまった。いま一人、ここに娘が残っているけれども、この稲田姫もまた呑まれようとしている。それがどのような大蛇かといえば、尾と頭がともに八つある。それぞれ八つの峰、八つの谷に這《は》いひろがっている。背中には妖樹《ようじゅ》や奇木《きぼく》が生えている。その命、幾千年を経たともわからない。眼《まなこ》は、太陽のように月のように光を放つ。そして毎年人を呑む。親が呑まれれば子が悲しむ。子が呑まれれば親が悲しむ。そのために村の北から南まで歎《なげ》いて慟哭《どうこく》する声が絶えたことはない」

　哀れな、と尊は思われた。尊は、稲田姫というその娘を湯津爪櫛《ゆつのつまぐし》の形に変えて、ご自身の御髪《みぐし》にさしてお隠しになり、それから八つの槽《ふね》に酒を入れて、稲田姫の姿に似せた美女の人形《ひとがた》を作り、高い丘に立てられた。その人形の影が、酒に映った。酒槽《さかぶね》のなかに美女がいる、そう見える。大蛇は人だと思って飽きるまでその影を呑んだ。酔った。酔い伏した。尊は佩《は》いておられた十握の剣を抜き、ずたずたにお斬りになった。

が、一つの尾に至ると、どうしても斬れない。尊は不審に思われる。その尾を縦に割《さ》いてご覧になる。

一振《ひとふ》りの霊剣があった。

尊は、これを取って天照大神《あまてらすおおみかみ》に献上なさった。おん姉の天照大神は「この剣は昔、私が高天原《たかまのはら》で落としたものだわ」とおっしゃった。大蛇の尾の内側にあったときは群がり立った雲がつねにその上を蔽《おお》っていたということがあったので、天《あま》の叢雲《むらくも》の剣《つるぎ》と称された。天照大神はこれを得て、天上の宮殿のお宝となされた。

のち、豊葦原《とよあしはら》の中津国《なかつくに》すなわち地上の日本国の主《あるじ》として天孫をお降《くだ》しになられたとき、この剣もお鏡に添えてお授けになった。

第九代の帝《みかど》、開化《かいか》天皇の御代《みよ》までは天皇と同じ御殿に安置せられていた。第十代の帝、崇神《すじん》天皇の御代になって、そのご霊威を恐れた。天照大神を大和の国の笠縫《かさぬい》の里、磯城《しき》の祭壇にお移し申しあげたとき、この剣をも天照大神の社壇にお納め申しあげた。その折り、新しい剣を代わりに模して造られて、それを天皇のご守護の印《しる》しとされた。模造のその剣のご霊威ももとの剣に劣ることはなかった。

天の叢雲の剣は、崇神天皇から景行《けいこう》天皇まで三代のあいだは天照大神のお社《やしろ》にお祀《まつ》りしてあった。が、景行天皇の御代の四十年六月、東国《とうごく》の蝦夷《えみし》が叛乱《はんらん》を起こし、これを機に天皇の御子、日本武《やまとたける》の尊《みこと》がお手にされた。この尊はお心も勇ましく、お力も人に勝《すぐ》れていらっしゃったので特に選ばれて東国へ下《くだ》されることになり、その折り、天照大神のお社へ参ってお暇《いとま》を申された。すると大神は、天皇のおん妹の斎宮《さいぐう》を介して「謹《つつし》んで務めを全《まっと》うしなさい。怠ってはならない」とのお言葉を下され、尊に霊剣を授けられた。

さて駿河《するが》の国に下向されると、その地の賊どもが尊を欺《あざむ》き、「この国には鹿が多くおります。狩りをしてお遊びください」と野にお誘い出し申しあげた。その野に、火を放った。すんでのことに焼き殺し申そうとした。そのとき尊は、佩いておられた霊剣を抜いて草を薙《な》ぎ払われた。剣の刃が向かう方角の、一里以内の草がみな、薙ぎ倒された。尊はそれから、今度は自分方より火を放たれた。風が、たちまち賊どものほうに吹きつけ、覆った。炎で蓋《ふた》をした。凶徒はことごとく焼け死んだ。

このことがあってから天の叢雲の剣は草薙の剣とも呼ばれるようになる。

尊はなおも奥に攻め入って、三年間にあちらこちらの賊を平らげ、国々の凶徒を攻め従えて都へ上《のぼ》ってこられたが、その途《みち》の半ばでご病気になられて、おん年三十歳になられた七月に尾張の国の熱田の辺りでとうとうお薨《かく》れになった。その魂は白い鳥となって天に上がられたという。不思議なことだ。生け捕りの蝦夷どもはといえば、御子、武彦《たけひこ》の尊《みこと》をもって天皇にさしあげなされた。そして草薙の剣は熱田の社に納められた。

それから、天智《てんち》天皇の御代の七年。新羅《しらぎ》の僧の道行《どうぎょう》がこの剣を盗んだ。自分の国の宝にしようと思い、ひそかに船に隠して海を行った。しかし、大風が起きる。大波が起きる。たちまち海底に沈みそうになる。これは霊剣の祟《たた》りだと悟り、罪を謝して目的を遂げず、もとのように熱田の社にご返納申しあげた。

のち、天武《てんむ》天皇の朱鳥《しゅちょう》元年、これを熱田よりお取り寄せになって内裏に置かれた。今の宝剣はこれである。

この剣のこと。

ご霊威はまことに灼《あらた》か。劇《はげ》しくあらせらる。

陽成《ようぜい》天皇が狂気の病《やま》いにお罹《かか》りになって、この霊剣を抜かれたもうたことがある。すると、ご寝殿じゅうがきらきらと輝いた。電光と相違ない。恐ろしさのあまりに陽成天皇は剣を投げ捨てられた。と、剣はひとりでに、ぱたと鞘《さや》におさまった。

素晴らしいことだ。上古には、このように、素晴らしかった。

それが三種の神器の一つの宝剣なのだから、「たとえ二位殿《にいどの》がお腰にさして海にお沈みになっても、容易に紛失するはずはない」と言って、優《すぐ》れた海女《あま》どもを召し集め、壇《だん》の浦《うら》の海中に潜って行方《ゆくえ》をお捜させになり、さらに霊験《れいげん》いちじるしい仏寺と神社とに尊い僧を籠らせ、種々の神宝を奉納して祈られた。が、宝剣の行方はわからず、ついに、失《う》せた。失せてしまったのだった。

当時の、故実や先例に通じた博識の人々はこう申しあわれた。

「昔、天照大神は代々の天皇を守ろうとお誓いになった。そのお誓いはいまなお改まることなく、石清水《いわしみず》八幡《はちまん》に祀られた応神《おうじん》天皇のご血統が、いまだ尽きないで続いている。ゆえに天照大神の日輪《にちりん》のご威光が地に落ちなさることは、ない。仏法の衰えたこの末の世にあっても、よもや帝のご運が尽きるほどのことはあるまい」

そのなかで、ある陰陽博士《おんようはかせ》が占って申した。

「昔、出雲の国の簸《ひ》の川の河上で素戔嗚の尊に斬り殺された大蛇が、霊剣を惜しむ心深く、八つの頭、八つの尾のしるしとして、人皇《じんのう》八十代の後《のち》、八歳の天皇となって霊剣を取り返し、海底に沈みたもうたのに相違ない」

この卜占《ぼくせん》。

千尋《ちひろ》の海の底で竜神の宝となってしまったのだから、二度と人間界に戻らないのは道理なのだと思われた。

八、八、八十、八、と占われて——。

一門大路渡《いちもんおおちわたし》——生け捕りら入京

そして、まずは二《に》の宮《みや》、安徳《あんとく》天皇のおん母君違いのおん弟、守貞《もりさだ》親王。お心ならずも外戚《がいせき》の平家に捕らわれなさっていたこの二の宮が都へお帰りになるというので、後《ご》白河法皇《しらかわ》からお迎えのお車がさし遣《つか》わされた。西海《さいかい》の波の上に漂浪なされて実に三年もお過ごしになったので、おん母君の七条院《しちじょういん》も、ご養育にあたられた持明院《じみょういん》の宰相もたいそう心配なされていたが、ご無事のご帰京であられたので、みな寄り集まって喜び泣きされた。

続いて、敗残のあの人々が入京する。

同月二十六日、平家の生け捕りの者どもが都へ入る。みな八葉《はちよう》の車に乗せられている。車の前後の簾《すだれ》は巻きあげられている。左右の物見の窓も開け放たれている。何もかもが丸見え、晒《さら》されている。囚人たちは晒、さ、れ、て、いる。大臣殿は――一門の棟梁《とうりょう》の宗盛公《むねもり》は――白い狩衣《かりぎぬ》を着ておられる。右衛門《うえもん》の督《かみ》は――大臣殿のご子息清宗卿《きよむねきょう》は――白い直垂《ひたたれ》姿で同じお車の後部にご同乗されている。白い、白い。囚人の白衣《びゃくえ》。平《へい》大納言《だいなごん》時忠《ときただ》卿の車が同じように後に続いた。その子息、讃岐《さぬき》の中将時実《ときざね》も同じ車で大路を引きまわされるはずだったけれども、現在ご病気中とのことで取り止められた。内蔵《くら》の頭信基《かみのぶもと》は傷を受けていたので裏道から入京した。

晒されて、生け捕りどもは見られた。

大臣殿はあれほど華やかで綺麗《きれい》な方でいらっしゃったのに、ご本人とも思えぬほど痩《や》せ衰えられていた。しかし、四方を見回していらっしゃる。きょろきょろ、きょろきょろと。さして物思いに深く沈まれているご様子ではない。対して同じお車のご子息、右衛門の督は、俯《うつむ》いて目もあげられず、その面持ちは沈痛きわまりない。土肥次郎実平《といのじろうさねひら》が、木蘭地《むくらんじ》の直垂の上に籠手《こて》、臑当《すねあて》などの小具足《こぐそく》だけを着け、配下の武士三十余騎を率いて、車の前後を取り囲み、警固《けいご》し申しあげている。

晒されて、平家の生け捕りは見られ、そして見る者は誰かといえば都の中の人間ばかりではない。遠い国から近い国から、山々から寺々から、老いたのも若いのも、続々集まってきていた。鳥羽《とば》の南門、そこから北へ通じている作り道、羅城門《らじょうもん》跡のある四塚《よつづか》まで人垣はびっしりと続いて、幾千幾万いるのか数も知れない。人々は後ろを顧みることもできないし、また、車は輪を回して進むこともできない。治承《じしょう》年間から養和《ようわ》年間にかけての大飢饉《だいききん》と東国《とうごく》、西国《さいごく》の合戦で人数《ひとかず》はずいぶんと失われたことだけれども、なお、これだけ多数の人間が生き残っていた。そのことにも少なからぬ驚きがある。まだいる、まだいる——まだ人間はいる。

平家が都を落ちてからは中一年、たった一年と八カ月しか過ぎていない。ついこの間のことなので、この一門の繁栄のときの素晴らしさを忘れている者など人垣の中にはいない。あれほど恐れつつ戦慄《おのの》きつつ接していた平家の人々のこの変わりよう——変わり果てたありさま！　あまりのことに夢とも現実とも判じかねている。人情を知らない賤《いや》しい身分の男ども女どもすらも涙を流した。みな袖を濡《ぬ》らした。まして平家との親交のあった人々は、どれほど動揺したことか！　長年深い恩義をこうむり、父祖の代からお仕えした人たちは、もちろん、我が身を捨てることもできないので多くは源氏についているのだが、急に昔の情誼《じょうぎ》を忘れるはずはない。だとしたら、どれほどの悲しさか。歎《なげ》きか。

人集《ひとだか》りのその内には、袖に顔を押しあてたまま目をあげない者も多い。

大臣殿のおん牛飼いを務めるのは三郎丸《さぶろうまる》といった。かつて木曾義仲《きそよしなか》が院の御所に参上したときに車を進め損なって斬られた牛飼い、次郎丸《じろうまる》の弟だった。牛飼いであるから童形《どうぎょう》だった三郎丸は、西国では仮に元服して成人の男の姿となっていたが、もう一度大臣殿のお車の牛飼いを務めたいと願う気持ちが深かった。そこで、三郎丸は鳥羽で判官《ほうがん》に申した。

「舎人《とねり》や牛飼いなどと申す者はつまらない下郎の末輩でございますから、ものの道理がわかるはずもございませんが、この三郎丸に大臣殿がお恵みくださいましたご恩は浅くはありません。つきましては、おさしつかえなければ、お許しをいただいて、大臣殿の最後のお車をお世話いたしたいと存じます」

三郎丸は、たって願った。

その一途《いちず》さに、判官はおっしゃった。

「障《さわ》りはないだろう。さあ、ではお前が務めろ」

お許しを頂戴して、三郎丸は大いに喜び、立派に装束《しょうぞく》を調《ととの》え、懐《ふところ》から遣縄《やりなわ》を取り出して牛につけかえた。その目は、涙に曇っている。行く先も見えない。三郎丸は袖を顔に押しあてている。泣きながら、泣きながら、三郎丸は牛を牽《ひ》いてお車を進める。そして——後白河法皇もご覧になっている。法皇は六条東洞院《ひがしのとういん》にお車を停《と》めらている。そこからご覧になっている。他にも、公卿《くぎょう》、殿上人《てんじょうびと》の車がやはり、ずらりと。並んで停められているのだった。法皇は、眼前にて大路を引きまわされるのがかつてはあれほどお身近に召し使われていた者たちであったから、さすがに動揺なされている。お心弱くなられ、なんとも痛ましいことよのうとお思いになっている。そして法皇のお供の人々は——公卿たち、殿上人たちはただ夢のように思われている。夢とし か考えられない、と。「あの大臣殿に、どうにかして目をかけられ、お言葉の一つもいただきたいと願っていたのに、このような末路になられるとは誰が思ったろうか」と言って人々はみな涙を流す。涙を、落とす。先年、この平家一門の棟梁が内大臣となって拝賀の儀式を行なわれたときは、公卿では花山院《かざんいん》家の大納言藤原兼雅《ふじわらのかねまさ》卿をはじめとして十二人が車を連ねてお供をし、殿上人では蔵人《くろうど》の頭平親宗《とうたいらのちかむね》以下十六人が前駆《ぜんく》の役を務めた。公卿も殿上人も今を晴《はれ》と派手に飾りたてていた。その中には中納言が四人おられたし三位《さんみ》中将も三人までもおられた。平大納言時忠卿というのはその当時は左衛門《さえもん》の督《かみ》で、法皇の御前《ごぜん》に召されておん引出物《ひきでもの》を賜《たま》わりご厚遇を受けられたありさまは、本当にめでたい儀式だった。それが、今は——。

この引きまわしの、この行列にあられては——。

今日は、公卿、殿上人は一人もいない。ただ一人もお供をしていない。

ご自身と同様に壇《だん》の浦《うら》で生け捕りにされた二十余人の侍どもが、白い直垂を着て馬上に縛りつけられて、大路を渡される。引きまわされる。それのみ。

白い、白い。

四人たちは白い。

捕らわれた前《さき》の内大臣宗盛公の一行は賀茂《かも》の河原まで引きまわされ、そこから再び同じ道を引き返した。宗盛公の父子は九郎《くろう》判官の宿所、六条堀河にお留《と》めした。食膳をさしあげたけれどもお二人は胸がいっぱいで、お箸をさえお取りになれない。互いにものも言われない。しかし目と目を見合わせ、絶えず涙を落とされる。夜になる。お装束すらお緩《ゆる》めにならない。片袖を敷いて臥《ふ》される。が、父、大臣殿はそのお子、右衛門の督にわが白衣の袖をかけておやりになる。白さで、さらに、包まれる。

警固に当たっていた九郎判官直属の郎等《ろうどう》、源八兵衛《げんぱちびょうえ》と江田《えだ》の源三《げんぞう》、熊井《くまい》太郎《たろう》の三人がこれを見た。

「ああ、ご身分の高い低いを問わず、親子の情はどうにも痛切だぞ。お袖をおかけしたからといって、子供にどれほどの温《ぬく》もりをお与えになれよう。しかし、なさったのだ。この思いの、よくよくの深さよ」
三人は猛《たけ》き武士どもだったが、みな涙を流した。

鏡《かがみ》――その由来

同月二十八日、鎌倉の前《さき》の兵衛《ひょうえ》の佐頼朝朝臣《すけよりともあそん》が従二位《じゅにい》になられた。越階《おっかい》といって、これは官位昇進の順を越えて二階級進むことすら滅多にない朝恩であるというのに、これ従三位《じゅさんみ》と正《しょう》三位を飛び越えた三階級の特進。本来ならば、やはり三位になられるところだった。けれども今は亡き入道相国《しょうこく》清盛《きよもり》公が永暦《えいりゃく》元年に正四位《しい》から従三位、さらに正三位となられた越階の例を忌み嫌い、こうしたご沙汰に落ちついたのだった。

その夜の子《ね》の刻《こく》に内侍所《ないしどころ》が太政官庁《だいじょうかんちょう》から温明殿《うんめいでん》にお入りになった。三種の神器の一つ、八咫《やた》の鏡が。鏡。後鳥羽《ごとば》天皇が行幸《ぎょうこう》されて三夜にわたって臨時の御神楽《みかぐら》が行なわれた。右近《うこん》の将監《しょうげん》の多好方《おおのよしかた》が特別の勅命《ちょくめい》をうけたまわって、家に伝わった神楽の秘曲である弓立《ゆだち》、宮人《みやびと》の二つを奏し、褒賞《ほうしょう》を受けた。まことに結構なことだった。これらの二曲は好方の祖父、八条の判官資忠《すけただ》という楽人のほかに知っている者はいなかった。この資忠は、これらを極度に秘事とするあまり息子の近方《ちかかた》にも教えず、堀河《ほりかわ》天皇がご在位のときに伝授したてまつって死去した。のち、天皇がこの秘伝を近方にお教えになった。　芸統を絶えさせてはならないとお考えになった天皇のおん志《こころざ》し、感涙抑えがたい。

しかし、それよりも、鏡。

神鏡。

この内侍所と申すお鏡の由来は、以下となる。昔、天照大神《あまてらすおおみかみ》が天《あま》の岩戸《いわと》に閉じ籠ろうとなさったとき、なんとかしてご自身のおん容貌《かおかたち》を写しておいてご子孫にお見せしようとのお考えで、お鏡を鋳造《ちゅうぞう》なさった。が、このお鏡はお心に適《かな》わないとおっしゃってまた鋳直《いなお》させられた。初めのお鏡は紀伊《きい》の国の日前《ひのくま》の社《やしろ》、国懸《くにかかす》の社に祀《まつ》られている。二社一境のそこに。後のお鏡は御子の天《あま》の忍穂耳《おしほみみ》の尊《みこと》にお授けになって、「この鏡と同じ御殿にお住みなさい」と言われた。

さて天照大神は天の岩戸に閉じ籠られて天下は暗闇となった。八百万《やおよろず》の神々が神集《かんつど》いに集まって、岩戸の入口で御神楽を奏された。すると、天照大神は大いに、大いに感動なさる。岩戸を細目に開けてご覧になる。互いに顔が白く見える。

顔が。面《おも》が。

ここから「面白い」という言葉は始まった。

そして、その面白いときに児屋根手力雄《こやねたぢからお》という大力《だいりき》の神が岩戸に近寄って、えいと掛け声をかけ、この戸を開かれた。以来、天の岩戸は閉じられていないということである。

神鏡すなわち内侍所はといえば、それから、第九代の帝《みかど》、開化《かいか》天皇の御代《みよ》までは天皇と同じ御殿に安置せられていた。第十代の帝、崇神《すじん》天皇の御代になって、そのご霊威を恐れて別の御殿にお移し申しあげた。近ごろは温明殿にお祀りしてある。桓武《かんむ》天皇が平安京に遷都《せんと》し遷幸なさって、後《のち》、ゆうに百六十年。村上天皇の御代の天徳《てんとく》四年九月二十三日の子の刻に、初めて内裏に火事があった。火は左衛門府の詰め所から出た。内侍所が祀られていらっしゃる温明殿も近い。まったくの真夜中のことであったので内侍所にお仕えする女房もその他の女官も居合わせず、お鏡を、神鏡をお出し申すことができない。小野宮《おののみや》家の藤原実頼《ふじわらのさねより》公が急いで宮中に参上なさって、おん涙に咽《むせ》ばれた。「内侍所は、もはや焼けておしまいになった。世も、今はこれまで」と口にされた。

しかし、これまでではなかった。

内侍所が、おん自ら、飛び出される。

炎の中を飛び出される。

紫宸殿《ししんでん》の左近の桜の梢《こずえ》に、おかかりになる。

おかかりになって、火のように赤々と、美しく輝かれる。

光り輝かれる。山の端《は》を出る朝日のように。

実頼公は「世はまだ滅びなかった」と思《おぼ》し召し、あふれる喜悦のおん涙をお止めになることができない。右のお膝《ひざ》をつき、左のお袖をひろげ、泣きながらこう申される。「昔、天照大神は代々の天皇を守ろうとお誓いになった、なりました、そのお誓いがいまなお改まっていないのでしたら、神鏡よ、この実頼の袖にお移りくださいませ」そのお言葉がまだ終わらぬうちに、神鏡は飛び移られた。小野宮殿こと実頼公の、袖に、そのお袖に。実頼公は即座にお袖に包み、太政官の朝所《あいたんどころ》へお移し申しあげた。そして、近ごろは温明殿にお祀りしてある。

以来――天徳四年以来、二百二十年。

今の時代、仮に同じような火事があっても、神鏡をこのように身をもって護《まも》ろうと思う人はいないだろう。袖にお受けとり申そう、などと思い立ち念じる人は。また神鏡もお移りになり、袖に宿らせたもうはずもない。

昔の御代というのは、やはり、違った。その見事さ。真のめでたさ。今は、昔ではない。

文之沙汰《ふみのさた》――持《も》て囃《はや》される弟、猜疑《さいぎ》の兄

今は、平家一門の棟梁《とうりょう》が子息ともども生け捕りにされている。九郎判官義経《くろうほうがんよしつね》の六条

のお堀河の宿所に。

その宿所の近くに平大納言時忠卿《へいだいなごんときただきょう》父子もおられる。時忠卿は、今は亡き二位殿《にいどの》のおん弟、すなわち今は亡き入道相国清盛公《しょうこくきよもり》のおん小舅《こじゅうと》、一門栄華の時代には「平家ではない人間なぞ、そも人の数のうちにも入らぬわ」と豪語された方。世の中がこんなことになったからには、もう、どうなってもしかたがないのだと覚悟なさるべきなのに、大納言はやはり命は惜しいと思われるのか、観念なされるどころか子息の讃岐《さぬき》の中将時実《ときざね》を呼んで、こう相談される。

「じつは、時実よ、他人《ひと》に見られるわけにはゆかぬ手紙や書類などを入れた箱を一つ、判官に押さえられている、と、こういう仕儀なのだ。もしもこれらが鎌倉の源二位頼《げんにいより》朝《とも》の目に触れでもしたら、身を滅ぼす人々も多いだろうしこの父とても助かるまい。さて、どうしたらよかろう」

「判官はだいたいのところ人情に篤《あつ》いと聞いております」と中将は申された。「しかも、女房などが切《せつ》に哀願することならば、どのような大事でも聞き流しにはしないとも。ですから、何のさしさわりがありましょう、父上には姫君たちが大勢おられるのですから、そのうちの誰かお一人を判官にお嫁《とつ》がせになればよいのです。そのうえで、親しくおなりになった後《のち》、そのことをお話しになれば結構なのではございませんか」

「この父が世に時めいていた時分にはなあ」と言いながら大納言は涙をはらはらと流

しだす。「娘どものことはなあ、『女御《にょうご》にしたい、后《きさき》に立てたい』と考えていたのだ。考えていたのだぞ。それを平々凡々なる人の妻にしようとは想像だにしておらなかったわ。全然、おらなかったぞ」

「父上、今はそんなことをお思いになってはなりません。決してお望みになられてはいけないのです。さあ、父上のただいまの北《きた》の方《かた》であられる帥《そち》の典侍《すけ》殿《どの》がお産みになった姫君がいらっしゃるでしょう。この、今年十八歳になられたお方を判官のもとに」

　大納言は、その十八歳の姫君を惜しまれる。それを九郎判官に娶《めあわ》せるのは、悲しい、と思われる。そこで子息の中将の考えには従わず、先妻の腹の今年二十三歳になられた方を判官に嫁がせられる。この方は、少し年をとってはおられたけれども容貌《かおかたち》は美しく、かつ気立ても優しかったので、判官も大いに気に入られる。「ぬ。お前はなんとも、離れがたい女だな」と愛される。判官にはすでに以前からの妻がいて、これは河越太郎重頼《かわごえのたろうしげより》の娘だったのだけれども、この平大納言の姫君には別なところに立派な部屋を調《ととの》えて住まわせ、寵愛《ちょうあい》された。

　だから、例の手紙や書類を入れた箱のことをこの女人《にょにん》が言い出し、「愛《いと》しの九郎様、父に返してほしいのですけれども」と頼み込むと、判官は承知するのみならず、その箱の封さえ開《ひら》かずに、即、大納言のところへ送られた。

平大納言時忠卿はたいそう喜び、ただちに焼き捨てられた。

世間では、いやはやこれらはいったいどのような手紙だったのか、どのような書類だったのか、中味がなんとも気になるわいと噂《うわさ》した。

しかしながら、世間の大方にあるのは判官への讃辞《さんじ》であって支持だった。壇《だん》の浦《うら》の合戦を経て平家は滅びた。早くも国々は鎮まり、すなわち戦《いく》さによる種々の障《さわ》りというのが失《う》せて、人の往来は容易となった。なにより都が平穏になった。都もまた。「いや本当に、九郎判官ほどの人はいないぞ」と讃《たた》えられた。「なあ、鎌倉の源二位頼朝にどれほどのことができたかよ。いったい何をやったというのだ。天下はひたすら判官の思うままにさせたいものだわい」と支持された。

そうした評判を、鎌倉にいるご当人が耳にされる。

源二位が漏《も》れ聞かれる。

「これは、なんだ。どういうことだ」と言われる。「この頼朝がしっかり事を計画し、ここ東国《とうごく》から軍兵《ぐんぴょう》を派したからこそ、平家はああも易々《やすやす》滅びた。九郎一人の力でどうして世を鎮めることができる。できた、と、い、うのだ。こうした評判に思いあがり、あの者は早くも天下をおのれの思いのままにしているのだな。だからこそだ、他にも適当な人がいるであろうに、九郎はわざわざ平大納言の婿《むこ》というのになった。いい気になって、なった。しかも大納言その人を『岳父殿《がくふどの》』として厚く遇しておるというのだから、認めがたい。もともとあいつの今の北の方、河越太郎の娘は頼朝が命じて縁づかせたのだ。これを蔑《ないがし》ろにした。この兄を軽んじた。また、平大納言も平大納言だ、世間にも憚《はばか》らずに九郎を、婿にとるだと。不当千万。そしてやはり、何より九郎、九郎、九郎！　この調子だと都から鎌倉に下《くだ》ってきても、あれはさだめし過分のふるまいをするぞ。ここ鎌倉で」

源二位は、用心なされた。源氏の棟梁は、その、おん弟を――。

副将被斬《ふくしょうきられ》――また八歳死す

同年五月七日に九郎大夫《くろうたゆう》の判官義経《ほうがんよしつね》が平氏の生け捕りどもを連れて関東へ下向することになった、との話がひろまり、これを耳に入れた当の生け捕りの大臣殿が判官のもとへ使者を送り、こう申し遣《つか》わされた。

「明日関東へ下《くだ》るとの由《よし》をうけたまわりました。親子の情愛はなかなか断ち切れないものでございます。一門の生け捕りのうちで『八歳の童《わらわ》』と書きつけられている者は、私の子、右衛門《うえもん》の督《かみ》の腹違いの弟なのですけれども、これはまだこの世に生きておりますでしょうか。いま一度会いたいと存じます」

このご所望に、判官は次のようにお返事なされた。

「誰であれ、親子の情愛はなかなか思い切れないものですから、私《わたくし》もまことにご尤《もっと》もと存じます」

判官は、その八歳の若君をお預かり申していた河越小太郎重房《かわごえのこたろうしげふさ》に、大臣殿のところへ若君をお連れ申せと命じられた。重房は人に車を借り、若君をお乗せ申した。若君のお付き添いの女房二人も、同じ車に乗り、大臣殿のところへ参られた。

若君が父君に対面なさるのは久しぶりで、いかにもうれしそうにしておられた。大臣殿が「さあ、おいで。ここへおいで」と言われるとお膝《ひざ》の上にすぐお乗りになった。大臣殿は、若君の髪をかき撫《な》でて、涙をはらはらと流し、警固《けいご》の武士たちに言われた。「この子は、――どうぞおのおの方《がた》、お聞きください――、母のない子なのです。これの母親は無事にお産はしたのですけれども、産んでからの肥立《ひだ》ちが悪かった。患《ふ》いついて臥《ふ》してしまったのです。その病褥《びょうじょく》で、『今より後《のち》、あなたがどのような女性《にょしょう》の腹に若君をお儲《もう》けになられたとしても、愛情をそちらへお移しなさらずにこの子を育てて、私の形見と思ってお目にかけてください。お手もとから放して乳母《めのと》に預けっぱなしなどにはしないでください。どうか』と言ったことが不憫《ふびん》なので、将来の朝敵征《ちょうてき》伐にあたっては兄のあの右衛門の督を大将軍にし、弟のこの子は副将軍にさせるからと言って名を副将《ふくしょう》と付けたところ、それはそれは、たいそううれしそうにして、息を引きとるそのときまで『副将、副将』と呼びなどして可愛がっていましたが、七日めに、産後の七日めに、とうとう亡くなってしまったのです。この子を見るたびに、そのことが――ああ、思い出されて、思い出されて――、忘れられないのですよ」

大臣殿は涙もとどめかねていらっしゃった。

警固の武士たちもみな、涙に袖を濡《ぬ》らした。

兄、右衛門の督も泣かれた。

乳母も涙に濡れる袖を絞った。

だいぶ時が経《た》ってから大臣殿は「それでは副将、もう帰りなさい。父は、お前に会えてうれしかったよ」と言われた。が、若君は帰ろうとなさらない。右衛門の督がこれを見て、涙を抑えて言われる。「さあ、副将ごぜ、副将御前《ごぜん》よ」と優しげに、優しげに、呼びかけられる。九つ歳下の弟に。「今夜はもうお帰りよ。早々お帰り。ただいま客人が来られるのだ。だから、明朝、急いでいらっしゃい」と――。

しかし、若君は、父の白い、白い御衣《ぎょい》の袖にひしと取りついて、「いやです、いやです」と泣かれる。「帰りません。もう帰らない」と――。

こうして、さらに時が経つ。時が経ち、時が経ち、日もしだいに暮れる。いつまでも若君が父のところにおられることなど許されない。乳母の女房が、抱きとり、お車にお乗せ申す。その乳母ともう一人と、二人の女房どもも袖を顔に押しあてて、泣きながらお暇《いとま》を申して、また同乗して出て行った。大臣殿はその後を、ずっと、ずっと、ずっと見送られる。お歎《なげ》きになられる、「これまで会えないでいた悲しさは、この別れの悲しさに比べれば何ほどのこともなかった」と——。

この若君は、母親の遺言が痛ましいからというので、乳母のところへもやらず、朝夕お手もとでお育てになった。三歳で元服させて義宗《よしむね》と名乗らせた。だんだん成長なさるにつれて、その容姿は端麗、気立ても優美で品《ひん》を感じさせるようになられ、それゆえ大臣殿は可愛がられたし不憫にも思われた。西海《さいかい》の旅に出られても、波の上でごいっしょ、船中の住居《すまい》でもごいっしょと、片時《かたとき》もお側《そば》をお放しにならなかったのだった。しかし、壇《だん》の浦《うら》のあの敗戦ののちには隔てられて、今日初めてお互いに会われた。

それから河越小太郎重房が判官の御前に参って、お身柄をお預かり申している若君に関し、関東下向を前にお尋ねした。

「それで若君のおん事は、いかが処置いたしましょうか」

「うん、あれはな」と判官は言われた。「鎌倉までお連れ申すには及ぶまい。だからお前が、こちらで、京都でな、どのようにでも処分せよ」

どのようにでも。

河越小太郎は宿所へ帰り、若君の二人の女房どもにこう言うのだった。

「大臣殿は鎌倉へお下りになられます。ですが若君は京都にお残りなさるということになります。重房も鎌倉へと下りますので、若君のお身柄は緒方三郎維義《おがたのさぶろうこれよし》の手にお渡し申すという手筈《てはず》になっております。よって、早々にお乗りください」

河越小太郎はお車をさし寄せた。

河越が寄せたそのお車に、若君が無心に乗られた。

「また昨日のように、父上のお側《そば》へ参るのか。参るのか」と言われた。喜ばれていた。

儚《はかな》いことに、喜ばれていた。

六条大路を東へ、河越は車を進める。東へ、すなわち賀茂川《かもがわ》の六条河原の方角へ、河越小太郎重房は車を走らせる。その河原は、何に用いられる河原か。その河原はいったい。同乗する二人の女房どもが「あら、これは様子が変だわ。どうして河原などめざすの」と狼狽《ろうばい》し、と同時に、はっと心づいている。六条河原といえば処刑場と。車から少し後方に距離を置いて、武士たちが五、六十騎ほども賀茂《かも》の河原に現われる。

それから車を停《と》める。すぐに、河越小太郎重房は。

毛皮の敷物を敷く。河越小太郎は。

「さあ、お降りください」と申す。河越は。

若君は車から降りられる。なんだか変だ、とても妙だと不審がられて、「私を、どこへ連れて行こうとするのだ」とお尋ねになる。返事はない。二人の女房はなんとも返事ができない。重房の郎等《ろうどう》が太刀《たち》を抜いている。しかし若君に気づかれないよう、体の陰にそれを隠している。左のほうから若君の後ろに回る。今にもお斬り申そうとする。

それを、八歳の若君は、見つけられる。少しでも逃《のが》れることができるかと、若君は急いで乳母の懐《ふとこ》ろへ入り込まれる。隠れられる。

逃れ切れるはずもないのに。それなのに。

武士も、武士たちも、その性《さが》は気丈であるとはいってもやはり無情にはお引き離したてまつることができない。

乳母は若君を、ひしと、ひっしとお抱き申して、人が聞くことなどは顧みずに叫ぶ、身悶《みもだ》えして泣き叫ぶ。その心中は誰にでもあまりにも易々《やすやす》と、易々と推し量られて哀切すぎる。哀切すぎる。河越小太郎重房にも。しかし、時刻が過ぎる、経過する、そうこうするうちにもずいぶん経過してしまう。河越は涙を抑えて、言う。

「こうなっては、もはや、何をどのようにお思いになられても望みは叶《かな》えられませぬ。さあ、ここへ」

武士たちが、このとき、動いている。

とうとう動いている。乳母の懐ろから若君を引き出し申す。

ここへ。

腰の短刀で押し伏せる、ここで。ここで、斬る。首を。六条河原のここで、ついに大臣殿の八歳の若君の首を。

勇猛な武士たちといえども、やはり岩でもなければ木でもない。情けは知っているのだから、その五、六十騎の武者はみな、むろん河越小太郎もだが、涙を流した。首は、判官の実検に供さねばならないので、賀茂の河原にそのままにはせず取って行った。

判官のもとへ、お見せしに行った。

その場所へ、乳母の女房が裸足《はだし》で追いついた。

「おさしつかえなければ、おさしつかえなければ、お首だけはいただいて、若君の後《ご》世《せ》をお弔い申しあげたいと存じます。おさしつかえなければ――」

判官も、あまりにも哀れな、と思われた。

判官もまた涙をはらはらと流された。

「真実、そう願われてらっしゃるのだね。うん、それが一番よい。そのように供養なさることが。さあ、お早く持っていきなさい」

判官は、若君の首を賜《たま》わった。女房はこれを受けとって懐ろに入れ、大切に抱《いだ》きつつ、抱きつつ、泣きながら洛中《らくちゅう》のほうへ帰るように、見えた。

そのように見えた。

その後、五、六日して桂川《かつらがわ》に女房が二人身投げをした。一人は幼い人の首を懐ろに抱いて沈んでいた。若君の乳母の女房だった。もう一人は首を斬られた胴体を、賀茂川の河原に捨てておかれていた死骸を抱いていた。若君のお世話を務めた女房だった。乳母がそのように後を追ったのは、よくよく思いつめてのことなのだからやむをえない。そう言える。しかし、そうではないもう一人、ただの付き添い役の女房までも身を投げたのは相当に珍しい。

ひたすら珍しい。そう言える。

その思いの深さよ、愛情よ、と言える。

平家はこうして、続々と絶える。

腰越《こしごえ》——兄、弟を容《い》れず

さて大臣殿は下向された。九郎大夫《くろうたゆう》の判官義経《ほうがんよしつね》に連れられ、五月七日の早朝に東海道の都口《みやこぐち》であるところの粟田口《あわたぐち》をお過ぎになった。内裏《だいり》もすでに遠く隔たる。そして逢坂山《おうさかやま》にかかり、関《せき》の清水《しみず》をご覧になる。思わず、涙ながらにこう詠《よ》まれた。

都をば　京の都を
けふをかぎりの　今日を最後と出て
せきみづに　道も塞《せ》き止められました、その関所の清水に

またあふさかの　再び立ち帰って、逢坂のこの水に会い
かげやうつさむ　わが姿を映してみることができるのでしょうか

名高い歌枕の地だからこそ、思わず切々と詠まれた。

その後の道中も大臣殿はあまりに心細げなご様子だった。判官は、情け深い人であったから、さまざまにお慰め申しあげた。

大臣殿はおっしゃった。

「なんとかして今回のこの命、お助けください」

判官は答えられた。

「私《わたくし》が思うに、大臣殿のお身柄は遠国《おんごく》か離島へでもお移し申すことになるのでしょう。まさか、お命をいただくまでのことはございますまい。万が一そのように定《き》まりましても、この義経、自らの勲功に対する恩賞をば辞退つかまつり、代わって大臣殿のご助命のことを願い出るようにしましょう。ですからご安心なさってらっしゃい」

頼もしい申しぶりであられた。

これを聞き、大臣殿は言われた。

「たとえ蝦夷《えみし》どもの千島《ちしま》であっても、この命さえ保たれれば。どんな腑甲斐《ふがい》ない命であっても、それでもう存分にうれしい」

平家の総帥としては実に情けないお答えであられた。

そして日数《ひかず》が経《た》ち、同月二十四日に鎌倉にお着きになった。

しかし先回りしていた者があった。判官に、先手を打っていた侍が。梶原平三景時《かじわらへいぞうかげとき》だった。判官を憎む景時は、鎌倉の源二位頼朝殿《げんにいよりともどの》にこう讒《ざん》していた。

「この日本国《にっぽんこく》は今や残るところなく殿にお従い申しております。が、しかしながら、おん弟の九郎大夫の判官殿こそは最後まで残る敵《かたき》になるのでは、と、そうお見受け申します。なぜならば、まあ一事が万事でございまして、これから景時の挙げまする話などからも察せられるはずでございます。あの一《いち》の谷《たに》の合戦のときにこんなことがあったのでございます。判官殿は、『この俺が一の谷を上の山から攻め落とさなければ東西の城門を破ることなど困難だったぞ。難儀を極めたはずだぞ。だからだ、生け捕りの者であれ討ちとられた首であれ、いずれにしてもこの俺、義経にこそ見せるべきであったのに、何の役にも立たれない蒲《かば》の冠者範頼《かんじゃのりより》殿のほうにお目にかけるとはな。は！　理不尽、理不尽千万よ！　生け捕りの本三位《ほんざんみ》中将重衡《しげひら》殿をこちらへ渡さないというならば、どおれ、義経がこちらから参って頂戴《ちょうだい》するわい！』と言って、今にも同士討ちもしかねないところとなり、それを、この景時が戦《いく》さ目付け役の土肥次郎実平《といのじろうさねひら》と相談しまして、三位中将殿を土肥次郎に預けるようにいたしましたので、どうにか判官殿も鎮まられたのです」

源二位頼朝殿は、深くうなずかれた。

うなずき、続いて次のようにお命じになった。大名たちに向かって、小名たちに向かって。すなわち、おのれの配下たる坂東《ばんどう》の兵《つわもの》たちに——。

「九郎が今日、鎌倉へ入るというぞ。よって、おのおの方《がた》は用心したまえよ」

用心しろと命じられた。大名たち小名たちとその軍兵《ぐんぴょう》とは馳《は》せ集まり、じき、数千騎にもなった。

兄は、こうなさった。

弟は、その後《のち》に、着かれたのだった。

金洗沢《かねあらいざわ》に関が設けられていた。兄、源二位殿は護衛の騎馬武者を七重に、八重にと配されている。ご自身を取り巻かせられている。大臣殿父子をお受け取りし、だが——弟、判官殿を鎌倉の門戸の地である腰越《こしごえ》へ追い返された。源二位殿は、譜代の勇士たちに厳重に警備させた中におられながら、その内側にお座りになられたまま、こう言われた。

「九郎は甚《はなは》だ機敏でなあ。というよりもすばしこすぎる男よ。あれはこの畳の下からでも這《は》い出てきかねないのだ。だがな、この頼朝はそうはされぬわ」

してやられることはないのだぞ、決してな、と述べられた。

いっぽうで腰越へ追い返された判官は、思われた。

「去年の正月に木曾義仲《きそよしなか》を追討して以来、この九郎は一の谷、壇《だん》の浦《うら》に至るまで命を捨てて平家を攻め落とし、三種の神器の内侍所《ないしどころ》や神璽《しんじ》のお箱を無事に都へお返し申しあげた。また平家の大将軍父子をも生け捕ってここまで下向してきた。そうである以上は、たとえ何が、何事が、どのような不都合、どのようなご不審があるにしても、兄上は一度はご対面あって然《しか》るべきではないのか。弟のこの義経と！　本来ならば九州の総追捕使《そうついぶし》になされるか、あるいは山陰、山陽、南海道のいずれなりとも預けられてそちらの方面の守備でもお任せになるだろうと思っていた。この義経は思っていたぞ！　なのに、わずかに伊予《いよ》の国ただ一国をば知行せよとおおせられただけで、鎌倉にさえ入れられぬ。ああ、鎌倉にさえ！　これは、これは、いったいどうしたわけだ。日本国を鎮定したのは義仲と義経の二人ではないのか。あの義仲とこの義経とが成し遂げた、そうではないのか。申してみれば、同じ父親の息子を、先に生まれたほうを兄、後に生まれたほうは弟とするだけのことだ。それだけのことではないのか。ないか！　誰であれ、天下を治めようとするならば治められる。そうではないのか。違うか！　しかもこのたびはただのご対面すら叶《かな》わぬ。それすら叶えてとらせずに義経を都へ追い上《のぼ》らせられる。あまりに、あまりに憾《うら》みを遺《のこ》すぞ。おお、申し開きのしようもないのだから。おお！」

つぶやかれたが、どうにもならない。

たびたび神仏に誓いを立てた文書《もんじょ》をもって「この義経、兄上に対して不忠の心はまったく持ちません」との由《よし》を伝えられたが、景時の讒言《ざんげん》のために源二位頼朝殿は取りあげられない。判官は泣く泣く、一通の書状を書いて、大江広元《おおえのひろもと》のところへ送った。広元は源二位殿の右筆《ゆうひつ》だった。信頼は篤《あつ》い。

書状にはこう書かれていた。

「源義経、恐レナガラ申シアゲル趣旨ハ次ノトオリデス。

私《ワタクシ》ハ、オン代官ノ一人ニ選バレ、勅宣《チョクセン》ヲオ受ケシタ使者トシテ、朝敵ノ平家ヲ討チ滅ボシ、当家ノ父祖ノ恥辱ヲ雪《ソソ》ギマシタ。シタガッテ褒賞《ホウショウ》ガアッテ然《シカ》ルベキトコロヲ、意外ニモヒジョウニ恐ロシイ讒言ニ遭《ア》イ、莫大《バクダイ》ノ勲功ヲ黙殺サレ、犯シタ罪モナイノニ処罰ヲコウムリマシタ。功績ガアッテ過《アヤマ》チハナイノニゴ勘気ヲコウムリマシタノデ、虚《ムナ》シク悲歎《ヒタン》ノ血涙《ケツルイ》ニ咽《ムセ》ンデオリマス。讒言シタ者ガ真実ヲ述ベタカ、偽リヲ申シタカモオ糾《タダ》シニナラズ、鎌倉ニ入ルコトモ許サレマセンノデ、私ノ思ウトコロヲ申シアゲルコトモデキズ、イタズラニ数日ヲ送ッテマイリマシタ。今コノトキニ当タッテ、ゴ対面モナラナイトイウコト、骨肉兄弟ノ誼《ヨシ》ミモ絶エ、モハヤ前世カラ定マッテイタ運命モ尽キテシマッタコトニナルノデショウカ。アルイハマタ、前世ノ悪業《アクゴウ》ノ報イヲ受ケテイルノデショウカ。悲シイコトデアリマス。亡キ父左馬《サマ》ノ頭義朝《カミヨシトモ》ノ尊霊ガ再ビコノ世ニ生マレ変ワッテコナイノデアレバ、イッタイ誰ガ私ノコノ悲シミヲ釈明シテクレマショウ。誰ガ私ヲ憐《アワ》レンデクレマショウ。以下、今サラメイタ言イ分トナリ、愚痴ノヨウニモ思ワレマショウガ、義経ハ身体髪膚《シンタイハップ》ヲ父母ヨリ授カッテコノ世ニ生マレルト、程《ホド》ナク、父ノ左馬ノ頭ガオ亡クナリニナッタノデ孤児《ミナシゴ》トナリ、母ノ懐《フトコ》ロニ抱カレテ大和《ヤマト》ノ国ノ宇多《ウダ》ノ郡《コオリ》ニ連レテ行カレマシタ。以来、マダ一日片時《イチニチヘンシ》トテ心安ラカニ過ゴシタコトガゴザイマセン。生キテ甲斐《カイ》ナキ命ハ保テドモ、京都ノ辺リヲ歩キマワルコトハ困難デアッタノデ、我ガ身ヲアチラコチラノ村里ニ隠シ、鄙《ヒナ》ヲ、遠国ヲ住処《スミカ》トシテ、田舎《イナカ》ノ百姓ラニ召シ使ワレテマイリマシタ。シカシナガラ機会ハ到来イタシマシタ。平家一族ノ追討ノタメニ京都ニ上《ノボ》ルコトトナリマシタノデ、ソノ戦《イク》サノ手始メニ木曾義仲ヲ攻メ滅ボシマシテ、後《ノチ》、サラニ平家ヲ滅ボサンガタメ、アルトキハ峨々《ガガ》タル岩山ニ駿馬《シュンメ》ヲ鞭《ムチ》打チ、疾駆《シック》サセ、敵ノタメニ命ヲ落トスコトモ顧ミズ、アルトキハ漫々《マンマン》トシタ大海ニ風波《フウハ》ノ危険ヲ冒《オカ》シ、船デ漕《コ》ギワタリ、海底ニ沈ムコトモ苦トセズ、屍《シカバネ》ヲ大魚ノ餌食《エジキ》ニスルコトヲ覚悟シマシタ。ソレバカリデハアリマセン。甲冑《カッチュウ》ヲ枕トシテ野宿ヲシ弓矢ヲ持ッテ合戦ニ臨ム武士ノコノ身ノ願イハ、タダ偏《ヒトエ》ニ亡キ父祖ノ霊魂ノ憤《イキドオ》リヲオ宥《ナダ》メ申スコトデアリ、長年ノ平家討滅ノ望ミヲ遂ゲルコトナノデス。ソノ他ニハゴザイマセン。ソノウエ、義経ガ五位ノ尉ニ任ゼラレマシタコトハ、コレハ当家ニトッテノ重職、コレニ過ギタ名誉ハゴザイマセン。シカシナガラ今ノ私ハ深ク憂《ウレ》エテオリマス。今ノ私ハ切《セッ》ニ歎《ナゲ》イテオリマス。仏神ノゴ加護ニ頼ル他ニドウヤッテ私ノ悲シイ訴エヲオ耳ニ入レルコトガデキマショウ。ソコデ、諸神諸社ノ牛王《ゴオウ》宝印《ホウイン》ノ裏ヲ用イテ私ガマッタク野心ヲ抱イテオラヌ由ヲシタタメ、日本国ジュウノ大小ノ神仏ヲ勧請《カンジョウ》シ、真実ヲ訴エ、数通ノ起請文《キショウモン》ヲ書イテ進上イタシマシタガ、依然トシテオ許シヲイタダケマセン。アア、我ガ国ハ神国デス。神ハ礼ニ外レタコトハゴ受納ナイノデス。私ガアナタニオ頼ミスルコトハ、タダ一ツ、広大ナオ慈悲デス。ドウカ、ヨイ機会ヲ見テ、兄上ニ私ノ本心ヲオ伝エクダサイ。ドウカ、私ノタメニ秘《ヒソ》カナ手立テヲメグラサレテ、義経ニ誤《アヤマ》リノナイ由ヲ申シ宥《ナダ》メラレマスヨウ。ソレデオ許シイタダケルナラバ、善行ヲ積マレタ報イガアナタノ家門ニ及ビ、栄華ハ長ク子孫ニマデ伝ワリマショウ。私モマタ、コレニヨッテココ数年ノ心配モ解ケ、一生ノ安穏ヲ得ルコトガデキマショウ。述ベタイコトハマダアルノデスガ、コノ紙ノ上ニハ書キ尽クセマセンノデ、他ハスベテ省略イタシマシタ。義経、恐レナガラ謹《ツツシ》ンデ申シアゲマス。

元暦《ゲンリャク》二年六月五日。源義経ヨリ。

差シ上ゲマス。因幡《イナバ》ノ守殿《コウノトノ》へ」

鎌倉の公文所《くもんじょ》の別当《べっとう》、大江広元は、当時は因幡の守《かみ》だった。

大臣殿被斬《おおいとのきられ》　――父が死に、子も

そして鎌倉の、その内では。

二人の対面がある。一人は、源氏の棟梁《とうりょう》で、東国《とうごく》の武士たちを統《す》べる者。一人は、平家の棟梁で、西国《さいごく》の基盤を失った者。もはや、何もない者。

この二人の——お二人の、ご対面が。

お二人の間に、中庭がある。

源二位《げんにい》頼朝殿《よりともどの》のご座所から、庭を一つ隔てて、前《さき》の内大臣宗盛《むねもり》公は控えられている。しかも源二位殿のおられるのは、御簾《みす》の内。

しかも源二位殿は、比企藤四郎能員《ひきのとうしろうよしかず》を使者とし、じかには大臣殿に話しかけられない。

お二人だけがおられるのではない。関東の大名たち、小名たちが列席している。この場に。この、源平両家の総大将の、ついにのご対面に——。

比企藤四郎能員に、申し継がせるお言葉を源二位殿が申される。

「平家の人々に特別の遺恨を感じているなどということは、この頼朝、決してありません。池殿《いけどの》の尼御前《あまごぜん》がどのようにとりなされても、亡き入道相国《しょうこく》殿のお許しがございませんでしたら、頼朝の命、どうして助かりましょう。助かるはずなどなかったのです。このこと、忘れるはずもございません。伊豆《いず》への流罪に減刑されたことはまったく入道殿のご恩です。それゆえに二十余年間もこうして関東で静かに過ごしてまいりました。しかし、ご一門は朝敵《ちょうてき》となられました。こちらは『追討せよ』との由《よし》の院《いん》宣《ぜん》を賜《たま》わりました。主上《しゅじょう》の治めたもう王地に生まれました者として、勅命《ちょくめい》に背くわけにはまいりませんので、ここまでの経緯《いきさつ》のいっさい、致し方ありませんでした。今、このようにお目にかかれまして、私の満足とするところです」

能員は、この旨を申し伝えようと大臣殿の御前に参った。

大臣殿は、居ずまいを正された。畏《かしこ》まってお受けしようとした。

あまりに情けなかった。

列座しているのは東国の大名たち、小名たちが主《おも》だったのだが、そのなかには京都の者もまた多くいた。もと平家の家人《けにん》だった侍もいた。みな、爪弾《つまはじ》きの所作をしながら言うのだった。「――あのように居ずまいを正し、恐れ畏まれたら、お命が助かると思われたのか。憂《う》し、憂し！」と。爪《つま》さきをぱちぱち弾かれた。

「西国にて最期《さいご》を遂げられて然《しか》るべき人が、生きながら捕らえられてここまで下《くだ》られたのも、まずは道理だわ」

あるいは涙を流して同情する人もいた。

そのなかには、こう申した人もいた。

「『猛虎《もうこ》深山《しんざん》にあるときは、百獣震《ふる》い怖《お》じ、檻穽《かんせい》の中にあるに及んで、尾を動かして食を求む』というぞ。奥深い山中にいるとき、猛々《たけだけ》しい虎を前にしては多くの獣《けもの》が恐れ臆するわけだが、その虎も捕まえられて檻《おり》の内側へ入れられてしまえば、尻尾を振って人に阿《へつら》う。卑屈に、まこと卑屈にな。だから、どんなに勇猛なる大将軍といえども虜囚の身となってからは変わってしまわれるのだ。この大臣殿も、それなのだよ」

一つの達見だった。

鎌倉の外には九郎大夫《くろうたゆう》の判官義経《ほうがんよしつね》がおられる。おられ——おられて——依然として腰越《こしごえ》に逗留《とうりゅう》なされている。兄上にさまざまに申し開きなさりつづけるのだけれども、景時《かげとき》の讒言《ざんげん》のために源二位頼朝殿はいっこうにはっきりしたお返事もなさらない。後《のち》、急いで上洛《じょうらく》せられよとのご命令に、同年六月九日、判官は大臣殿父子《おやこ》をお受け取り申しあげて再び都へお帰りになる。大臣殿は、ほんの少しでも処刑の日が先延ばしにされることを喜んでおられる。とはいえ道中、ここで斬刑に処せられるのか、ここでか、と案じつづけられ、しかし、無事に国々宿々を通り過ぎる——つぎつぎと。尾張《おわり》の国の内海《うつみ》というところがある。源二位殿や判官の父君、亡き左馬《さま》の頭義朝《かみよしとも》はここで討たれている。されば必ずやここで打ち首になるであろうと思われたけれども、そこも素通りする。大臣殿は少し期待できる気持ちが湧いてきて、「もしかしたら命が助かるのではないか」と言われたが、空《むな》しくも愚かしい予想だった。右衛門《うえもん》の督《かみ》は「どうして命の助かることがあろうか。こんなに暑い時節だから、斬り落とした首が腐らぬようにと配慮して、都に近くなってから斬ろうとするのだろう」と思われたが、父の大臣殿があまりにも心細そうにされているのが痛ましく、口に出しては言われずに、ただ念仏ばかりを唱えておられた。

南無阿弥陀仏《なむあみだぶつ》と。

南無阿弥陀仏。

日数が過ぎる。

都が近づく。

近江《おうみ》の国の篠原《しのはら》の宿にお着きになる。判官は、情ある人なので、三日ほど前の道程《みちのり》のところから一足先に人をやって、善知識《ぜんちしき》すなわち仏道への導きとなる機縁の人として大原《おおはら》の本性房湛豪《ほんしょうぼうたんごう》という聖《ひじり》を招き下《くだ》らせておかれた。昨日までは父と子はいっしょにおられたのに、今朝から引き離して別のところに置かれたので、大臣殿は「それでは今日が最後なのか」と心細く、心細く思われた。善知識の聖を前にしても、涙をはらはらと流し、「いったい我が子、右衛門の督はどこにいるのだろう。手を取り組んで最期を遂げ、たとえ首は刎《は》ねられるとしても、首なしの胴体、その死骸だけは同じ筵《むしろ》の上に横たわろうとそう思っていた。なのに生きながら別れてしまった。ああ、悲しい。悲しいのです。十七年のあいだ一日も片時《かたとき》も離れたことはなかったのです。海底に沈まずに生き恥をさらしたのも、あの子の、あ、あの右衛門の督のためだったのです――」

聖は、さすがに心を動かされた。

哀れな、と思った。

しかし自分までが心弱くなっては、正しい導きなどできるはずがない、とおのれを戒め、涙をおし拭《ぬぐ》い、さあらぬ体《てい》を装った。

そして言う。

「今はご子息のことをあれこれとお考えになるべきではございませんぞ。仮に最期のさまを、その最期のご様子というのをご覧になったら、お互いに心中でひどく悲しまれるはず。そうでございましょうが。お聞きくださいませ、大臣殿。あなたはこの世に生を享《う》けられて以来、大いに楽しまれたこと繁昌《はんじょう》されたこと、昔にも例の少ない次第です。帝《みかど》のご外戚《がいせき》でございましたな。内大臣の位にもお昇りになりましたな。この世でのご栄華は、一つも残るところがない。そして、今また、このような目にお遭《あ》いになるのも、前世における所業の報いです。世間をお怨《うら》みになってはいけません。人をお怨みになってはいけませんぞ。大梵天王《だいぼんてんおう》がその宮殿において深い瞑想《めいそう》の境地に入られる楽しみ、天上界のその静寂の楽しみも、思えば、それほど長いものではございません。まして下界の命というのは電光の短さ、朝露《あさつゆ》の儚《はかな》さ、なおさらなのですよ。忉利天《とうりてん》に生を享ければ億千歳の寿命を保てると申しますが、それとても過ぎてしまえば夢のようなもの。やはり儚い、儚い。そういうことなのでございます。あなたは、これまで三十九年をお過ごしになられた——」

齢《よわい》三十九の大臣殿に、聖は言った。

「思えば、それは、わずか一時《いっとき》の間にすぎなかったのではないですか。そうでしょう。誰が不老不死の薬を嘗《な》めましたか。誰が、神仙の頭《かしら》たる東王父《とうおうふ》や西王母《せいおうぼ》のように長寿を保てましたか。秦《しん》の始皇帝《しこうてい》はどうでしたか。あれは驕《おご》りを極めた。で、ついには驪《り》山《ざん》の墓に埋められた。では漢の武帝《ぶてい》はどうだ。あれほど不老を長寿をと願って、しかし、その墓、杜陵《とりょう》の苔《こけ》の下に朽ちた。不死どころか、虚《むな》しく、実に実に虚しく――。さて、こうした文言《もんごん》を聞かれてはおりませんか。『生ある者は必ず滅びる。釈迦《しゃか》もかつて栴檀《せんだん》をもって火葬に付されることを免《まぬか》れなかった。楽しみ尽きて悲しみ来《きた》る。天人でもやはり五衰《ごすい》の日に逢《あ》う』との文句を。私はうけたまわっておりますよ。天上界の衆生《しゅじょう》でさえも五種の衰相をあらわして、死するのですよ。楽しみは尽き、悲しみ来るのですよ。悲しみ！　ああ、だからこそ仏は『我心自空《がしんじくう》、罪福無主《ざいふくむしゅ》、観心無心《かんじんむしん》、法《ほう》不住法《ぶじゅうほう》』と説かれた――」

我々の心は本来、空。我心自空。

罪も福もその実体は、ない。罪福無主。

心を観察してもその心がもともと、ない。観心無心。

あらゆる法もまた法のその中に常住することが、ない。法不住法。

「善も空と観じて、また悪も空であると観ずること、これこそまさしく仏の御心《みこころ》に適《かな》うことなのです。ああ、阿弥陀如来《あみだにょらい》は、五劫《ごこう》という永い、永い時間お考えあって、衆生を救おうとの実に困難な大願《たいがん》をお発しなされて、それがどういうわけなのかと問えば、それはまさに大いなる慈悲、慈悲心ゆえ。にもかかわらず我々は、ああ、億々万《おくおくまん》劫《ごう》という永い、永い、途轍《とてつ》もなく永い時間ひたすら生死《しょうじ》の世界に流転を繰り返して、輪廻《りんね》して、宝の山に入りながら何も手にせずに戻るように人間に生まれるという稀《まれ》な機会を得ながらも、その幸運を活かさない、無意味に過ごしてしまう、それがどういうわけなのかと問えば、それはまさに愚かさ、ただ愚かさゆえ！　これ以上恨めしいことはないのですし、これ以上の口惜しい限りの愚かさは、ない、ない――ありえはしないのですよ。さあ、ですからゆめゆめ、あなたは往生の一念以外に雑念をおこしてはなりませんぞ」

それから、戒をお授け申しあげる。念仏をお勧め申しあげる。聖は、大臣殿に。

大臣殿は、これは本当にすばらしい仏道へのお導きだとお思いになる。執着にとらわれていた迷いの心をたちどころに翻《ひるがえ》して、西に向かい、手を合わせられる。声高く念仏をお唱えになる。

南無阿弥陀仏と。

南無阿弥陀仏、南無阿弥陀仏と。

一人の武士が、大臣殿の背後に立つ。

橘右馬の允公長《きつうまのじょうきんなが》が、太刀《たち》を抜き身にし、わきに引きよせて隠しつつ、左のほうから——左のほうから——大臣殿のお後ろにまわる。もう、立ちまわっている。立った。そして——今、斬る——斬りたてまつろうとする。

念仏が止《や》む。

大臣殿が言われる。「右衛門の督も、すでにか」

すでに斬られたのか、と問われた。哀れにも。

公長がもっと後ろに寄ったかと思うと首は前に落ちている。

大臣殿のその首は。

善知識の聖も涙に咽《むせ》ばれた。心猛き武士であれ、どうして哀憫《あいびん》を感じずにいられよう。ましてこの公長という者は、平家代々の家人で、新中納言知盛卿《とももりきょう》のもとへ朝夕伺《し》候《こう》していた侍だった。人々は「いくら世間に媚《こ》びるのが常とはいえ、あまりにも情けというものがないわ。この公長めは」と言って、心に恥ずかしく思うのだった。

聖は、そののち、右衛門の督にも父のように戒をお授け申しあげる。

念仏をお勧め申しあげる。

聖は、子に——。

「父、大臣殿のお最期は、いかがでしたか」

いたわしいことに右衛門の督はそう尋ねられた。

「ご立派でございましたよ」と聖。「ですから、ご心配は要らぬかと」

往生は果たされると聞き、右衛門の督は涙して喜び、「今は思い残すことはない」と言われる。

「さあ、もう斬って」

今度は堀弥太郎親経《ほりのやたろうちかつね》が斬る。首を。その、大臣殿の十七歳の嫡男《ちゃくなん》のお首を。

刎ねられた首が、二つ。その二つを持たせて判官は都へ入った。首をなくした胴体は、二つ。その二つの死骸は公長の取り計らいということで同じ穴に埋められた。親子一つ穴に。大臣殿が生前、罪深くもあれほど「あの子と離れがたい」と言われて、このようにしたのだった。

胴体は一つ。

首は。

三十九歳であられた前《さき》の内大臣宗盛公と十七歳の右衛門の督清宗卿《きよむねきょう》の首、二つは。

同月二十三日に揃《そろ》って都へ入った。検非違使《けびいし》どもが三条河原に出向いて、これを受け取った。揃って大路を引きまわした。二つ揃って獄門の左の樗《おうち》の木にかけた。このような先例は、昔から、聞いたことがない。三位《さんみ》以上の人の首が大路を引きまわされ、獄門にかけられること、聞いたことがない。異国には例があるかもしれないが、この日本国《にっぽんこく》では前例はない。だからこそ、平治《へいじ》の乱において藤原信頼《ふじわらののぶより》はあれほどの悪事を犯したのだからといって首は刎ねられたが、それでも獄門にはかけられなかった。平家になって、今、初めて、かけられた。父は従《じゅ》一位、子は正《しょう》三位。

従一位。正三位。

楽しみは尽きる。悲しみはもう、来た。

壇《だん》の浦《うら》で敗れ、西国から都へ上《のぼ》っては生きて六条大路を引きまわされた。後《のち》、東国から都へ帰っては死んで三条大路を西へ引きまわされなさる。生きての恥、死んでの恥、どちらが上か。

どちらも劣らぬ、ただ——恥辱。

重衡被斬《しげひらのきられ》——阿弥陀如来《あみだにょらい》と繋《つな》がる

本三位《ほんざんみ》中将重衡卿《しげひらきょう》は、昨年から狩野《かの》の介宗茂《すけむねもち》に預けられて伊豆《いず》の国におられたが、奈良の大衆《だいしゅ》がしきりと「渡せ、引き渡せ」とそのお身柄を鎌倉に求めた。それでとうとう、「では、渡せ」とのおおせが源三位《げんざんみ》入道頼政《よりまさ》の孫に当たる伊豆の蔵人《くろうど》の大夫《たいふ》頼《より》兼《かね》に下った。

ついに重衡卿は奈良へ送られた。

東国《とうごく》から南都《なんと》へ。

ただし京都へは入れられなかった。大津から山科《やましな》を通り、醍醐路《だいごじ》を経る、との行き方をした。すると、その場所が近かった。

その場所とは日野《ひの》だった。

重衡卿の北《きた》の方《かた》はどなたか。鳥飼《とりかい》の中納言藤原伊実《ふじわらのこれざね》の娘で、五条大納言藤原邦綱《ふじわらのくにつな》卿の養子となった大納言《だいなごん》の佐殿《すけどの》がその女性《にょしょう》だった。すなわち安徳《あんとく》天皇のおん乳母《めのと》が。三位中将が一《いち》の谷《たに》で生け捕られた後も先帝にお付き申しておられたが、その先帝は壇《だん》の浦《うら》で海に沈まれた——ご自分は生き残られた——荒々しい武士に捕らえられた——京都に帰られた。そして、今、姉の大夫三位《だいぶざんみ》に同居して醍醐《だいご》の南におられるのだった。日野、というところに。夫、中将重衡卿のお命が、たしかに露《つゆ》のように儚《はかな》いものではあるけれども、まだ保たれている、草葉の末にかかるような様《さま》で残っている、まだ生き残っておられるとお聞きになって、もちろん再度対面できないかしらと願われていた。夢の中では何度も会っているけれども、そうではない、現実の逢瀬《おうせ》を——もう一度、こちらが夫を見、夫からこちらが見られもする対面をと、思われて、望まれて、しかし期待は叶《かな》えられず、泣くよりほかに慰めはないという日々を過ごしておられた。

そんなふうに大納言の佐殿が明かし暮らしているところが日野だった。その場所。

護送される三位中将は警固《けいご》の武士に言われた。

「これまで重衡に対して、何かにつけて情け深く、ご親切にしていただきまして、ありがたいばかりです。うれしいばかりです。そして、同じことならば最後にご恩をこうむれればと願うことがあります。私には一人も子がおりませんから、今生《こんじょう》に思い残すような類いのことはありません。しかし長年連れ添ってきた女房がこの街道沿いの日野というところにいると聞きました。ならば、もう一度対面して、私の死後の供養のことなどを言い残しておきたいと思うのです」

そう言い、わずかの暇《いとま》を求められた。

武士どももさすがに岩や木などの無情の身ではなかった。人の情けを知っていたし、それどころかそれぞれに涙を流して、「どこにさしつかえなどありましょう」と言い、お許し申しあげた。

中将は、それはもう喜ばれた。

醍醐路を南に、南に、下《くだ》り、街道沿いのそこへ。それから、人をその邸内に入れて言わせた――。

「大納言の佐殿のお局《つぼね》様はこちらにおいででしょうか。本三位中将殿がただいま奈良へお通りになる途中でございます。室内《なか》へは入らずに、立ったままでお目にかかりたいとおっしゃっておられます」

北の方はこれを聞かれた途端、立ちあがられた。

「どこです、どこなのですか」

言って、走り出て、御簾《みす》から室外《そと》を透かし、ご覧になった。

男がいる。

縁《えん》にもたれている男がいる。

いかにも虜囚然と藍摺《あいずり》の直垂《ひたたれ》を着て、折烏帽子《おりえぼし》をかぶっている。

男は、痩《や》せ黒ずんでいる。

憔悴《しょうすい》している——窶《やつ》れておられる。

その男こそ本三位中将であられた。生年《しょうねん》二十九歳の、大納言の佐殿の夫。

「これは夢でしょうか、現《うつつ》でしょうか」御簾のきわ近くに寄り、大納言の佐殿は言われた。「こちらへお入りくださいませ」

その声。

北の方のお声。

重衡卿は、御簾に隔てられて、まだ室内《なか》の女性《にょしょう》のお姿を目にすることはできずにいらっしゃった。けれども、お声は。見ずともお声は——。

涙が先立った。早くも。あふれ出た。

また、大納言の佐殿のほうも、目の前が暗み、心も茫然《ぼうぜん》とし、しばらくは物もおっしゃれない。

「室内《なか》へ」と言われても、囚《とら》われの身としては警固の武士を憚《はばか》らざるをえないから、三位中将は御簾を掲《かか》げて、お顔を、お体の半分だけを入れ、それから泣く泣くおおせられる。

「去年の春、この身は一の谷で討ち死にするべきだったのに、南都を焼亡させたという甚《はなは》だしい罪の報いだろうな、生きながら捕らわれて、大路を引きまわされた。京都に、鎌倉に恥をさらした。その無念さにさらに加えて、果ては奈良の大衆の手に引き渡されて、斬られることになった。そういうわけで今、この街道を下《くだ》っているのですよ。私は――なんとかしてもう一度、あなたのお姿を見申しあげたいと思っていた。その思いは遂げられた。今はもう、少しもこの世に思い残すことはない。本当ならば出家をして、形見に髪の毛をあげたいとは望むけれども、それも許されないので致し方ない」

それから三位中将は、額にかかった髪を少しかき分けられた。口に届くところを、嚙《か》み切られた。刃物を用いることは許可されぬ身なので、食い切られた。

「これを、我が形見として」とおっしゃった。「ご覧なさい」

お渡しになった。

髪を。

髪の毛を。

この、立ちながらの対面、立ちながらの別れのときに——。

北の方は、いっそう悲しい。日ごろは安否を気遣《きづか》って悲しかったが、今、こうして会えて、それ以上に、それまで以上に悲しい。そうしたご様子をしていらっしゃる。

北の方は言われる。

「あなた様とお別れ申しました後《のち》、私もまた、あの越前《えちぜん》の三位《さんみ》通盛《みちもり》卿の北の方のように海へ、海へ身を投げるべきでした。水の底へ沈むべきでした。けれどもあなた様が確実にお亡くなりになったとは聞かなかった。ひょっとしたら再度、再度変わらぬお姿でお互いを見もし、見られもすることがあるかもと、そう思い、つらいながらも今まで生きてまいったのですが、今日が最後でいらっしゃるという——。この悲しさを、私はどうしたらよいのでしょう。今まで生き存《なが》らえていましたのは、もしやあなた様が助かることも、と、ひょっとしたら許されるかも、と、そう期してのこと——」

二人は、語りあわれた。

昔、今のことを。

ただ尽きることなく涙があふれ出た。

「あまりにお姿がみすぼらしく見えますからお召し替えになって」と北の方は言い、袷《あわせ》の小袖《こそで》と、白い狩衣《かりぎぬ》を出された。三位中将はこれに着替え、今まで着ておられたものを「形見として、ご覧なさい」とおっしゃって残された。北の方は「それもあなた様のお形見ではございますが――」と言われた。

「ちょっとした筆遊《ふでずさ》みにでもお書き残しくださったものこそ、後々《のちのち》までの形見となりましょう」

北の方は、お硯《すずり》を出された。

中将は、涙ながらに一首の歌をお書きになった。

せきかねて　抑えかねてあふれ出た、私の
泪《なみだ》のかかる　涙に濡《ぬ》れている
からころも　この唐衣《からころも》を
後《のち》の形見に　ずっと後までの形見として
ぬぎぞかへぬる　脱ぎ替えておきますよ

北の方は即座に、こう返歌された。

ぬぎかふる　脱ぎ替えてくださった、その
ころもいまは　衣も、今となってはいったい
なにかせん　どんなふうに役立ちましょうか、だって
けふをかぎりの　今日が最後の
形見と思へば　あなたの形見かと思うと、悲しすぎて、つらすぎて

「縁があるならば、後《のち》の世で必ずいっしょのところで生まれ、再会しよう。極楽浄土では一つの蓮《はす》の上に、とお祈りなさい。もう日も傾いた。奈良への道程《みちのり》はまだある。あまりに待たせては武士たちにもすまない」

護送の侍に気遣い、三位中将は出ていかれた。北の方は袖に縋《すが》り、「まあ、そんな。どうして」とひきとどめられた。

「もうしばらくは──」

「私の心中、ただお察しください。もちろん私とて──」と中将は答えられた。「しかし結局は、私は生きのびることの叶わぬ身。また来世でお会いしましょう」

お出にはなった。

しかし、三位中将も、つらい、悲しすぎる、本当にこの世で互いに顔を見ることはこれが最後なのだと思うと、引き返したい、もう一度、とそう思われる。

しかし、意志を弱く持ってはならぬ、とそうも思われる。

思い切ってお出になった。

北の方は御簾のきわ近くに倒れ伏されている。泣き叫ばれている。それが、聞こえる──室外《そと》まで──門の外まで──邸外はるかに。三位中将は、どうにも馬を早めることがおできにならない。涙に目が曇り、行く先を見ることすらもおできにならない。かえってお会いしないほうがよかったのか、私は、俺は──と今、悔《く》いられる。

大納言の佐殿は、すぐさま後を追い、走り追いつきたいと思われている。しかし、さすがにそれはならず、衣を頭からひきかぶり、そうやってただ、泣き伏される。

あるのは悲しみ。

あるのは歎《なげ》き。

あるのは、身悶《みもだ》え。

そして護送はついに完了する。

南都の大衆が三位中将を受け取る。その処分について評議する。「そもそもこの重衡卿は、大罪を犯した悪人であるうえ、その大罪というのが五刑およびその付属刑の三千種の刑罰のどこにも入らない。それほど尋常の大罪を超えた大々罪である。この罪の報い、相応であって然《しか》るべし。仏教の敵、仏法の敵、悪逆の臣！　それゆえ東大寺《とうだいじ》と興福寺《こうふくじ》の大垣の外を引きまわしてから、さて鋸《のこぎり》で首を斬るか、生きながら土中に埋めて首を斬るか。どちらかであろう」と衆議する。しかし老僧たちが「それは僧侶の行なう処罰としては穏便ではないな。ただ警固の武士に渡して、木津《こつ》の辺りで斬らせるべきだろうよ」と意見して、武士の手に返した。武士たちはこれを受けとった。木津川のその河畔《かはん》で斬ることにした。

すると数千人の大衆が押しかけた。

僧徒ではない単に見物しようとする人々も。集まったその人数《ひとかず》というのは、わかりようもないほど多い。

三位中将が長年召し使っていた侍に木工右馬《もくうま》の允知時《じょうとももとき》という者がある。この知時も、今は八条の女院《にょいん》のところにのみ出仕している身なのだったが、三位中将の最期《さいご》をお見届け申しあげようと、馬に鞭《むち》打って駆けつけた。まさに今にも斬りたてまつろうとするところに到着して、立ち囲んでいる数え切れないほどの見物人を、押しのけ、押しのけ、そうやってかき分けて三位中将のお側《そば》近くへと進み出た。

「知時でございます。ただいま、ご最期のありさまを見申しあげようと、ここまで参りました」

涙して申した。

「まことに、その志《こころざ》しのほどを殊勝に思う」と中将は応《こた》えられた。「私は、知時よ、仏を拝み申して斬られたいと思うのだが、どうしたらよいだろう。このままでは、あまりに罪が深いだろうと感じられるから」

「たやすいことでございます」

知時は申しあげた。警固の武士に相談した。付近の寺に祀《まつ》られてあった仏像を一体お迎え申して、出てきた。幸いなことに阿弥陀仏《あみだぶつ》でいらっしゃった。西方浄土《さいほうじょうど》のおん主《あるじ》、阿弥陀仏でいらっしゃった。いかなる極悪人をも救済したもう御仏《みほとけ》でいらっしゃった。

阿弥陀仏でいらっしゃった。

　河原の、その砂地の上にお立たせ申して、知時はすぐ、着ていた狩衣の袖の括《くく》り紐《ひも》を解《と》き、仏の御手《みて》にかけ、その一方の端を中将にお持たせ申しあげる。繋《つな》がる——念仏者と、阿弥陀仏が。南無《なむ》——南無阿弥陀仏。中将はその紐をお持ちになりながら、仏に向かいたてまつり、申される。

「伝え聞くところによると、釈尊《しゃくそん》の従弟《いとこ》の提婆達多《だいばだった》は三種の大罪を犯し、八万の教法を含蔵したすべての経典を焼却したけれども、ついには未来世《みらいせ》において天王如来《てんのうにょらい》に生まれるだろうとの釈尊の予言をいただいたそうです。作った罪業はまことに深かったけれども、これが逆縁となって仏の御教《みおし》えに遇《あ》い、経典を焼くなどという悪事ですらも悟りを開くための因《もと》となったということです。今、この重衡が大罪を犯しましたことは、まったく私の意志にて為《な》したことではございません。ただ世間の掟《おきて》に従うという道理を考えただけです。この国に生を営む者の誰が天皇のご命令を蔑《ないがし》ろにできましょう。この世に生を享《う》けた者の誰が父のいいつけに背《そむ》けましょう。勅命《ちょくめい》も、父命も、辞退など決してできはしないのです。事の善悪をば、釈尊はご覧になっております。犯した罪の報いはたちどころに生じますから、今生《こんじょう》の私の運命は今が最後となりました。もちろんのこと後悔の至り、悲しんでも悲しみ切れませぬ。しかしながら仏法の世界は慈悲が中心であり、衆生《しゅじょう》を救う機縁というのもいろいろです。『唯円教意《ゆいえんぎょうい》、逆《ぎゃく》即是順《そくぜじゅん》』、この経文は私の心に刻みつけられております。天台法華《てんだいほっけ》の教えに拠《よ》れば、逆縁と思われるものもつまりは順縁である、と。みな、仏道に入る縁《ゆかり》。一念弥陀仏《いちねんみだぶつ》、即滅無量罪《そくめつむりょうざい》――」

ひとたび阿弥陀仏の名号《みょうごう》を唱えるならば。一念弥陀仏。

その量の測り知れない罪もたちまち消滅する。即滅無量罪。

「願わくは逆縁をもって順縁となし、ただいまの最後の念仏によって、九品《くほん》の浄土に往生を遂げさせてくださいませ」

その最後の念仏が、十度。

声を、大声を張りあげて、南無阿弥陀仏が、十度――。

それから首をさしのべられる。

三位中将は、お斬らせになる。

これまでの悪行はたしかに大々罪だったが、今、この最期のありさまを見申しあげて、数千人の大衆も警固の武士もみな涙を流した。その首は般若寺《はんにゃじ》の大鳥居《おおとりい》の前に釘《くぎ》づけにしてかけられた。あの治承《じしょう》四年の南都での合戦で、三位中将がここに立たれ、号令されたからである。号令され、諸寺を焼き滅ぼされたからである。

北の方の大納言の佐殿は、首こそ刎《は》ねられたとしてもせめて胴体は、頭のない死骸は取り寄せて供養しようと輿《こし》を持たせて迎えにやった。果たして、死骸はただ捨ておかれていた。そこで、取って輿に入れ、日野へ担いで帰った。これを待ちうけてご覧になった北の方の心は、どのようであったか、推し量られて哀切に過ぎる。生きておられた昨日までは立派であられた方のご遺体とはいえ、夏の暑い盛りでもあるので、早くも変わり果てられる。崩れがいちじるしく進み、目もあてられない。そのままにはしておけないので、近くの法界寺《ほうかいじ》というところで然《しか》るべき僧たち大勢にお願いをされて供養を行なった。お首もまた、大仏の聖《ひじり》こと俊乗房《しゅんじょうぼう》にいろいろと働きかけをなさって、大衆から貰《もら》いうけて日野へ届けられた。そこでお首とお首のないほうとどちらも火葬にし、骨は高野山《こうやさん》へ送り、墓は日野に建てられた。北の方も出家して尼となり、中将の後世《ごせ》の冥福を弔われた。

これらの哀れさ。

弥陀《みだ》よ。阿弥陀仏よ。

十二の巻

大地震《だいじしん》——それは突如

歌え。

平家一門はみな滅び、西国《さいごく》は鎮定し、国々の人民は国司の支配に従い、荘園《しょうえん》は領家《りょうけ》の管理するところのままとなり、身分が上の者も下の者も誰もが安堵《あんど》の思いでいたことを。

その、同じ年の七月九日の昼、まさに午《うま》の刻《こく》ごろに大地が揺れだしたことを。

激しく揺れだしたこと。

長々と揺れつづいたことを。

この大地震を、歌え。

赤県《せきけん》とも呼ばれる畿内、白河《しらかわ》の辺りで、六勝寺《ろくしょうじ》がことごとく倒壊する。赤県の、白河で、法勝寺《ほっしょうじ》が。尊勝寺《そんしょうじ》が。最勝寺《さいしょうじ》が。円勝寺《えんしょうじ》が。成勝寺《せいしょうじ》が。延勝寺《えんしょうじ》が。赤の、白で。

歌え。

法勝寺に建立《こんりゅう》されていた九重の塔も、上の六層が崩れ落ちる。

歌え。

あの平忠盛《たいらのただもり》が鳥羽《とば》上皇に造進した得長寿院《とくちょうじゅいん》も、三十三間《げん》の御堂《みどう》のうちの十七間《けん》までが揺り倒される。

さらに歌え。

皇居をはじめとして地位高き人々の家々が、処々《しょしょ》の神社、方々《ほうぼう》の寺院、そのすべてが、卑賤《ひせん》な庶民の家々が、ことごとく押し潰されたことを。破壊されたことを。

歌え、歌え。

雷鳴のように音を立て、家屋敷は崩壊する。

崩れる。

煙のように塵《ちり》がたちのぼる。

空が暗む。

日の光も見えない。

歌え、老人も子供も恐れ戦慄《おのの》いたことを。官吏《かんり》も庶民もみな限りなく心を悩ませたことを。また遠国《おんごく》、近国《きんごく》ともに同じありさまであったことを。

大地は裂けて、水が湧きだす。

岩石が割れて、谷へ転がり入る。山が崩れる。その土砂が川を埋めた。海に津波が押し寄せる。浜を沈めた。水ぎわを漕《こ》いでいた船が波濤《はとう》に弄《もてあそ》ばれたこと。陸の道では馬がどのように足を運んでよいか惑わされたこと。もしも、これが洪水であったのならば、漲《みなぎ》るあいだに高台に登って助かることができた。もしも、猛火の災いであったのならば、襲い来るあいだに川向こうに渡って一時《いっとき》は避けることができた。しかし地震だった。そのようには助からないしそのようには避けられない。大地震が突如、あったのだった。その恐ろしさを、惨《むご》さを、つらさを、歌え。

人は、鳥ではないから空を飛べない。

人は、竜ではないから雲に上《のぼ》ることもできない。

下に、下に、倒壊する建物などの下に、白河で人が埋《うず》もれる。六波羅《ろくはら》で人が埋もれる。京中でどれほどの人、人、人が崩れ落ちた物の下敷きになったか。死に至ったか。おびただしすぎて数など出せない。

ひたすら、逃《のが》れられずに、死んだ。

この世の一切の物質は地水火風の四大種から成る。このうち水火風はつねに災害をもたらすけれども、しかし、地、この大地に限っては例外として存する。特に異変は起こさない。その例外が、さらに例外を持った。特に異変は起こさない地の、これほどの変事。これはどうしたことであろうと貴賤上下の人々はみな引き戸や襖《ふすま》を閉ざす。天が鳴り地が揺れ動くたびごとに「今にも死ぬぞ、今！」と言い、声々《こえごえ》に念仏を唱える、喚《おめ》く、叫ぶ、甚《はなは》だしく。七、八十歳、九十歳となる者も「この世の滅びは、今日明日にさし迫っているとは思っていなかったのに、さすがに思っていなかったのに、それが今！」と大いに驚き騒ぎ、これを聞いた幼い者どもがその滅亡の危懼《きく》にただ泣く。ただ悲しむ、限りがないほどに泣いて悲しむ。

これほどの恐怖、歌え。

これほどの惨禍《さんか》、歌え。

あふれた声々を思え。裂けた地面の、その地中から湧いたのは水だけなのかと、疑いを容《い》れつつ思え。思え。地下水のように声々があふれでる。身分の高低を問わないだけではない、男女の別もなしに声々はあふれでる、零《こぼ》れでている。女人《にょにん》は言う、今なのよ、今なのですよ、と言う。しかし男も言う、だから今なのだぞ、今こそなのだ、と言う。あらゆる音がして、とともに声がして、轟《とどろ》き、響動《どよ》めく。音、音、音。声、声、声。歌。

歌え。

歌いなさい、と女が言う。歌うのよ。

歌うのだ、と男が言う。歌うがよい。

この大地震を歌え。あふれた声々がそのように告げ、しかも、声々はすでに歌っている。声々は、すでにあった。あったものが今、露呈した。女よ。そう、女ですよ。男よ。そう、男だぞ。撥《ばち》よ。

必要ならば、この大地震の歌にも、大地震以前の歌にも以後の歌にも、いつでも、幾つもの撥よ。何面もの何面もの琵琶《びわ》よ。いつでも、いつ何時《なんどき》でも。

いずれにしても声はあふれた。あふれたのだぞ、あふれたのですよ、今。この元暦《げんりやく》二年七月九日。

後白河《ごしらかわ》法皇は、このときはちょうど新熊野《いまくまの》の社《やしろ》へお出かけになっておられた。この今、ちょうど。精進潔斎《しょうじんけっさい》して参詣されるところだったが、触穢《しょくえ》が生じた。大地震の多くの死者というのに遇《あ》われて、その穢《けが》れに遭遇なさった身では参られることが叶《かな》わない。急いで六波羅《ろくはら》殿《どの》へお帰りになられた。途中、法皇も臣下の者もどれほどお心を痛められたか。痛められたことでしょうか。市中の、その被害。もちろん御所の類いも。すでに述べたように皇居であっても、その被害。後鳥羽《ごとば》天皇は鳳輦《ほうれん》にお乗りになって池の水ぎわにお移りになり、後白河法皇はその御所の南庭に仮屋《かりや》を設《しつら》え、そちらにおられた。女院《にょいん》や宮々もそれぞれの御所がみな倒壊したので、あるいはお輿《こし》に乗り、あるいはお車に乗って他へ移られた。

そして、今、また七月九日の今、天文博士《てんもんはかせ》たちが急ぎ参上して申した。

「今夜の亥子《いね》の刻、すなわち真夜中前には、またも大地が転覆することでしょう」

余震を断じた。歌え。恐ろしいなどという言葉では表わしようがない。だから、歌え。

大地震の前例を尋ねれば、昔、文徳《もんとく》天皇の御代《みよ》の斉衡《さいこう》三年三月八日に、東大寺《とうだいじ》の大仏のお首が落ちたという。また、別の前例、天慶《てんぎょう》二年四月五日の大地震では、天皇は御殿から避難されて常寧殿《じょうねいでん》の前に五丈の仮屋を設え、そこにおられたと聞いている。——聞いております。——聞いているのだ。しかし、それは上代のことなので、先例とはいえ問題にすることもない。なにしろ、今度のことはこれから後《のち》にも同じ規模であろうとは思われない。——思われないぞ。——思われはしないでしょうね。だから、歌、歌。歌。

そうなのだ、安徳《あんとく》天皇は都をお出になった。

そして。

そうなのです、安徳天皇はおん身を海底に沈められた。

そして。

そうなのよ、大臣公卿《くぎょう》が大路を引きまわされて、その首は獄門にかけられた。

これが今。

今。

これぞ今。

昔から今に至るまで怨霊は恐ろしい。この世もどうなるのか。平家の祟《たた》りで、どうなるのか。心ある人々はみな歎《なげ》き、悲しむ。

彼ら自身は、歌ってはいない。

紺掻之沙汰《こんかきのさた》――第二の髑髏《どくろ》

平家一門がみな滅び、平家一門の祟《たた》りが怖《お》じられる。

あとは源氏を見なければなりません。

都を見、歌いもしたのだから、あるいは歌わんとしたのだから、少し東国《とうごく》を。

鎌倉を。

また、あの人物をも。俗名は遠藤武者盛遠《えんどうむしゃもりとお》の、あの僧。

同年八月二十二日に高雄《たかお》の文覚上人《もんがくしょうにん》が鎌倉へ下《くだ》られる。首にかけられているのは、髑髏《どくろ》。また弟子の首にかけさせられたのも、髑髏。前者は、鎌倉の源二位頼朝卿《げんにいよりともきょう》の父、亡き左馬《さま》の頭義朝《かみよしとも》の確実極まりない、正しい首だというもの。後者は義朝の乳母子《めのとご》、鎌田兵衛政清《かまだびょうえまさきよ》のもの。去る治承《じしょう》四年のころに取り出して頼朝卿にさしあげたのは本当の左馬の頭の首ではなく、謀叛《むほん》をお勧め申しあげるための計略として実はいい加減な古い首を白い布に包んで献上したのだったが、これによって頼朝卿が謀叛を起こし、天下を平定して、第一の髑髏をまったく父の首と信じておられたところへ、また新たに尋ね出し、その第二とともに鎌倉へ下ったのだった。

第二の、正真の髑髏。

これはどこから出てきたのか。どこにあったのか。これは紺掻《こんか》き、すなわち布地を紺色に染めることを生業《なりわい》とする男と関わるのです。この男は、長年義朝に可愛がられて召し使われていた。なのに主《あるじ》、義朝の首がずっと獄門にかけられたままで、後世《ごせ》を弔う人もいなかったことを悲しんだ。そこでこの紺掻きの男は当時の検非違使《けびいし》の別当《べっとう》にお目にかかり、お願い申して貰《もら》いうけ、「兵衛《ひょうえ》の佐殿《すけどの》は今は流人《るにん》であられるけれども、将来が頼もしいお方。もしかすると出世された後《のち》に父上のお首、お捜しなさることもあろう」と考え、東山《ひがしやま》の円覚寺《えんがくじ》というところに納めた。深く、深く納めておいた。それを文覚上人が聞き出されたのだった。その紺掻きの男も連れて鎌倉へ下られた、という。

そして今日は鎌倉へ着く、と聞かれて、他ならぬ源二位頼朝卿が片瀬川まで迎えに出られます。鎌倉の入口のそこまで。

文覚上人を迎えられる。

そこからは喪服姿に着替えられる。

涙ながらに鎌倉へお入りになる。

頼朝卿は、上人を広廂《ひろびさし》の間《ま》に立たせ、ご自身のほうが庭に立って、父の首をばお受けとりになる。これぞ感慨無量。立ち会ってそれを見た大名たち小名たちで涙を流さない者はいなかった。頼朝卿はそれから、岩石の険しい地を切り拓《ひら》いて新たに寺を建《こん》立《りゅう》し、父のおん為《ため》に供養を行ない、勝長寿院《しょうちょうじゅいん》と名づけられる。鎌倉に最初の大寺院が置かれる。朝廷もこのことには大いに感動せられて、故左馬の頭義朝の墓へ内大臣正二位《しょうにい》を贈られる。勅使《ちょくし》は左大弁《さだいべん》源《みなもとの》兼忠《かねただ》であった、ということです。

武勇の名誉に優《すぐ》れておられた頼朝卿は、それゆえに身を立てられたし、家を再興なされたし、さらには亡父の聖霊にこの贈官贈位のご沙汰《さた》まで得られた。まことにめでたい。めでたいぞ。

めでたいのです。

さあ、こうして鎌倉に源氏を見たならば、次には都に、みな滅んだはずの平家の——いまだ生き残る捕虜を。まだ、少しいる。

平大納言被流《へいだいなごんのながされ》――末路は北国《ほっこく》

同年九月二十三日に、朝廷が、平家の残党で都にいる者たちの流罪を行なわれる。国々への配流《はいる》――平大納言時忠卿《へいだいなごんときただきょう》は能登《のと》の国へ、その子息の讃岐《さぬき》の中将時実《ときざね》は上総《かずさ》の国へ、内蔵《くら》の頭信基《かみのぶもと》は安芸《あき》の国へ、兵部《ひょうぶ》の少輔尹明《しょうまさあきら》は隠岐《おき》の国へ、二位《にい》の僧都《そうず》全真《ぜんしん》は阿波《あわ》の国へ、法勝寺《ほっしょうじ》の執行能円《しゅぎょうのうえん》は備後《びんご》の国へ、中納言の律師忠快《りっしちゅうかい》は武蔵《むさし》の国へ。このように中流《ちゅうる》または遠流《おんる》となったということだった。これらは平家の要人であられた男たち、生け捕られて都におられた男たち、平家の残党のうちの男たち。

男だ。それを語るには男の声が要る。

はっきりと男の声が。

俺は、言うぞ。ある者は西海《さいかい》の波の上だと。ある者は関東の雲の果てだと。これから先どうなるのかもわからないでいたと。どこに落ち着くのだ。いつ再会できるのだ、いつ！　別れの涙を抑える。そして都からそれぞれの配所へと赴かれた。その心中はやすやすわかる。わかるだろう。哀れだ。

まだ都での情景は続いている。平家の残党の、大物のなかの大物、平大納言はどうされたかを語ろう。平大納言は、建礼門院《けんれいもんいん》がおられる吉田というところに参った。そして言われたのだ。「時忠は特に罪が重いために、今日は早くも配所へ赴く次第です。同じ都の内にあって、あなた様のご身辺のお世話を申しあげたく存じておりましたが、それも叶《かな》わず、結局はどのようなご生活をなさることになろうかと、あとにお残し申しあげるあなた様のこと、案じられて、案じられて、配所の地へ参ろうという気持にもなれません」と泣きながら言われたのだ。また、女院《にょいん》もおん涙をとどめかねておられた。こうおっしゃった——。

「本当に、昔なじみといったら、あなた一人しかおられなかったのに。今となっては、誰が私に憐《あわ》れみをかけて訪ねてくれるでしょうか」

先帝、安徳《あんとく》天皇のおん母君の建礼門院がこうおっしゃった。母方の叔父《おじ》である平大納言時忠卿に。

この大納言と申すのは、出羽《でわ》の前司《ぜんじ》知信《とものぶ》の孫で、没後に左大臣の官が贈られた兵部《ひょうぶ》権大輔時信《ごんのたいふときのぶ》の子だ。今は亡き建春門院《けんしゅんもんいん》のおん兄君で、すなわち高倉上皇のご外戚《がいせき》にあたるのだ。世間でのご声望といい当時のご繁栄ぶりといい、じつに結構だった。また、入道相国清盛《しょうこくきよもり》の北《きた》の方《かた》の、あの八条の二位殿《にいどの》も姉君であられたので、ただお一人で二つ以上の官職を兼ねるのも、まあ思いどおり心のままだった。だから、たちまち昇進した——正《しょう》二位の大納言になった。検非違使《けびいし》の別当《べっとう》にも三度までおなりになったのだ。それで、この方が検非違使庁の事務を執《と》られていたころの話だが、窃盗や強盗を召し捕らえると、じつに容赦というものがなかった。右の腕を半ばから斬り落としては追放なさった。斬り落とし、斬り落とし、な。だから世間では悪別当《あくべっとう》と呼ばれたぞ。それから、あの浪方《なみかた》のことがある。ほら、思い出せ。天皇ならびに三種の神器を都へお返し申すようにとの院宣《いんぜん》が西国《さいごく》へ下《くだ》されたときだ。その院宣のお使いを務めた花方《はなかた》の顔に、例の焼き印、浪方を捺《お》されたのがこの大納言だ。この大納言の仕業《しわざ》だった。惨《むご》い。

惨いなあ。

やりすぎだろうよ。

後白河《ごしらかわ》法皇も、今は亡きご最愛の后《きさき》であられた建春門院のおん兄君なので、この女院を偲《しの》ぶ縁《よすが》としても都にとどめてお会いになりたいとは思われたけれども、なにしろこのような悪行だ、お怒りはまず生易《なまやさ》しいものではない。また、九郎判官義経《くろうほうがんよしつね》もこの大納言のおん娘を娶《めと》り、親しい縁者となられていたから「なんとしてでもお許しを」と減刑を願い出たいとは思われていたのだが、それも叶わなかった。

つまり、減刑など、なかった。

大納言には侍従時家《じじゅうときいえ》という十六歳になられる子息があって、さいわい流罪にも漏《も》れて、伯父《おじ》の藤原時光《ふじわらのときみつ》卿のもとにおられた。別れの情景は、こうだった。時家は、母の帥《そち》の典侍殿《すけどの》——時光卿のおん妹だ——とともに大納言の袂《たもと》に縋《すが》り、袖を押さえている。

そして今を最後、今を最後と名残《なご》りを惜しんでいる。このとき、大納言は、気丈夫には申される。「結局な、人はな、いつかは別れねばならぬのだ。いずれにしてもな」と、死別という世の常に触れて申される。しかし、さぞ悲しくは思われていただろう。それは確実だ。

そして、ここから俺が語る情景は、都を離れる。

平大納言時忠卿は、年老い、死期も近づきだした高齢となってから、あれほど睦《むつ》まじかった妻子にも別れ、住み慣れた都を空の彼方《かなた》に顧みながら、ほら、昔は名だけを聞いていた越路《こしじ》の旅へと出《い》で立たれている。はるばると——下る——下られる。すると琵琶湖《びわこ》の西岸の、志賀《しが》が、辛崎《からさき》がある。真野《まの》の入江が、堅田《かただ》の浦がある。数々の歌に詠《よ》まれてきた名所があって、あれがそう、これがそうだと説明される。だから大納言は泣く泣く、ご自身でもこう詠まれた。これだ。

かへりこむ　　再び都へ帰ってくることなどは
ことはかた田に　　そんなことは難《かた》い、おお、ここは堅田だったか
ひくあみの　　浦では漁夫どもが網を引いているな
めにもたまらぬ　　その網の目には水がしとしとと、しとしと
わが涙かな　　この目にも、しとしと、しとしと、こちらは涙だ

昨日までは西海の波の上を漂って、怨憎会苦《おんぞうえく》の恨みを船のなかに重ねた身だった。

八苦のうちの一つ、憎む者すなわち源氏と会って合戦しなければならないという苦を。今は北国《ほっこく》の雪の下に埋もれて、愛別離苦の悲しみを都のほうの雲に重ね、感じている。八苦のうちの一つ、愛する者つまり妻子とも別離しなければならないという苦を。

ここに八苦が、二つ。二つ。

無惨だな、と言い、俺の声は消える。はっきりと男の、この声は。しかし、まだまだ——声々《こえごえ》。

土佐《とさ》房《ぼう》被斬《きられ》——弟への刺客

撥《ばち》よ。

そして兄弟よ。

都と鎌倉とに分かれてあるお二人よ。弟は都、兄は鎌倉。そして後者はどんどんと、都そのものを動かしている。鎌倉にいながらにして、朝廷をも動かされている。そう、いまや平家は完全に滅んで、その力を失った。そしてまた鎌倉の源二位殿《げんにいどの》は、もはや前《さき》の兵衛《ひょうえ》の佐殿《すけどの》ではないし、呼び名も変えられた。時代もまた。実は八月には改元があった。元暦《げんりゃく》二年は、文治《ぶんじ》元年に。これは大地震を畏《おそ》れ余震を鎮めようとの改元だった。そしてこの時代より後《のち》の源二位頼朝卿《よりともきょう》こそは、鎌倉のただお一人、すなわち——

鎌倉殿《かまくらどの》。

そう呼ばれるのに相応のお方。

兄が、鎌倉殿。

さて弟は。

九郎判官義経《くろうほうがんよしつね》は都におられて、前々から東国《とうごく》の大名が十人、麾下《きか》の部将として付けられていた。しかし、この十人は、判官が兄の鎌倉殿から内々ご嫌疑をうけておられる由《よし》を耳に挟み、「それでは──」と鎌倉殿のお心を汲《く》み、一人また一人とみな関東へ帰ってしまった。

都の、誰もが解《げ》せなかった。九郎判官義経は、まず第一に鎌倉殿と兄弟であって、のみならず特別に父子の契《ちぎ》りまで結び、去年の正月には木曾義仲《きそよしなか》を追討して、以来、たびたびの合戦で平家を攻め落としている。そして今年の春についに攻め滅ぼして、天下を鎮め、平穏にした。

当然、論功行賞があって然《しか》るべき。

なのに、いかなる経緯《いきさつ》で「判官に叛意《はんい》あり」などの噂《うわさ》が立つことになったのか──。上は後白河《ごしらかわ》法皇から下は万民に至るまで、どうにも解せなかった。みな不審に思った。

もちろん経緯のもとにあるのは梶原平三景時《かじわらへいぞうかげとき》なのだった。今年の春、判官が摂津《せっつ》の国の渡辺から船揃《ふなぞろ》えをして屋島《やしま》へお渡りになったとき、逆櫓《さかろ》をつけるつけないと言い争いをして、大いに嘲笑《ちょうしょう》された梶原なのだった。梶原はこれを遺恨に思った。梶原は、鎌倉にあって、つねに讒言《ざんげん》した。

それゆえに鎌倉殿はこう考えられた。兄は。

わが弟、九郎には必ず謀叛《むほん》の心もあろう。大名たちの軍を都へ派したならば、宇治《うじ》川《がわ》と瀬田川《せたがわ》の橋のその橋板をも取り外し、京都じゅうの騒ぎとなって、かえって具合の悪いことになるだろう。そのように鎌倉殿は考え、土佐房昌俊《とさぼうしょうしゅん》を召し、「お前が京に上《のぼ》り、社寺に参詣するとでも見せかけて、騙《だま》し討《う》ちにせよ」と命じられた。

弟を、討て。

昌俊は謹《つつし》んでお受けした。鎌倉殿の御前《ごぜん》を退出すると、家へも帰らず、そのまま京へ上っていった。

同年――つまり文治元年――九月二十九日に土佐房は都に着いた。が、翌日まで判官殿のところへ顔を出さなかった。参上というのをしない。いっぽうで判官殿は昌俊が上京したとお聞きになって、武蔵房弁慶《むさしぼうべんけい》をお使いとして、これを呼び出される。すると武蔵房はただちに連れて参った。

判官は申されたし、昌俊は答えた。

「どうだ土佐房、鎌倉殿からお手紙はないのかな、この九郎宛《あ》てのお手紙は」

「今回、これといったご用件もございませんのでおん文《ふみ》はお書きではありません。ただ、口頭でこのように申せと私におっしゃいました。『九郎殿。今まで都に特別の事件が起こらなかったことは弟のあなたがおられるからだなと思っておりますよ。警固《けいご》ご苦労です。これからも十分にご注意なさり、ひきつづき頼みました。兄の頼朝より』と、こうおおせでしたな」

「まさか。土佐房よ、そうではあるまい。お前はさだめしこの義経を討ちに上ったお使いなのだろう。そして鎌倉殿はお前を遣《つか》わすのにあたり『大名たちの軍を都へ派したならば、宇治川と瀬田川の橋のその橋板をも取り外し、都や近郊の騒ぎとなって、かえって具合の悪いことになるだろう。お前を京に上らせるから、社寺に参詣するとでも見せかけて、騙し討ちにせよ』とでもご命じになられたのであろうよ。わが兄、鎌倉殿はな」

「どうして、どうしてそのような！」と昌俊は本気で驚いた。「今、そのようなことがありましょうか。ありません！　拙僧《せっそう》、いささか宿願というのがございまして、それで熊野《くまの》参詣のために上京したのでございますよ」

「では訊《き》くが」と判官は言われた。「景時めの讒言によって、私《わたくし》、義経が鎌倉へも入れてもらえなかったのはなぜだ。兄君がご対面もなさらなかったのはなにゆえだ。義経をここへ――都へ追い返されたのは、いったい、いかなる仕儀なのだ」

「拙僧は、その、それについては、その、よくは存じません。しかし私自身に関しては後ろ暗いところは一つもありません。一つも！　ええ、神仏に誓い、起請文《きしょうもん》を書いてさしあげましょう」

「いずれにしてもだ」と判官はとりあわずに言われた。「この身が、鎌倉殿によいと思われているならともかく、俺は――」

そのまま、たいそう不機嫌になられた。

昌俊は、危険、と思った。当座の禍難《かなん》をまぬかれようと、即座に七枚の起請文を書いた。あるいは焼いて呑《の》み、その誓約の証《しる》しとし、あるいは神社に奉納したりして、許されて帰った。

帰った途端、大番役として上京している諸国の武士たちに告げ知らせてまわった。おい、今晩、やるぞ、と。

判官のところに夜討ちをかけるぞと。

ところで弟には愛の話がある。当時、磯《いそ》の禅師《ぜんじ》という白拍子《しらびょうし》こそは京の都に歌舞の名手として知られていたが、その娘の静《しずか》という女のことを、九郎判官はもっとも深く寵《ちょう》しておられた。静もまた、判官のお側《そば》を離れたことはなかった。その静が申した。

「大路はいま武者でいっぱいだとの報《しら》せが入りましたわ。ここ、九郎様の御所からのご命令もないのに大番役の者どもが『出兵だぞ』とこうも騒ぐなど、ありえませぬわ。

ああ、これは昼間のあの者の――」と、その女は、九郎判官義経という機敏で抜け目のない男に愛されている実に抜け目のない静という妾《めかけ》は、言った。「例の起請法師めの仕業《しわざ》だと思われますわ。人をやって様子を窺《うかが》わせましょう」

人、とは禿《かぶろ》だった。六波羅《ろくはら》の亡き入道相国《しょうこく》が抱《かか》えておられた少年ども。その髪は短く刈り揃《そろ》えた童形《どうぎょう》、そして装いをみな赤い直垂《ひたたれ》で揃え、京都市中に出没して、平家に密口《つげぐち》をする。あの、以前は三百人もいた間者《かんじゃ》――禿ども。これを、今度は判官の御所が三、四人抱えて召し使っていた。

そのうちの二人を、静が偵察に出した。

しかし時間がだいぶ経《た》っても戻らない。

「そうであれば」と静は申した。「禿のつぎは女に。そのほうが目につきますまい。女なら、かえって」

下女を一人、偵知《ていち》に遣わした。

ほどなく走り帰ってきて、下女は報告した。

「禿と思われる者は二人とも、土佐房の門のところで斬り倒されております。宿所には、ただちに乗れるようにと鞍《くら》を置いた馬がびっしりと並んで、軍陣用にと張りめぐらされた大幕《おおまく》の内側では、矢を背負い、弓を張り、武具一式をその身につけて、と、こうした武者たちが今にも出陣しようと勢揃いしております。社寺参詣の様子など少しもございません」

これを聞き、判官はただちに出《い》で立たれた。静が大将用の大鎧《おおよろい》である着背長《きせなが》をとり、急ぎお着せした。判官はさっと高紐《たかひも》だけを結んで、太刀《たち》をとって出られた。

中門《ちゅうもん》の前には、馬。

鞍を置いた馬がすでに舎人《とねり》の手で用意されていた。乗られる。

「門を開けよ！」

命じ、大門を開けさせた。

閉じて防御を固めるのではない、開放して、迎え撃つぞと決められた。大胆に、不敵に、判官は——この男は——。

今か、今かと待たれた。

撥《ばち》よ。

敵が襲い来るのを待たれた。楽しみに——。

撥よ、合戦を語るための、撥よ。

しばらくしてその身を全員が鎧兜《よろいかぶと》に固めている四、五十騎もが門の前に押し寄せて、どっと鬨《とき》の声をあげた——。

は！

判官は、鐙《あぶみ》を踏んばり、馬上に立ちあがり、大音声《だいおんじょう》をあげられる。「たとえ夜襲であろうが、また、昼の戦《いく》さであろうが――」と言われる。

「この義経を簡単に討てる者なんぞが、ここ日本国《にっぽんこく》にいようとは思えぬが。なあ！」

ただ一騎、喊声《かんせい》をあげられる。駆け込まれる！

五十騎ばかりの敵が、割れる。

中を開けて、通した！

撥よ、撥よ、撥よ！　この合戦のために、何面もの琵琶《びわ》よ！

そして、すぐ続いて現われた、判官のあの股肱《ここう》の臣《しん》どもが。伊勢三郎義盛《いせのさぶろうよしもり》、奥州《おうしゅう》の佐藤四郎兵衛忠信《さとうしろうびょうえただのぶ》、江田《えだ》の源三《げんぞう》、熊井太郎《くまいたろう》、武蔵房弁慶などという、どれも一人当千《いちにんとうぜん》の兵《つわもの》ども！　それらが、攻める、攻め戦う。

は！

しかもそのうちに侍どもも「すわ、殿のお邸《やしき》に夜討ちが入ったぞ！」と駆けつける。あそこの館《やかた》から、ここの宿所からと続々！　は！　じきに馳《は》せつけた侍どもも、六十騎に――七十騎に――集まる。集まった！

は！　は！

土佐房の勢も、勇敢に攻め寄せはした。しかし戦うまでもない、さんざんに駆け散らされる。助かる者は、多いか、少ないか――ああ、少ない！　討たれる者は、多いか、少ないか、ああ、ああ、多い！

は！　は！　は！

それから昌俊は、逃《のが》れる、かろうじてそこを。逃げる、逃げ籠る、鞍馬《くらま》山《やま》の奥に。合戦は、熄《や》んだ。もう終熄《しゅうそく》している。

撥よ——。

そして、静粛さのうちに語りつづけよう。鞍馬山はそもそも判官が幼い時期を過ごしたところ、故郷の山とも言えるのだと。よって、その地の法師たちは土佐房を搦《から》め捕った。翌日に判官のもとへ送り届けた、と。

鞍馬寺の奥のほう、僧正《そうじょう》が谷《たに》というところに隠れていたという。尋問のため、昌俊を判官の邸の大庭にひき据えた。昌俊は褐《かち》の直垂に首丁頭巾《しゅちょうずきん》をかぶっていた。

判官は笑って言われた。

「なあ、土佐房よ。どうやら起請文の神罰が当たったようだな」

すると土佐房は、少しも騒がずに座り直し、それどころか大声でからからと笑い出した。

「なにしろ事実でもないことを書きましたのでね」と言うのだった。「それで罰が当たったのですよ。出鱈目《でたらめ》に対しては、やはり神罰」

「しかしながら土佐房、主君の命令を重んじて自分の命《いのち》を軽んじるというそれ、すなわち一つの命《めい》と、また一つの命《めい》とを比べて軽重をしっかり見定めたそれ、その忠誠心は立派だぞ」と判官は褒《ほ》められた。「お前、命が惜しければ鎌倉へ帰してやろうとも俺は思うが、どうだ」

「どうだもこうだも。とんでもないことをおっしゃる。私が『惜しい』と申したならば、あなた様はお助けになるわけですか。私はね、この土佐房めは、鎌倉殿よりこのようなお言葉をいただいたのですよ。『法師ではあるが、お前こそ義経を狙える者だ』と。そのご命令をお受けしてから、命《いのち》は鎌倉殿にさしあげましたよ。今さら取り戻すつもりはありませんよ。命《めい》、命《めい》。ただ、あなた様にお情けあるならば、早々に首をお刎《は》ねください」

「わかった。であるならば——斬れ」

判官は望みを容《い》れられた。六条河原に引き出し、斬る。斬ってしまう。昌俊のこの態度、讃美しない人はなかった。

判官都落《ほうがんのみやこおち》——脱出する弟

判官《ほうがん》のもとには一人の雑色《ぞうしき》がいる。いた。名は足立新三郎《あだちのしんざぶろう》。この足立という雑色は鎌倉殿《かまくらどの》が判官に送られていた。兄から、弟に。鎌倉の兄から、京都の弟に。鎌倉殿は「この男は身分こそ低いけれども、賢さにおいては頭抜《ずぬ》けています。ですから召し使いなさい」と判官に言い送られていた。そして当の足立には、じかに、内々にこう言われていた。「九郎《くろう》のふるまいを監視して、こちらに知らせよ」と――。

内報を真の務めとする裏切り者、それがこの雑色だった。

昌俊《しょうしゅん》が斬られるのを見るや足立新三郎は判官の邸《やしき》を去った。昼夜兼行で東国《とうごく》へ、鎌倉へと駆け下《くだ》り、鎌倉殿にこの由《よし》申しあげた。

すると兄は、もう一人の弟に下命《かめい》する。

鎌倉殿は、舎弟の三河《みかわ》の守範頼《かみのりより》に京に上《のぼ》ることを命じられる。上京して、九郎判官を討て、その討《う》っ手《て》となれ――と。三河の守はしきりと辞退される。が、鎌倉殿は重ねておおせられる。

三河の守範頼は、やむをえず甲冑《かっちゅう》を身につけ、出発のご挨拶《あいさつ》をしに鎌倉殿の御前《ごぜん》に参上する。

すると、鎌倉殿――源二位《げんにい》頼朝卿《よりともきょう》は、こう言われる。腹違いのおん弟に。

「お前さんも、九郎の真似《まね》をなさるなよ」

親しげな口ぶりで言われる。

三河の守は戦慄《おのの》かれる。

京に上り、判官と同じ立場になってしまうことをも恐れられる。九郎を討つこと、それ自体が、危険、危険、危険——。恐れをなした三河の守は、甲冑を脱《ぬ》いで、上京を思いとどまられる。おん兄君にして源氏の総帥、鎌倉殿に対し些《いささ》かも不忠の心はないということを、一日に十枚ずつの起請文《きしょうもん》にして、昼、書き、夜、それを御前の中庭のなかで読みあげ、読みあげ、百日に千枚を書いてさしだしたけれども、それも容《い》れられず、ついに討たれてしまわれた。

結局、この弟は——。

そして、この弟ではないほうの、やはり鎌倉殿の別の腹違いのおん弟——。

都で、判官殿は情報を聞かれている。北条四郎時政《ほうじょうのしろうときまさ》を大将とする判官追討軍が都に上る、との情報を、そののち耳に入れられている。そこで思い立たれる、「では九州のほうへ逃《のが》れるか」と。誰に加勢を頼めばよいのかも目算《もくさん》をつけられている。平家勢を九州の内にも入れ申さず、追い出したほどの威勢のある者、あの緒方三郎維義《おがたのさぶろうこれよし》にだなと。判官は維義に言われた。

「私《わたくし》の頼み、受けてくれよ」

「それならば」と維義は申した。「今、あなた様が部下とされている菊池次郎高直《きくちのじろうたかなお》の身柄をこちらに引き渡していただけますか。あれは我が年来の敵なのです。それを頂戴《ちょうだい》して素《そ》っ首斬ってから、あなた様のご依頼に応じることにしましょう」

判官はあっさり菊池次郎をお与えになった。維義はこれを六条河原に引き出し、斬る。斬ってしまう。後《のち》、判官の申し出をいかにも頼もしげに承諾した。

同年十一月二日、九郎大夫《たゆう》の判官は院の御所に参った。大蔵卿《おおくらきょう》の高階泰経朝臣《たかしなのやすつねあそん》を介して、こう奏上した。

「院のおん為《ため》に義経《よしつね》が奉公の忠義を尽くしたこと、いまさら改めて申しあげるまでもありません。しかるを鎌倉の頼朝は郎等《ろうどう》どもの讒言《ざんげん》を信じ、私《わたくし》を討とうとしております。そこで九州のほうへしばらく下りたいと存じております。つきましては院庁《いんのちょう》のおん下文《くだしぶみ》、一通賜《たま》わりとうございます」

後白河《ごしらかわ》法皇は、しかし、案じられる。

む――このこと、頼朝の耳に入ったならば、どういうことになろうか。

諸卿《しょきょう》にご相談なされる。

すると、みな揃《そろ》って申される。

「義経が都におりまして、関東の大軍が乱入するようなことになりますと、京都の騒動はとどまらぬということになります。しかし義経が遠国《おんごく》に下りますならば、当面その心配は消えるかと」

異口同音にこう申されたので、「緒方三郎をはじめとして、臼杵《うすき》、戸《へ》次《つぎ》、松浦《まつら》党など九州の者はすべて義経を大将とし、その命令に従うように」との院庁のおん下文を判官殿に下された。

判官殿に。

判官殿は五百余騎の軍勢で、翌《あく》る三日の朝、卯《う》の刻《こく》、京都には少しの災禍《さいか》をもたらさず、一つの波風もたてず下っていかれた。

その一行に、摂津《せっつ》の国の源氏である太田《おおた》の太郎頼基《たろうよりもと》が戦いをしかけた。「わが家の門前を通しておきながら、矢の一本も射かけないでよいものか。よいわけがないわな」と言って、川原津《かわらづ》というところで判官殿の軍勢に追いつき攻戦《こうせん》した。判官殿の五百余騎に対して太田の太郎は六十余騎であったから、判官殿はこれを取り囲んで「よいか。討ちあますな、討ち漏《も》らすな、一人も!」と言い、さんざんにお攻めになった。太田の太郎は手負いとなり、家の子郎等も多く討たれ、馬の腹を射られて引き退《しりぞ》いた。判官殿は、敵の首を斬って晒《さら》される。軍神《いくさがみ》に供えられる。

判官殿は「よい。よい。よいぞ」と言われる。この血祭《ちまつ》りに臨み、言われる――。

「私《わたくし》は感じるぞ。この門出《かどで》は、よい」

喜ばれる。

それから判官殿は、大物《だいもつ》の浦から船に乗って西下《さいか》されたが、ちょうどその折り西風が激烈に吹いて、住吉《すみよし》の浦に打ち上げられる。どうにもならない。そこから判官殿は吉野《よしの》に入り、その山中の奥深くに籠られたが、すると吉野法師に攻められる。金峰山《きんぷせん》蔵王権現《ざおうごんげん》に奉仕する悪僧どもに。判官殿は奈良に逃れる。すると奈良法師に攻められる。興福寺《こうふくじ》や東大寺《とうだいじ》のあれらに。判官殿は再び都に帰り入り、北国路《ほっこくじ》を通り、ついに奥州《おうしゅう》へと下られる。判官殿が――判官殿が――。

九郎判官殿が――。

軍勢には同行する女たちがいた。都から伴われた女房たち十余人が、その、男の軍勢には。しかし大物の浦からの航海を潰《つい》えさせた大風がこの一行を住吉の浦に打ち上げたところで、同行する女十余人は置き去りにされた。女たちは、男たちにうち捨てられた。女たちは泣いた。松の下に、砂の上に、袴《はかま》を踏みしだき袖を片敷いて泣き伏した。女たち――女！　住吉神社の神官たちがこれらを憐《あわ》れみ、みな京都へ送り届けた。

そして同じ大物の浦からの航海で、同じ西風に遭《あ》った男たち。判官に味方していた叔父の信太《しだ》の三郎先生義憲《さぶろうせんじょうよしのり》と、十郎蔵人行家《じゅうろうくろうどゆきいえ》、緒方三郎維義の船は、浦々に、島々に打ち寄せられていた。男たちは互いにその行方《ゆくえ》もわからない。わからないことになってしまっていたのだった。男たち――男！

女よ、男よ。判官よ。――判官殿！

突如として西風が吹いたのは、いったいあの難船《なんせん》はなんだったのか。平家の怨霊のためと思われる。

十一月三日からの経緯《いきさつ》を、今、語った。三日に、その五百余騎の軍勢は都を出《い》で立った、と。続いて、同年十一月七日からの次第を語る。この日、鎌倉の源二位頼朝卿の代官として、六万余騎の軍勢を率いて北条四郎時政が都へ入る。入るや院参《いんざん》し、後白河法皇に以下のことを奏聞する。伊予《いよ》の守源　義経《かみみなもとのよしつね》、備前《びぜん》の守　源　行家《みなもとのゆきいえ》、信太の三郎先生　源　義憲《みなもとのよしのり》を追討すべき、と。

院宣《いんぜん》はただちに下される。

八日だった。

この年——鎌倉殿がまさに鎌倉殿であられる文治元年十一月の、八日だった。

去る二日には、義経が申請したとおり「頼朝に叛《そむ》け」と院庁のおん下文が出され、同じ月の八日には、頼朝卿の申し状によって「義経を追い、征伐せよ」との院宣が下される。朝に変わり夕《ゆう》べに変わる朝廷のこのご命令の変わりやすさ、定めのなさ。歎《なげ》かざるをえない。

ああ、悲しい、悲しい、と。

それに相応《ふさわ》しい声も、ある。

吉田大納言沙汰《よしだだいなごんのさた》——時代の転換

はい、あるのでございますよ。このように語るのに相応《ふさわ》しい、声も、あるのでございますよ。

ああ、それで、それで、と。

しばし、この声が語りましょう。この私の声が懇《ねんご》ろに、懇ろに。は！　まずは鎌倉《かまくら》殿《どの》についてでございますけれども、日本国《にっぽんこく》の総追捕使《そうついぶし》に任ぜられ、田一反ごとに兵糧《ひょうろう》米《まい》を徴発いたしたい由《よし》を朝廷に申し出られました。さて、法華《ほっけ》三部経の一つであります無量義経《むりょうぎきょう》には、たしかに朝敵を滅ぼした者は国の半分を賜わると書いてはございますけれども、わが国にその例はありましたでしょうか。なかったでしょうか。まだなかったのでございますよ。

ですから後白河《ごしらかわ》法皇も「朕《ちん》が見るに、これは身分不相応な申し状だな」とおおせられました。

ところが、公卿《くぎょう》の会議の結論というのは違ったのです。「頼朝卿《よりともきょう》の申すところにも半ば道理があります」とのことで、ご許可になった、と、こうした次第でありますとか。これを受けまして、諸国には守護が置かれる。荘園《しょうえん》に地頭が任命される。守護ですよ。地頭ですよ。は！　こうなっては一毛ほどの土地も隠せません。私は、まあ、義経《よしつね》も行家《ゆきいえ》も義憲《よしのり》もどこにも身を隠すことができなくなったなあ、と、そのことにも言い及んでおるわけですよ。

ところで鎌倉殿は、世に公卿は多くおりましたけれども、特に吉田の大納言藤原《ふじわらの》経房《つねふさ》卿を通して、総追捕使を賜《たま》わるための院宣《いんぜん》の奏請などといったことを申し出られました。この大納言は厳正な人と評判されておられたからです。たとえばでございます、かつて平家と縁を結んでいた人々も、まあ源氏の威勢が強まってからは阿《へつら》われたわけです。あるいは手紙を送ったりあるいは使者を遣《つか》わしたりして、そちらのご一門に。それはもうあれこれと阿諛追従《あゆついしょう》です。しかし経房卿は違われたのですな。この人だけは、そのようなことはなさらなかった！　だから以前の平家の時代にあっても、入道相国清盛《しょうこくきよもり》が後白河法皇を鳥羽《とば》の離宮にご幽閉申し、院の御所となったその宮殿に別当《べっとう》すなわち長官を置かれたとき、勘解由小路《かでのこうじ》中納言とこの経房卿をこそ選ばれ、任じられたわけです。

経房卿は権右中弁光房朝臣《ごんのうちゅうべんみつふさあそん》の子でございました。十二のときに父の朝臣に先立たれて、孤児《みなしご》でいらっしゃった。しかし順調に昇進なされた。五位の蔵人《くろうど》と衛門《えもん》の佐《すけ》と弁官の三要職を兼任して、蔵人の頭《とう》を経て、参議大弁、大宰《だざい》の帥《そつ》と進んで、ついに正《しょう》二位大納言に至られた。人を越えて昇格なされましたけれども、人に越えられることはなかったのですな。

おわかりでしょう、人の善悪というのは袋に入れた錐《きり》の尖端《せんたん》がおのずと外に現われるのと同じように、これはもう自然と現われる。隠れてはいないのですよ。まあ稀有《けう》な人物でございました。

そして——は！

守護、地頭。守護、地頭。もう時代は変わってしまっておりますよ。何もかもがその向きを変え、源氏に軸足を移し、転換し切っておりますよ。

さあ、そして、京都です。いよいよ平家の子孫が滅びに滅ぶ。ああ、儚《はかな》い、儚い。惨《むご》い。

六代《ろくだい》——嫡流《ちゃくりゅう》の一、二、三、四、五、六代め

同年——もちろん文治元年——十一月七日に鎌倉の源二位《げんにい》頼朝卿《よりともきょう》の代官として都へ入った北条四郎時政《ほうじょうのしろうときまさ》は、策略として次のような触《ふ》れを出したのでした。お聞きくださいませ。

「平家の子孫と言われる人を捜しだした者には、望むがままの褒美《ほうび》をとらせる」

いや、効果覿面《てきめん》——。

情けないことですが、京中の者どもが褒美を得るわい、得てやるわいと、なにしろ

土地の事情には詳しいですから捜しまわるわけです。こうなると、いや見つかるわ、ずいぶん大勢が捜しだされましたよ。

情けなさと疎《うと》ましさはそれだけではございませんよ。下賤《げせん》の者の子でも、色白く容貌《かおかたち》のよい者は連れてきて、言うのでした。

「これは何々の中将殿の若君でございます」

「あの、しかじかの少将殿の公達《きんだち》でございます」

このように偽りの告発をする。嘘《うそ》の塊《かた》まりの！

その父母は泣き悲しみますが、さらに告発者は言い立てまして。すなわち――。

「なにしろ付き添いの女房が、そうだ、と申しておりました」

「乳母《めのと》が、そうだ、と申しておりました」

云々《うんぬん》。こうでございますから、どうにもならない。ごく幼い者は水中に沈めて殺し、または土中に埋《うず》めて殺しました。生きながら！　少し成長した者は首を絞めて殺し、刀で刺し殺しました。殺し、殺し、殺し、殺し、――告発されたならば殺された！

母の悲しみや乳母の歎《なげ》きはたとえようもない。

惨《むご》すぎる。

北条時政としても人の親、自分でも子や孫を大勢持っておりましたので、さすがにこれをよいこととは思わなかったのですが、時勢に従うのは人の世の常。だから、どうにもなりません。

などと語るのもつらい。酷《ひど》すぎる。

さて平家の残党である幼少の者たち、若君たちといいますと、なかでも小松の三位《さんみ》中将維盛卿《これもりきょう》のお子様、六代御前《ろくだいごぜん》と申す方がいらっしゃったわけです。そのお名前は、一門興隆の礎を据えた平正盛から数えて六代めとのことで付けられておりました。三代めが清盛公《きよもり》、四代めが重盛公《しげもり》、五代めにして幼名もまさに「五代《ごだい》」そのものであられたのが維盛卿、そうしてこの六代御前にと至るわけです。このように平家の嫡流《ちゃくりゅう》であるうえに元服もされておりました。都の源氏勢は、この方こそはどうにかしてお捕らえ申そうと手分けして捜し求めておりました。しかし発見はできない。あきらめて、北条はもう鎌倉へ下《くだ》ろうとしておられたのですが、その宿所のある六波羅《ろくはら》に一人の女房が参ったのです。

そして、申し出たのです。

このように――。

「ここから西の、遍照寺《へんじょうじ》の奥の、大覚寺《だいかくじ》と申します山寺の北の、菖蒲谷《しょうぶだに》と申すところにこそ、小松の三位中将殿の北《きた》の方《かた》や若君や姫君が、いらっしゃいます」

何やら確信に満ちた密告。時政は、その女房にすぐに人をつけて菖蒲谷に赴かせ、その辺りを探索させます。と、ある僧房に、たいそう人目を憚《はばか》って住んでいる女房たち幼い子供たちが、いるではありませんか。垣根の隙間から覗《のぞ》いてみた。すると、庭に白い子犬が走り出てくる――それを捕まえようと可愛らしい若君が出てこられる――乳母らしい女房が「まあ駄目でございますよ！　誰かに見られますよ！」と注意する――警《いまし》めるや、急いで中へお引き入れ申す。

時政に探索を命じられた者たちは、これこそ六代御前でいらっしゃるに違いないぞ、と、こう考え、急いで走り帰って報告する。

翌日、北条時政は自身出向いて、そこを軍勢で取り囲み、使者を立てます。人を入れて、言わせます。

「平家の小松の三位中将殿の若君六代御前がここにおられるとうけたまわりました。お迎えに参った私は、鎌倉殿《かまくらどの》のお代官、北条四郎時政と申す者。早々、六代御前をお渡しください」

聞かれた母上は、あまりの驚きに茫然自失《ぼうぜんじしつ》とされるばかり。六代御前にはあの斎藤《さいとう》別当実盛《べっとうさねもり》の子息たち、斎藤五《ご》と斎藤六《ろく》という若侍たちが側仕《そばづか》えをしておりましたから、これら兄弟が走りまわって辺りを探る、偵察する、しかし四方がすでに武士たちに囲まれております。お逃がしするための途《みち》が、術《すべ》が、ない。乳母の女房も若君のその御《ご》前《ぜん》に倒れ伏して、声も惜しまずに泣き叫びました。これまでは誰もが声は惜しんでいた、話をするにも高い声では言わず、忍んでじっと隠れていたのですけれども、今は、もう、家にいる者は全員、声を揃《そろ》えて泣き悲しんでいます。それを聞くと、北条四郎もさすがに不憫《ふびん》でならないと思われる、涙を拭《ふ》いて、じっと待っておられます。長い時間が経《た》ちます。

経過します。

北条が、再び申されました。再び——。

「世間もまだ鎮まり切ってはおりません。そこで、とんでもないことが起こってもいけないと懸念し、お迎えに参ったまでのことなのです。特に案ずるまでもありますまい。ぜひ、早々、六代御前をお渡しください」

これを受けて若君その人が母上に申したのは、こうでした。

「結局は逃《のが》れられないことですから」と六代御前はおっしゃったのでした。「早く、私をあちらへお渡しください。もしも源氏の武士どもが押し入って捜すということにでもなったならば、母上などの取り乱した見苦しいご様子をそのような輩《やから》に見られておしまいにもなるでしょう。たとえ、私がここから出ていったとしましても、しばらく経ちましたならばお暇《いとま》いただいて帰ってまいりましょう。どうぞ、そんなにひどくお歎きになりませぬよう」

慰めなさるのでした。ああ、なんと愛《いと》おしいお方であられるのか。

いずれにせよ猶予はないのでありました。母上は泣きながら若君の御髪《みぐし》を撫《な》でつけ、着物をお着せして、今にも北条の軍勢にお渡し申そうとなさり――そのときに黒檀《こくたん》の小さな美しい数珠《じゅず》をとりだし、こう言ってさしあげるのでした。

「これで最期《さいご》のときを迎えるまで念仏して、極楽へ参りなさい」

極楽浄土へ、と。

南無阿弥陀仏《なむあみだぶつ》を唱えて、と。

若君はこれを受けとり、言われます。

「母上には今日ここでお別れすることになるでしょう。今は、なんとしてでも、私も父上のおられるところに参りたいと思います」

極楽浄土に、と。

言われます。

ああ、念仏。

ああ、南無阿弥陀仏。

この、あまりの、哀切さ。

これを聞いて、今度は十歳になられるおん妹の姫君が、「私も父上のところに、参ります！」と言われるのです。走り出されるのです。それを乳母の女房がお止め申しあげる。哀絶《あいぜつ》。

六代御前は今年やっと十二歳におなりなのですが、世間並みの十四、五歳よりも大人びておられて、お顔立ち、お姿ともに優雅であられて、今は「敵に弱気の様《さま》を見られるわけにはゆかぬ」と袖を押さえていらっしゃるのですが、その隙間からもしきりと涙はあふれ落ちています。さて、お輿《こし》にお乗りになります。武士どもがたちまち前後左右を取り囲み、そうして出て行かれる。斎藤五と斎藤六がお輿の左右について参りました。北条は、自分の乗り換え用の馬に乗っていた者どもを下ろして五と六を乗せようとしましたが、乗らず、大覚寺から六波羅までこの兄弟は裸足《はだし》で走りました。走りつづけましたよ、お伴をして。

さて、母上でございます。乳母の女房でございます。女たちでございます。天を仰いで地に伏しております。身悶《みもだ》えし、悲しまれております。

そうして繰り返し繰り返し、言われるのは——。

このごろは噂《うわさ》がある、平家の子供を幾人も幾十人も捕らえ集めて、水に投げ入れる者がある、と、そう言われます。

土に埋める者もある、とも言われます。

絞め殺したり刺し殺したり、さまざまにしているという噂がある、さまざまに！と叫ばれます。女が、女たちが叫ぶ。

わが子はどのようにして殺されるの、と母上が問われる。

少し大人びているので、きっと首を斬るのでしょう、と自答なさる。

この繰《く》り言《ごと》——これほどの繰り言。女の！ そう、この悲しみを語るにはそれに相応《ふさわ》しい声があります。私のこの声ではございません。よって、私の声はここにて消えましょう。懇《ねんご》ろに懇ろにと努めます古式ゆかしくもあったこの声は。しかし、まだまだ、大地震とともにいずこかより決壊してあふれた無数の、無数の、声々。零《こぼ》れ出た声、声、声。そして音も。そして歌も。たとえば女の哭《おら》び、音。たとえば女の歎き、歌。

撥《ばち》。

琵琶《びわ》。

鳴れ——。

鳴って、女のために歌え。あるいは女であるからこそ、子のために夫のために親のために、女ではない者たちのために歌え。語れ。そのためには声が要る——女の声が要る。はっきりと女の声が。

女たちを代表しての女の声が要るのよ。

だから語ります。私が語りますからね。ほら、撥！

これは母親の、六代御前の母上の、口説《くど》き！

「人は、子供を乳母に預けて、そうして育てることがある。そうやって時々会うような母にしても、やはり親子の情は愛しい。愛しいの。ましてやこの子は、私の六代は、産み落としてから一日片時《ひとひかたとき》も身辺から離したことがない。ないの。他人《ひと》の持たない宝のように思って、朝夕夫婦二人のあいだで育ててきたのに――きたというのに――。頼りとしていた夫とは心ならずも別れて、以来、私はこの六代と姫とを両脇において、それだけが慰め――それだけが慰めだった。それなのに、今は一人はいるけれども、一人はいないのね。二人の子供の、一人がいないのね。どうしたらいいの。今日から後は、ねえ、どうしよう。この三年の間、三年の間のどの昼もどの夜も、もしや源氏に見つかったら知られたらと、ただただ恐れつづけて過ごしてきて、それでも覚悟というものはしていたわ。ただ、それが昨日今日のことになるとは――今日の――。この何年間は長谷《はせ》の観音を深くお頼み申していたのに、それでも、それでも！　とうとう捕らえられてしまった。この悲しさは、これは、ああ――。そして、もう今も」

母上は滂沱《ぼうだ》の涙とともに言われるのです。

「殺されてしまっているかもしれぬ」

さらに泣哭《きゅうこく》なされるの。

夜が、深《ふ》ける。すっかり深けるけれども、胸がせきあげる気持ちがして、少しも、ほんの少しもお眠りになれない。

しばらくして、母上は――。

しばらくして、女は――。

乳母の女房に、こう言う。
それは——それはもう、歌！
今、ね。
ふっと眠ったような気がして、ね。
そうしたら夢にあの子が、ね。
白い馬に乗ってやってきて、ね。
「あんまり母上が恋しいので」と言うの。
「しばしのお暇《いとま》をいただいて、参りました」と言うの。
それから側《そば》に座るの。
どうしたのでしょう、たいそう恨めしそうにするの。
さめざめと泣くの。
そして私は、ほどなく目が覚めた。
そして私は、もしや、と思って傍《かたわ》らを探った。
そして私は、知るのね、誰もいないと。
ね、乳母。
夢であっても、ね。
もっと続いたらよかったのに。もっともっと。けれども覚めてしまった。

しばらくの間も側にいられないことのこの悲しさ。悲しさ！「ああ！」と語られた。その歌を語られた。聞いた乳母の女房も泣きます。泣きました。冬の長い夜もいよいよ明かしかねて、流れる涙に床《とこ》も浮くばかりでした。しかし夜にも、限りが。

朝です。

夜は明けるのでした。と、斎藤六が帰ってきました。母上は「どんな様子なの、それからどうなりましたか」とお尋ねになります。「ただいままでのところはお変わりございません。こちらにお文《ふみ》がございます」斎藤六はとり出してお渡ししました。母上は披《ひら》いてご覧になる。すると、たいそう大人びて書かれているそれも、歌――。

母上、どんなにかご心配なさっておられることでしょう。

でも母上、ただいままでは別状もございません。

そして母上、今ではもう、誰それが恋しいのです。

誰それも恋しいのです。

母上。母上。母上。

この歌を聞かれて、母上は、ただ黙《もだ》される。歌そのものである文面に触れられて、何も言われない。手紙を、懐《ふとこ》ろに抱かれる。うつぶされる。ただ伏せられる。その心中は、いったい、いったい。推し量れない人はいないだろうから、私はただ、哀れ、と語る。

こうして語ることも、歌うこと。

歌うことは、また同時に、耳を傾けること。

歌われているものに。奏でられているものに。

撥音に。

撥よ、鎮めなさい。

この悲しみのために、鳴りなさい。

鳴らしなさい。

鎮めて、鎮めることを試みて。鎮めて。

そうして、長い時間は、過ぎています。

時刻もだいぶ移っています。

斎藤六が、申します。

「わずかな時間でも、若君と離れていること、気がかりですので」と。「もうそろそろ、帰ります」

しかたがないのです。母上は、泣きながら六代御前へのお返事を書き、お渡しになる。斎藤六はお暇《いとま》を申して退出しました。

乳母の女房は、心配のあまりどうにもじっとはしていられない気持ちで、走り出て、どこへ行くあてもないのですけれどもその付近を足に任せて泣きながら歩きまわっているうちに、ある人にこう助言されました。

「この奥に高雄《たかお》という山寺がありますよ。そこの文覚上人《もんがくしょうにん》という聖《ひじり》は、誰あろうあの鎌倉殿がひじょうに大切に思っておられる方ですが、よい身分のお子をお弟子にしたいと欲しがっておられるそうですよ」

これはうれしいことを聞いたと思って、六代御前の母上にも告げず、乳母の女房はただ一人で高雄に尋ねて行きました。聖にお会い申して、「お生まれになったときからお育ていたしまして、今年十二におなりになった若君を、昨日、武士に捕らえられてしまいました。お命乞《ご》いをして上人様のお弟子にしていただけないでしょうか」と言って、聖の前に倒れ伏し、声を限りに泣き叫びました。本当に悲しみを抑え切れないといった様子の、女の叫びです。女の歎願《たんがん》です。女の――。

聖もかわいそうに思われます。

詳しい事情をお尋ねになります。

女房は起きあがり、泣く泣く、こう申します。

「平家の小松の三位中将の北の方が、親しくしておられる人のお子様をお養い申していたのですが、たぶん誰かが『あれは亡き中将維盛卿の若君ではないか』と告げ口したのでしょう、昨日、武士がお捕らえ申しあげて連れ去ってしまったのです」

実際に維盛卿のご子息であることは隠して、万が一のことにも用心しつつ、述べたのでした。

「それで武士は何という者であったのだ」聖は問われます。

「北条と申しておりました」

「どれどれ、それではこの文覚が出かけていって尋ねてみよう。まずはな」と言われます。「まぁずは」

聖は、ついとお出かけになります。

この上人様のお言葉、そのまま信じてしまっていいのかしら。女房はそうは思いましたが、いずれにしても聖はあのように言われたわけですから、ようやく心も少し落ちつき、大覚寺に帰ってまいり、以上の経緯《いきさつ》、母上に手短かに申しあげました。

「あなたが身を投げに出ていったのではないかと思って」と母上は言われます。「私も――どのような淵河《ふちかわ》にでも身投げしようと思っていたのですよ」

この人も、女。

それから一部始終をお問いになります。聖の申したことを乳母の女房がありのままに語ると、「その上人様が、どうかあの子を貰《もら》い受けて、もう一度私たちに会わせてくださいますように。ああ、文覚上人様」と手を合わせて泣かれました。

聖は、北条四郎時政が宿所を構えている六波羅に出かけてゆき、事の仔細《しさい》を問われました。北条が申すところは、こうでした。

「鎌倉殿のご命令があるのです。すなわち『平家の子孫が京中に数多く隠れているというぞ。なかでも小松の三位中将の子息で、中御門《なかみかど》家の新大納言藤原成親《ふじわらのなりちか》卿の娘の腹に生まれた方がいると聞いた。これぞ平家の嫡流、しかも年嵩《としかさ》であるともいう。なんとしても捜し出し、この若君、殺害せよ』とのおおせが。私はこのご命令をうけて上京し、それゆえ近ごろは平家の末流の幼い人々を少しは捕らえ申しました。が、この若君がいずこにおられるかは判然とせず、尋ねあぐんで、もう今は空《むな》しく鎌倉へ帰り下ろうとしていたのですけれども、思いがけなくも一昨日そのありかを聞き出して昨日お迎え申しました。ところがです、この若君というのがこのうえなく美しくいらっしゃる。あまりに不憫でして、まだどうとも処置はしないで、そのままにし申しあげてあります」

聖は、うなずかれました。

「では、お目にかかりたい」とおっしゃった。

若者のおられるところに参って、ご覧になりましたよ。すると、その若君は――二《ふた》重織物《え》の直垂《ひたたれ》を着て黒檀の数珠を手にかけておられる。肩に垂れかかるその頭髪の風《ふ》情《ぜい》、それから容姿、それから人品もたいそう貴々《あてあて》しい、それこそこの世の人とも思われない。前夜はお寝《やす》みになれなかったと見えて、少し面窶《おもやつ》れしておられるのがなおさらいたわしい。しかも愛らしく思われます。聖をお目にかけられて、どうしたのか涙ぐまれましたので、これを見申しあげた聖もわけもわからず涙を落とし、僧衣の袖を濡《ぬ》らしました。そして思われるのでした、――たとえ将来どのような仇敵《きゅうてき》となるとしても、どうしてこの若君を殺せよう！　殺せようぞ！　この、湧きあがる恋しさ、同情。聖は――高雄の文覚上人は、北条に次のように言われました。

「この若君を拝見すると、前世の因縁があるのでしょうか、あまりにも愛おしくてなりません。なりませんのう。二十日間だけ命をお延ばしくださいませんかのう。鎌倉殿のもとへ参ってお願いして、お身柄を拙僧《せっそう》に預けていただきましょう。この文覚は、かつて鎌倉殿を世にお出し申そうと、それはそれは大変な、実にあれだ、たぁいへんな労を執《と》りました。おのれも流人の身でありながら平家追討のための院宣《いんぜん》を頂戴《ちょうだい》してさしあげようと申し、京へ上ったのですが、その途次、道も知らない富士川《ふじがわ》の下流を夜渡ろうとして、これがもう危ういところで押し流されそうになったり、それからあれだ、高師《たかし》の山で追《お》い剝《は》ぎに遭《あ》ってしまい、手を合わせて歎願しましてどうにか命だけは助かったりして、どうかこうか福原の籠《ろう》の御所に参ったのでしたわ。そこで前《さき》の右兵衛《うひょうえ》の督藤原光能《かみふじわらのみつよし》卿にお頼みして件《くだん》の院宣を申しうけ、鎌倉殿にさしあげましたのです。そのとき、お約束をしていただいたのですな。すなわち『どのような大事でも申しなさい。あなたの願いであれば、頼朝が生きている間は必ず叶《かな》えよう』とな。その後も拙僧がたびたび鎌倉殿に奉公いたしたことは、時政殿、のう時政殿よ、あなたもすでにご覧になっているので今さら事新しくここで申す必要もないでしょう。この文覚は、約束こそを重んじて、命のことは軽く考えております。もし、鎌倉殿に受領《ずりょう》根性なんぞがついて傲慢におなりでないのならば、これはもう、ちっとも、ええ、ちいっともお忘れになってはおりますまいよ」

このように告げ、その暁《あかつき》には京をもう発《た》たれたのでした。

以上を聞いて聖を生き仏に思ったのは、もちろん斎藤五と斎藤六です。手を合わせて涙を流しました。そして急いで大覚寺へ参ってこのことを申しあげたので、これをお耳に入れられたときの母上の喜びはいかばかりであったでしょう。とはいっても、所詮は鎌倉での取り計らい如何《いかん》、どうなることかと案じられるのですけれども、まずは現在、あの文覚上人があれほど頼もしそうに申してくださっているし、そのうえ二十日間はとにかく命が延びられる。母上も乳母の女房も少しはほっとしました。女たちは、これもひとえに長谷の観音のお助けなのだと頼もしく思われたのでした。

こうして一日一日を過ごされまして、すると二十日というのはなんだか夢のように、それこそ束《つか》の間《ま》に過ぎてゆきました。その二十日になって、聖はまだ姿を見せません。一体どうなっているのだ、どうなっているのかしらとかえって心が痛み、女たちは今さら悶え苦しまれます。北条も、「文覚上人の約束した日数も過ぎた。このように延々といつまでも在京して、年を越すわけにはいかぬ。今は、もう関東に下ろう」と言って、出発のその準備に六波羅の人間たちが騒《ざわ》めき立ったので、斎藤五と斎藤六は手に汗を握る思いで、それこそ焦慮に心も砕けてしまいそうなのですけれども、聖はなおも帰りません。使者をさえ上京させないので、兄弟はどうしてよいかの思案も尽き果てます。ですから大覚寺へ帰り参って、報告しました。

「上人様もまだ都へお上りございません。北条もこの暁に下向なされます」

こう告げる二人は、左右の袖を顔に押しあて、涙をはらはらと流すのでした。聞かれた母上は、ご心中、どれほど悲しまれたことでしょう。

「ああ、誰か六波羅に思慮分別のある年配のお方があって、北条殿に『文覚上人様と出会うところまで六代を連れて下るように』と言ってほしい。ああ」と母上は言われました。「もしかしたら、文覚様があの子の命を鎌倉殿より貰い受けて帰ってこられるかもしれないのに、その前に、それよりも前に斬られてしまうようなことがあったら、その悲しみは、その悲しみは――。それで、どうなのお前たち、すぐにも六代をば斬りそうな気配であったの」

母上は斎藤五と斎藤六に問われます。

「今にもと申しますか、まさにこの明け方のことになるのではないかと思われます」

兄弟は答えます。「と言いますのは、近ごろ若君ご警固《けいご》のためにおん宿直《とのい》をしておりました北条の家の子郎等《ろうどう》どもが、ひどくお名残《なご》り惜しそうにしていて、あるいは念仏を申す者もあり、あるいは涙を流す者もいるというありさまなのです」

「それであの子は、どうしているの」

「人の見申しあげている前では何気《なにげ》ないふうを装っておられます。おん数珠を爪さきで繰り、念仏を唱えられるなどして。ですが、ですが――誰もおりませんときにはお袖をお顔に押しあて、おん涙に咽《むせ》んでおられます」

「もっともなこと」と母上はおっしゃいます。「年こそ十二と幼いけれども心は大人びた子です。今宵限りの命と思って、どれほど不安でいるのか。あの別れのときは『しばらく経ちましたならばお暇《いとま》いただいて帰ってまいりましょう』と言ったけれども、二十日以上も経つのに、私のほうからあちらへは行かれず、あの子もこちらへは来られない。今日から後《のち》、またいつの日に、いつの時に、互いに会えるとも思われない。それで――」と斎藤五と斎藤六に問われます。「お前たちはどうするつもり」

兄弟は、お答えします。

「私どもはどこまでもお供申します。若君がお亡くなりになりましたならば、お骨を受けとり、高野《こうや》のお山にお納め申します。後《のち》、出家入道して、若君の後世《ごせ》をお弔い申そうと心を決めております」

「それでは、早く行っておやり。あの子のことが気がかりでならないから」

母上はおっしゃり、二人の者は泣く泣くお暇《いとま》申して退出するのでした。

さて、同年十二月十六日です。北条四郎は若君をお連れしてすでに都を出発しました。斎藤五、斎藤六は涙に曇って行く先も見えないのですけれども、最後のところまではと思いながら泣く泣くお供をするのでした。北条が「馬に乗れ」と言っても乗らず、「最後のお供なのですから、何も厭《いと》いません」と申し、血の涙を――涙が尽きたあとに出る血の滲《にじ》んだ涙を――流しながら、足に任せて下るのでした。

そして、六代御前は。

この若君は、あれほど離れがたく思っておられた母上や乳母《めのと》の女房にもまったく別れて、住み慣れた都を遥《はる》か雲の彼方《かなた》に振り返りながら、とうとう、今日を見納めの旅として関東に赴かれました。そのお心のうちは誰であれ推察されます。女であれ、もちろん男であれ、誰にでもわかりましょう。あわれです。そして、たとえば、馬を飛ばして駆けつけてくる武士があると、「ああ、私の首を斬るのか」と肝を冷やすのですし、何事かを話しあっている人がいれば「そうか、すでに今が最後か」と心を砕くのです。まずは逢坂山《おうさかやま》の西口の四宮河原《しのみやがわら》で首を刎《は》ねられるのかと思ったのですけれども、そこは過ぎ、逢坂の関そのものも越え、大津の浦に出ました。粟津《あわづ》の原《はら》で斬首かと思っていると、その日は何も起きずに暮れてしまいます。

そして、その先へ。

まだ先へ。

国々、宿々をつぎつぎに過ぎ、駿河《するが》の国に着いてしまわれました。

お着きになって——若君の露《つゆ》のように儚《はかな》いお命は、今日いよいよ最後と噂《うわさ》されたのでした。

そう言われたのですよ。

千本の松原というところで武士たちはみな馬から下りて、お輿を止めさせ、軍陣用の敷物であるあの敷皮《しきがわ》というのを敷いて若君をお座らせ申しました。北条四郎は若君の御前近くに参って、こう申します。

「ここまでお連れして参りましたのは、特別の理由があってではございません。もしや途中で文覚上人に行き逢《あ》い申すのではないかと、そのことをば待ちつづけ、過ごし、ここに参ったのです。この松原を越えれば足柄《あしがら》、足柄を越えれば鎌倉となってしまいます。私の厚意のほどはあなたに十分にお見せしました。足柄山の向こうまでお連れしては鎌倉殿がどう思われるかわかりませんので、近江《おうみ》の国でお討ち申したこととして披露いたしましょう。あなたは平家ご一門の方々と同様の業《ごう》をお持ちですから、お受けになる報いもまた同様のご宿命。今は、たとえ誰がお願い申しましても、残念ながら鎌倉殿のお許しは叶わぬことでございましょう」

泣きながら申しました。若君は、それには何のお返事もなさりません。代わって、斎藤五と斎藤六を近くに呼ばれて、告げられるのでした。

「私が死んだ後《のち》、お前たちは都へ帰っても決して『途中で斬られました』などと申してはならないよ。それは、駄目だ。もちろん結局は知られてしまう真相だろうけれども、私のこの最期の様子をありのままに聞かれて母上があまりにお歎きになったら、死んだ私だって草葉《くさば》の陰でつらくって、それが往生の障《さわ》りともなってしまうからね。だから『鎌倉までお送りしてまいりました』と申しなさい」

二人の者どもは、心も消える思いです。気力もまったく抜けてしまって、しばらくはお返事もできません。ややあってから斎藤五が申しました。

「若君に先立たれましてから後《のち》は、生きて漫然と都まで帰れようとは到底思われませんし」

語るや、涙を抑え、顔を伏せてしまいました。

いよいよ――最後のときです。若君は、御髪《おぐし》が肩にかかっていたのを、美しいお手をもって前へかき払い、お垂らしになりました。警固の武士たちがそれを見たてまつって、「ああ、なんと痛ましいことか。まだお気はたしかでいらっしゃるのだ」と言って、みな涙に袖を濡らしました。それから若君は――西に向かって手を合わせ、静かに念仏を唱えながら、首をさしのべてお待ちになります。

静かに、静かに、ただ六代御前の念仏が。

南《な》。

無《む》。

阿《あ》。

弥《み》。

陀《だ》。

仏《ぶっ》。

斬る役に選ばれていたのは狩野《かの》の工藤三親俊《くどうぞうちかとし》でした。親俊は、太刀《たち》をその身に引き寄せて、左のほうから若君の後ろに回り、いざお斬り申そうとします。しかし目が暗む。気が遠くなる。どこに太刀を打ちあててよいのか、わからない、定められない。とうとう前後不覚になって、「お役目、とても果たせそうにございません。他の者にご命じください」と言って、太刀を捨て、引き下がってしまいました。それではお前が斬れ、いや、誰それが斬れと言って新たな斬り役を選んでおりますと、馬が現われます。

一頭の月毛の馬が――。

乗っているのは墨染《すみぞめ》の衣に袴《はかま》を着た、僧――。

僧は、馬に鞭《むち》打って駆けつけます。

駆けつけながら、見ます。びっしりと大勢の人々が走り集まるのを。聞きます、その大勢の人々が「ああかわいそうに。あの松原のなかで世にも愛らしい若君を、北条殿がお斬りになるぞ！」と言うのを。

僧は叫びます、「ぬう、しまった！」と。

月毛の馬に乗った僧は、手を振って合図をするのですが、それでも気が揉《も》め、今度はかぶっていた笠《かさ》を脱いで高くさしあげ、合図をします。北条はこれらの手振り身振りを見て、何かわけがあるのかと思って待ちます。ついにこの僧は到着します。急ぎ馬から飛び下ります。しばらく呼吸《いき》を整え、それから言うのでした。「——若君はお許されになりました。ここに、鎌倉殿の御教書《みぎょうしょ》が」

取り出すのでした。

さしあげるのでした。

北条は、披《ひら》き、ご覧になります。すると、いかにも、書かれています。

「小松ノ三位中将維盛卿ノ子息ガ捜シ出サレタト聞イタ。コレヲ高雄ノ聖御房《ヒジリゴボウ》ガ申シ受ケタイトノコト、疑イヲナサズニオ預ケ申シアゲヨ。

北条四郎殿へ。　頼朝ヨリ」

御判《ごはん》が捺《お》してあります。したためられた花押《かおう》です。北条殿は二遍、三遍と繰り返し読まれます。それから「神妙《しんみょう》、神妙」と言って御教書を置かれます。

斎藤五、斎藤六はいうまでもなく、北条の家の子郎等たちも全員、喜びの涙を流しました。

本当に、これこそ、神妙。

泊瀬六代《はせろくだい》——六代その後と、他の滅びと

そうこうするうちに文覚上人《もんがくしょうにん》もそこに現われるのでした。若君を乞《こ》いうけなさったということで、なんとも得意げなお顔でした。鎌倉での経緯《いきさつ》をこう語ります。

「鎌倉殿《かまくらどの》は『この若君の父の三位《さんみ》中将維盛《これもり》殿は、源平初めての合戦であったあの富士《ふじ》川《がわ》の大将だ。誰がどのように若君の助命を願い出ても頼朝《よりとも》は容《い》れぬぞ』と言われたので、拙僧《せっそう》も『それはいかがなもの。文覚の心に逆らっては、どうして仏神のご加護もありましょうぞ』などと悪態をつきはしたのだけれど、なおも『容れぬ。それだけはならぬのだ』と言って那須野《なすの》の狩りにお出かけになってしまわれたので、この文覚もわざわざ狩場へお供をして、そこでだ、はっ！　いろいろに申したこと申したこと申したこと。で、やっとのことで貰《もら》いうけたのです。さてさて、どんなにか遅いと思われたでしょうなあ」

北条《ほうじょう》は、申します。

「上人様が二十日とおっしゃったお約束の日限も過ぎまして、鎌倉殿のお許しはないのだと存じて、私は若君をお連れ申して関東へ下《くだ》ってまいったのです。いやはや、よくもお会いできた。ここで過《あやま》ちをいたすところでした」

北条四郎時政《ほうじょうのしろうときまさ》はそれから鞍《くら》を置いて引かせた馬どもに斎藤五《さいとうご》と斎藤六《ろく》を乗せ、京へ上《のぼ》らせました。北条自身も遠くまでお送りして、「しばらくお供申したいとは思いますが、鎌倉殿にさしあたって申しあげなければならない大事がございます。では、お別れを」と言って、暇《いとま》を告げて鎌倉へと下られました。まことに情け深いことです。

こうした、男の情け。

それから、女の——。

聖《ひじり》は若君をお受けとり申して、夜を日に継いで都へと駆け上る途中、尾張《おわり》の国の熱田《あつた》の近くで年も早《はや》暮れてしまいました。今年、文治《ぶんじ》元年が。そして明けて文治二年、正月五日の夜に都へ上り着いたのでした。文覚上人の宿所が二条猪熊《にじょういのくま》というところにありましたので、六代御前《ろくだいごぜん》をそこにお入れして少々ご休息いただき、夜半になってから大覚寺《だいかくじ》へお着きになりました。門を叩《たた》きます。ひっそりとしています。誰もいないので何の音もないのです。と、築地《ついじ》の崩れたところから子犬が走り出てきます。若君の飼っておられた白い犬が出てきて、尾をふって近寄ったのです。この子犬に、若君がお問いになられます。

「母上はどこにいらっしゃるのだい」

——なんという、思いあまってのお尋ね。

子犬は答えられるはずがありません。

斎藤六が築地を越えて中に入り、門を開けてお入れしました。しかし最近まで人が住んでいたとは見えないありさまなのでした。あきらかに、長い留守であると感じられる。六代御前は言われます。

「なんとしてでも生き甲斐《がい》のない命を助かりたいと思ったのも、恋しい人々にもう一度会いたいと望んだからこそ。これはいったい、どうなってしまわれたのだろう」

その歎《なげ》きと悲しみは夜通し続いて、若君は泣いて過ごされたのですが、あまりにも無理からぬこと。ただただ、哀れです。そして一夜を待ち明かし、朝になって近所の者に尋ねられると、こうした答えが返ってきました。

「十二月いっぱいは奈良の大仏参詣とうかがっておりました。また、正月のあいだは長谷寺《はせでら》に籠られるとのこと。それからは、お家《うち》に人が出入りするようには見えません」

然《しか》らば、と斎藤五が急いで長谷へ参ります。捜しあててお会いします。若君のお戻りになられた由《よし》、申しあげます。母上も乳母《めのと》の女房もまったく現実のこととは思われず、「これは夢なのでしょうか、夢ではないのかしら」と言われ、急いで大覚寺へ帰られます。すると、そこには若君が。現《うつつ》の若君が。ご覧になり、うれしいにつけても先立つものはただ涙なのでした。

それから母上は、わが子に難を避けさせようと「早く、早く出家なさい」と言われたのですけれども、文覚上人が惜しまれてご出家はおさせにならず、そのまま迎えとって高雄《たかお》にお置きしました。上人は若君の母上、すなわち小松《こまつ》の三位中将維盛卿《きょう》の北《きた》の方《かた》がひそやかに暮らされているところも、その後お見舞いなさったということです。観音の大慈大悲は罪ある者も罪なき者もお助けになるので、昔はこうした例が多かったと耳にはしますが、それでも末世には珍しい話でした。

ところで私のこの語りも文治二年正月に進んだわけですが、去年のことで語り落としはなかったでしょうか。女の語りであるからこそ、女の——この声であるからこそ見落としていた事柄は。あったのです。去年の十二月に、まさにあったのですけれども、これらの顚末《てんまつ》もまた同じ声、この、女の声が説きましょう。なにしろ北条四郎が六代御前をお連れして、下ってきたときのことですもの。事の発端は。近江《おうみ》の国の鏡《かがみ》の宿《しゅく》にて、この北条の一行は鎌倉殿のお使いの者に行き逢《あ》ったのです。

「どうしたのだ」と北条は訊《き》いたのでした。

「実は、十郎蔵人《じゅうろうくろうど》殿と信太《しだ》の三郎先生《さぶろうせんじょう》殿が九郎判官《くろうほうがん》殿にお味方されているとの噂《うわさ》がございますので、早々、これらをお討ち申せとのご意向なのです」

「鎌倉殿の思《おぼ》し召しか。しかし、今の時政は大事な囚人を連れている。ならば、時《とき》貞《さだ》」

こうして指名したのは、見送りに同行してここまで下ってきていた甥《おい》の北条《ほうじょうの》平六《へいろく》時貞でした。北条四郎は老蘇《おいそ》の森でこの甥御に告げられます。

「お前は早々に都へ帰り、この人々――十郎蔵人行家《ゆきいえ》殿と三郎先生義憲《よしのり》殿のおられるところを聞き出して、お討ちとり申せ。そして鎌倉殿にたてまつるのだ」

平六時貞をそうやって後に残されたのでした。

平六は都に帰り、それらの者の行方《ゆくえ》を尋ね、そうするうちに十郎蔵人殿のいるところを知っているという三井寺《みいでら》の法師が出てきました。その僧に問うと「いや、自分は詳しくは知りませぬなあ。あのですね、『知っている』という僧がおるのですよ」と答えるので、押し寄せてそちらの僧を捕縛しました。

「これはいったい、どうしたわけで私を縛《いまし》めるのだ！」

「十郎蔵人殿の居場所を知っているそうだから、縛めたのだ」

「それならば『教えてくれ』と言えばよいであろう。だしぬけの搦《から》め捕りとはいったい、何を考えているのだ！　たしか天王寺《てんのうじ》にいると私は聞いているぞ」

「では案内しろ」

こうして、平六は自分のところの婿《むこ》である笠原《かさはら》の十郎国久《じゅうろうくにひさ》、殖原《うえはら》の九郎、桑原《くわばら》の次郎、服部《はっとり》の平六を先鋒《せんぽう》として、その勢三十余騎を天王寺へと攻め向かわせました。

十郎蔵人の宿は二カ所ありました。

谷の学頭伶人兼春《がくとうれいじんかねはる》のところが一つ、いま一つは秦六《しんろく》および秦七《しんしち》という者のところです。

ですので、三十余騎の軍勢は二手に分かれて押し寄せました。

結局、十郎蔵人は兼春のもとにおられました。しかし鎧兜《よろいかぶと》を身につけた者どもが討ち入ったのを見て、即座に兼春邸の裏手から逃げました。学頭の兼春には娘が二人いて、これらは両者ともに蔵人の妾《めかけ》でした。平六の軍勢はその二人を捕らえます。蔵人の行方を尋ねます。姉はなんと言ったでしょうか。

「妹に聞いて」と、こうです。

妹はなんと言ったでしょうか。

「姉に聞いて」と、こうです。

慌《あわ》ただしく逃げたので、まあ誰にも「どこそこへ逃げる」とは知らせていないのでしょうが、いちおう姉妹のことは京都に連行したのでした。

たぶん、尋問をするのですね。

その甲斐もないのに。

蔵人はいずこの方面に落ちていったのでしょうか。めざしたのは熊野、なにしろ新《しん》宮《ぐう》と縁が深いために新宮十郎とも称されていたほどですから。けれどもただ一人連れていた侍が足を病んでしまい、今は和泉《いずみ》の国の八木《やぎ》の郷《ごう》というところに逗留《とうりゅう》しておりました。その宿の主人の男が「この者こそは蔵人だ」と感づいて、夜通しで京へ駆け上り、北条平六に密告しました。

「八木の郷か」と平六は言います。「しかし、天王寺に遣《つか》わした軍勢がいまだに帰途《みち》、京には上ってきていない。新たに誰を派遣したらよいものか」

思案して、大源次《だいげんじ》宗春《むねはる》という郎等《ろうどう》を呼びました。

「大源次よ、お前が見つけ出してきた延暦寺《えんりゃくじ》のあの悪僧は、今もいるか」

「おりますが」

「ここへ連れてまいれ」

命じて、するとその法師が出てきました。

「おい、十郎蔵人がおられるぞ」と平六は前置きなしに言いました。「これを討ち、鎌倉殿にさしあげ、ご恩賞に与《あずか》られるがいい」

法師は、これまた速やかに答えます。

「承知しました。では、私に人をつけてください」

「それでは大源次、他ならぬお前がいっしょに行け。ほかに人手もないからな」

こう言って、舎人《とねり》や雑色《ぞうしき》などわずかに十四、五人をつけて十郎蔵人を攻めに向かわせました。

この山法師は誰か。常陸房正明《ひたちぼうしょうめい》という者です。

いかにも武勇に勝《すぐ》れていそうな悪僧。

常陸房は、和泉の国に下り着き、その家に走り入って見ます。しかし、蔵人はいない。板敷を剝《は》がして捜索しました。納戸《なんど》となっている塗籠《ぬりごめ》も、その中に入って調べました。やはり十郎蔵人はいない。

常陸房は大路に立ちます。

見回します。

百姓の妻と思《おぼ》しい、年配の女人《にょにん》が通ります。

捕らえます。

「この辺に胡散《うさん》臭い旅人の逗留している宿はあるか。宿となっている家はあるか、ないか。言え。言わねば斬って捨てる」

「言います。ただいまお捜しになっていた家には、昨夜までたいそう立派な旅人が二人泊まっていたのですけれども、今朝がた出られたのでしょうねえ、今はあそこに見えます大きな家にいるようですよ」

情報は得られました。常陸房は、黒革威《くろかわおどし》の腹巻に袖のついているのを着、大太刀《おおだち》を佩《は》き、その家に駆け込みます。見ると――。

年五十ほどの男がおります。

褐《かち》の直垂《ひたたれ》に折烏帽子《おりえぼし》をかぶっている。

唐瓶子《からへいじ》や果実などを手にとって、あれこれして、銚子《ちょうし》も持って酒を勧めようとしている。

そして、常陸房を見る。

見て、慌てる。

なにしろ鎧兜を着けた法師が討ち入ってきた。

転げるようにして逃げ出す——。

これらを常陸房は見たのです。すぐさま追いかけました。すると声が——。

「そこの坊主、やめい。それは人違いだぞ。行家ならばここにいる」

蔵人なのでした。言われたのは。

常陸房は、走り帰って見ます。蔵人は——十郎蔵人行家が——白い小袖《こそで》に大口袴《おおくちばかま》だけを着て、左の手には黄金《こがね》作りの小太刀を持ち、右の手には大きな野太刀を持って、いる——おられます。常陸房は「太刀をそこへお投げなさい」と降参を促します。

すると蔵人は大笑いされます。

常陸房は走り寄ります。えいと斬りつけます。えい！　これを蔵人が受け止めます。打ち込まれた太刀を、わが刀にて。ちょう、と。ちょう！　跳《と》び退《の》きます。また寄る、斬りかかる、ちょうと合わせる、刀を、退く！

寄る。

斬る。

受ける。

寄る。

退く。

や！

これが女の戦《いく》さ語り。や！　女なのにこの、剣戟《けんげき》の語り。や！　さあ、女のために琵琶《びわ》を、撥《ばち》を。鳴らし鳴らし、弾《はじ》き鳴らして、幾面での琵琶でも幾十面の琵琶でも。や！　や！　や！　一時《ひととき》ばかりは戦うのです。つまり一刻《いっこく》を二つも三つも、そして四つ重ねて戦うのです。そんなにも長い間、二人で！　そして蔵人が後方《しりえ》にある塗籠の内へ後退《あとずさ》りしながら入ろうとなさる。常陸房が申す！

「そこに逃げ込むのは卑怯《ひきょう》です。お入りなさるな」

「行家もそう思うぞ」

こう答えるや、躍《おど》り出るのでした。また！

常陸房が太刀を捨てる。

組みます、むずと。

えい！ や！ や！ や！ 転びあうともに倒れます——どっと倒れ、上になり下になり、や！ や！ 転びあうところに、ああ大源次がにゅっと現われました。しかもこの大源次宗春、慌てに慌てていて、腰にさしていた太刀も抜かずに石を握って蔵人の額を、打ち割ります。

ぴし！

蔵人は大いに笑いました。

「下郎だなあ、貴様は」と譏《そし》り笑うのでしたよ。「敵は太刀や長刀《なぎなた》でこそ打つもの。石で敵を打つという法があるかよ」

常陸房が「足を縛れ」と急ぎ命じました。もちろん敵の足を縛れと言ったのですけれども、大源次はあまりに慌てて二人の足を縛ってしまいます。蔵人の足ばかりか常陸房のまで、四本ともです！ その後はどうにか、縄を蔵人の首にかけて引き起こし、強引に座らせたのでした。

「水を持ってこい」蔵人は堂々とおっしゃいます。

そこで、保存食である干飯《ほしいい》を水に浸《ひた》してさしあげます。蔵人は、水は飲まれて干飯は召しあがらず、残されました。常陸房がそれを取って食べてしまいました。

「お前は山法師か」

「山法師です」つまり比叡山《ひえいざん》の悪僧だと常陸房は問われて答えます。

「名はなんだ」

「西塔《さいとう》の北谷《きただに》法師、常陸房正明と申す者です」

「では、前にこの行家に仕えたいと言った坊主か」

「さようです」

「頼朝の使いか、平六の使いか」

「もちろん前者、鎌倉殿のお使いでございますぞ。もちろんのこと」と常陸房は虚勢を張りました。「ところで、あなた様は本当に鎌倉殿をお討ち申そうと思われたのですか」

「どうも無意味な問いを。このように囚《とら》われの身となった今、思わなかったと言えばどうなる。また、思ったと言えばどうなる」蔵人はどこまでも動ぜず、こうおっしゃいます。それから問われます。「それより俺の腕前のほどはどう思った」

「お山の上でいろいろな目に遭《あ》っている拙僧ですが、いまだこれほど手強《てごわ》い相手に出会った例《ため》しは、いやあ、ない、ない、ないですなあ。一度に強敵三人を向こうに回した思いでしたな」

こう答えた後に常陸房は申します。

「ところでこの正明のことは、その、あなた様はどう思われましたか」

「どうか」と蔵人。「俺はこうして捕らえられたのだ。そうである以上、論評なぞ」

しかし、付されたのでした。

「その太刀を持ってこい」

ご覧になると、蔵人の太刀は一カ所も刃に欠けたところがありません。いっぽう常陸房の太刀は、四十二カ所も刃《やいば》がこぼれていました。

なんと、一どころか無と、四十二――。

太刀がいっさいを語り、証明し、評しているのでした。

さて、伝馬《てんま》、すなわち宿駅ごとに用意されている伝送用の馬を立てさせて蔵人をお乗せ申して京に上る段となりまして、途中、その夜は江口の遊女屋の女主人のところに泊まって、夜通しで使者を北条平六のもとに走らせるのでした。翌《あく》る日の午《うま》の刻《こく》ごろには、百騎ほどの軍勢が合流のために下ってきます。まさに平六の一行、旗印《はたじるし》も際《きわ》やかな軍勢です。これと上京する常陸房らが淀《よど》の赤井河原《あかいがわら》で出会いました。そこにて言われたのは――。

「『都へはお入れ申してはならぬ』との院宣《いんぜん》です。また鎌倉殿のお考えもそのとおり。早々にお首を頂戴《ちょうだい》し、鎌倉殿にご実検いただいて、ご恩賞に与《あずか》りなさい」

「それでは」

十郎蔵人の首を赤井河原で斬りました。

そして討たれていない首があと一つ。十郎蔵人行家の兄、信太の三郎先生義憲は醍《だい》醐《ご》の山に籠ったとの風聞がありました。それで攻め寄せて捜したのですけれども、おりません。伊賀《いが》のほうへ逃げたとの噂が伝わって、服部の平六を先鋒として伊賀の国へ攻め向かいます。そして噂では、いるのは千戸《せんど》の山寺であるとのこと。押し寄せて捕らえようとしました。ところが、三郎先生は、すでにもう――袷《あわせ》の小袖に大口袴《おおくちばかま》だけを穿《は》き、鞘《さや》を黄金《こがね》で包んだ腰刀にて腹をかき斬って伏していたのです。首は服部の平六がとりました。ただちに持たせて、京に上りました。北条平六に見せました。

「よし。早々に持たせて下り、鎌倉殿にご実検いただいて、ご恩賞に与りなさい」

こう言われました。

そこで常陸房正明と服部の平六はおのおの首を持たせて鎌倉に下り、鎌倉殿のご実検に供し、すると「神妙《しんみょう》だな」とのお言葉があります。

神妙、神妙。

で、なぜか常陸房は武蔵《むさし》の国の葛西《かさい》へ流されてしまうのです。

「鎌倉に着けば当然褒賞《ほうしょう》をいただけると思っていたが、それだのに流罪！ 俺は心外極まりないぞ。そうと知っていたら、命をかけて戦ったりはせなんだわ！」

常陸房は後悔するのですけれども、どうにもなりません。しかし、中二年が経《た》つと呼び戻されました。このときに頂戴《ちょうだい》した鎌倉殿のお言葉というのは、こうです。

「大将軍を討った者には神仏の加護がないというのでな、いったんは処罰したのだ」

それから常陸房は但馬《たじま》の国の多田《ただ》の荘《しょう》と摂津《せっつ》の国の葉室《はむろ》の荘の二カ所を賜《たま》わり、京に帰り上りました。服部の平六はもともとは平家に仕えていた者なので、没収されていた伊賀国内の服部の領地を返していただきました。

六代被斬《ろくだいきられ》——撥《ばち》が消える

そして時が。時が。

さかのぼらずに前へ。前へ。

文治《ぶんじ》二年正月のその先へ——この声で。

この私の声で、女の声で。

さて六代御前《ろくだいごぜん》はだんだんと成長します。十四、五歳にもなられると容姿いよいよ美しく、あたりも照り輝くばかりです。母上はこれをご覧になっておっしゃいます。「ああ、世が世であったならば、今ごろは近衛《このえ》の少将にも中将にもなっていたでしょう」と。平家全盛の昔を思い出されてのお言葉ですが、これはあまりにも度の過ぎたお望み。

とはいえ、それが母親というものなのでしょうか。

つまり、それが女なのでしょうか。

女なのかしら。

いっぽうで、男は――。

平氏一門の嫡流《ちゃくりゅう》の若者がおられて、源氏一門の棟梁《とうりょう》たるお方がおられる。源二位《げんにい》頼朝卿《よりともきょう》が、まさに権勢をふるい、文治元年以降の世におられますね。この鎌倉殿《かまくらどの》がいつも気にしておられる。六代御前をですよ。不安に思われているのです。高雄《たかお》の文覚上人《もんがくしょうにん》のもとへ機会があるごとにお尋ねになるのです。「それで、維盛《これもり》卿の子息はどうですか。どのような人物となっていますか。以前あなたがこの頼朝の人相を占われて平家一門の打倒というのを勧められたように、朝敵《ちょうてき》を滅ぼし、会稽《かいけい》の恥を雪《すす》げるような相が見えていますか」と。上人は、もちろん、「いやはや。これは甚《はなは》だしい意気地なしでございますぞ。なにとぞ毫《ごう》もご心配なさらぬよう。少しも、のう、少ぉしも」とお返事するのですが、鎌倉殿はなおもご納得がいかぬ様子。

男だからです。

つまり男だからですね。

「しかしながら六代がもしも謀叛《むほん》を起こしたら、御房《ごぼう》、あなたは――」と鎌倉殿はおっしゃるのです。「ただちに味方をするのでもあろうな、聖《ひじり》の御房よ。けれどもだ。この頼朝が生きている間は、何奴《なにやつ》が源氏を倒せようか。むろん、子孫の代においてどうなるかまではわからないが」

このように言われ、このようにお考えになる。男!

恐ろしいのは、男——。

だから母上は怯《おび》えられます。六代御前の母上、亡き維盛卿の北《きた》の方《かた》は。この由《よし》を聞いて、おっしゃるのです。

「これはもう大変です。ああ、いけません。出家しないでいたら鎌倉殿がどんなふうに出られるのか。早々にご出家を!」

この母の歎願《たんがん》。効かぬはずがありません。六代御前は十六歳となった文治五年の春のころに——ああ、時はこんなにも前へ、前へと——美しい髪を肩の辺りで鋏《はさ》み下ろし、柿渋《かきしぶ》で染めた衣や袴《はかま》に笈《おい》などを用意し山伏《やまぶし》の装束《しょうぞく》となって、文覚上人にお暇《いとま》をいただきまして修行に出かけられました。斎藤五《さいとうご》と斎藤六《ろく》も同じ恰好《かっこう》になってお供申しあげました。まずは高野山《こうやさん》へ参り、父を菩提《ぼだい》の道に導いた滝口《たきぐち》入道を尋ねて対面して、父の、そのご出家の様子、ご臨終のありさま、それらを詳しくお聞きになって、それと同時に亡父の御跡も見たいということで熊野《くまの》に参られます。浜の宮のおん前にて、父のお渡りになった山なりの島を見渡して、渡りたくは思われたのですけれども波風が烈《はげ》しい、強く強く吹きつけるので渡れそうにない、しかたがないのでただ遠くに望まれて、「私の父上はどの辺りで水に沈まれたのだ」と尋ねたいとの気持ちに駆られなさる、それも波に、沖から寄せる白波に、——どの辺りで、どの辺りで、水に、水に、水に。

水。

ああ、水——。海《わたつみ》の。

波打ちぎわには砂がある。

父のご遺骨かと思われる。

懐かしく思われる。

袖は涙に濡《ぬ》れて、塩汲《く》む海士《あま》の衣ではありませんが、乾く暇《ひま》もないようなご様子です。渚《なぎさ》に、一夜を過ごされます。念仏を唱え、経をあげ、ご供養の一つとして砂地に指先でもって仏の姿を描き、夜が明けると貴《たっと》い僧を招き、父のおん為《ため》にと経を読ませ、こうした作《さ》善《ぜん》の功《く》徳《どく》をそのまますっかり死者の霊魂に廻《めぐ》らし向けて、いよいよ亡き父上にはお別れを告げ、泣く泣く都へ上《のぼ》られたのです。

そして男——女——人、人、人。

時はさかのぼらずとも、六代御前からはさかのぼりましょうか。五代、四代、三代と。それは亡き入道相国清盛公《しょうこくきよもり》。その嫡男《ちゃくなん》が、四代めに当たる小松《こまつ》の内大臣、すなわち亡き重盛公《しげもり》。その嫡男が、童名《わらわな》が「五代《ごだい》」であった小松の三位《さんみ》中将、すなわち亡き維盛卿。しかし、こうして亡き、亡き、亡きと続いて、それでは存命のどなたかはいらっしゃらないのかと問えば、います。小松殿こと重盛公のお子たちは、残らず亡き方となったわけではないから。そうなるのは——これから。

ああ、この女の声も、ひとまず消える。この私の声も、ここで。

なぜならば、声々《こえごえ》はもうあふれている。

あふれている。

大地震で噴出した。だから。声、声、声。

鎮めるために違う声が語る。順番に、一つずつ。まずは僕だ。この僕の声だ。そして男子たる僕の声は言うのだけれど、小松殿のお子の、丹後《たんご》の侍従忠房《じじゅうただふさ》は生きている。今は生きてはおられない三位中将維盛卿のおん弟は。あの屋島《やしま》の合戦のときに戦場《いくさば》から姿を消し、行方《ゆくえ》不明だったけれども、実のところは紀伊《きい》の国の住人の湯浅権守宗重《ゆあさごんのかみむねしげ》を頼って湯浅の城に籠られていた。これを聞いて、平家に忠誠を誓うあの侍たち、壇《だん》の浦《うら》でも源氏勢の手を逃《のが》れ、落ちのびていた越中《えっちゅう》の次郎兵衛《じろうびょうえ》、上総《かずさ》の五郎兵衛、悪七《あくしち》兵衛《びょうえ》、飛騨《ひだ》の四郎兵衛以下の兵《つわもの》たちが従いついたという話が伝わって、それならば我も我もと、伊賀《いが》、伊勢《いせ》両国の住人たちが馳《は》せ集まっていた。究竟《くっきょう》の武士たち数百騎が立て籠っていた。数百騎が！　撥《ばち》！　この情報はもちろん外に伝わる。関東にも伝わる。鎌倉殿は熊野の別当湛増《べっとうたんぞう》に討伐を命じられる。湛増は二、三カ月のあいだに八度、攻め寄せて戦ったよ。二か三、そして八！　撥！　けれども城内の兵たちは命を惜しまない、防いで戦う、撥！　湛増の味方はそのたびに追い散らされて、つまり、熊野法師はほとんど討たれてしまったよ。撥！　撥！　だから熊野の別当湛増は、鎌倉殿に飛脚を送ったんだ。「当国の湯浅の合戦のことですが、二、三カ月のあいだに八度も攻め寄せて戦ったのですが、城内の兵どもが命を惜しまずに防いで戦いますので、味方はそのたびに追い落とされまして、敵を打ち負かすに至りません。つきましては、近国の二、三カ国の軍兵《ぐんぴょう》を賜《たま》わりまして、これをもって攻め落としましょう」と。この申し出に、鎌倉殿は「そのようなことは国家の失費だし、人民の煩《わずら》いだ。立て籠っている凶徒は必ずや海の盗人、山の盗人の類いに相違ない。忠誠を誓って平家に味方しようというのではないはず。であるからには、山賊や海賊を厳しく監視して、その城の入口を護《まも》り固めよ。出入りさせるな」と言われた。熊野の別当はそうした。そうしたら、人は一人も城内にいなくなった。鎌倉殿にはこれの上をゆく策略もあって、「小松殿の公達《きんだち》で一人でも二人でも生き残っておられる方があったら、お助けします。というのは池《いけ》の禅尼《ぜんに》のお使いとして頼朝を死罪から流罪に減刑されたのは、ひとえに、かの内大臣重盛公のご恩によるものだから」と言われたよ。ああ、撥！　撥！　撥！

僕は、語る、丹後の侍従は六波羅《ろくはら》へ自首して出られたと。すると即、関東へお送りして、鎌倉殿が対面して、「都へお上りなさい、忠房殿。京の片隅に、あなたのお住居《すまい》にと考えているところがありますから」と言って、騙《だま》してご上京させ申して、追いかけるように人を上らせて、そして、勢田《せた》の唐橋《からはし》の付近で斬ってしまった。死んでしまわれたよ。小松殿のお子、丹後の侍従忠房はもう、生きていない。

だから、ここから僕ではない声。

声々のうちの、僕ではない、別の一つ！

私だ。小松殿には公達六人の他に土佐《とさ》の守宗実《かみむねざね》という方がおられたことを私が語り、鎮めよう。この方は三歳のときから大炊御門《おおいみかど》家の左大臣藤原経宗《ふじわらのつねむね》公の養子となり、当然ながら武芸の道は打ち捨てて文筆の道に入り、今年は十八歳になられていた。鎌倉殿からは、別にこの方のお姓も変わったので平家一門とは縁を切って他人となり、いろいろと恐れて気兼ねして養《よう》尋ねはなかった。けれども、なにしろ今は源氏の世、将来の当てもなくなったのだった。それで大仏家《か》はこの方を追い出した。この方は、こうとでも言うしかないことを口にされた。「私は小松の内大臣の末の子で、土佐の守宗実と申す者でございます。三歳のときから大炊御門家の左大臣藤原経宗公の養子となり、姓も変わったので平氏の一族とは縁を切って他人となり、当たり前ながら武芸の道は打ち捨てて文筆の道に入りまして、今年、十八歳になりました。鎌倉殿からは別にお尋ねはございませんが、けれども今はなにしろ源氏の世、いろいろと恐れて気兼ねしまして養家から私は追い出されました。どうぞ、聖の御房のお弟子にしてくださいませ」と。そして自分の手で髻《もとどり》をお切りになった。自ら僧形となったこの方は、さらに続けて「それでも、私を匿《かくま》うことをなお恐ろしくお思いでしたら、鎌倉へ申して、そのうえで本当に罪が深いということでしたら、いずこへでもおさし出しください」と言われた。聖はかわいそうに思って出家おさせ申し、東大寺《とうだいじ》の油倉《ゆそう》というところにしばらくお置き申して、関東へこの由を申し出られた。すると「ともかくもお目にかかってから、後《のち》、どうするかを決めようぞ。まずは鎌倉にお下し申せ」とのご諚《じょう》であったので、聖はいたしかたなく関東へお下しした。下されるこの方、宗実は、奈良をご出発のその日から飲食と名のつくものをすべて断ち、湯水も喉《のど》へ入れない。何も、湯水も！　足柄《あしがら》を越えて関本というところでついにお亡くなりになった。「どうしても鎌倉殿に許されることはありえないだろうから」と、きっぱり覚悟せられたのだから恐ろしい。途轍《とてつ》もないことだ。おられた方は、もうおられない。小松殿の末のお子、土佐の守宗実は生きていたが、もう、生きていない。その魂よ、鎮まれ。そして、鎮まれと撥は鳴れ、鳴らせと私は言おう。決して干《ひ》死《じ》にを経たからと荒《あら》ぶられますなと私は語ろう。

　さあ、次の声よ——。

手前《てまえ》です。手前が「それから」と語りますよ。「それから、それから」と時の流れというのを語りますよ。さて建久《けんきゅう》元年十一月七日に鎌倉殿は上洛《じょうらく》して、同月九日、正《しょう》二位大納言になられます。同十一日、大納言に右大将を兼任されます。しかし、すぐにこの両職を辞して、十二月四日に関東へ下向なされます。

それから建久三年三月十三日。

後白河《ごしらかわ》法皇が崩御なされます。法皇が！　おん年六十六、真言《しんごん》の密行《みつぎょう》を修《しゅ》される金《こん》剛鈴《ごうれい》の響きはその夜かぎりで途絶え、法華経《ほけきょう》を諳《そら》んじて読誦《どくじゅ》せられるお声はその暁《あかつき》に終わりました。

それから同六年三月十三日。

奈良の東大寺にて大仏の再建供養があるというので、二月中にまた鎌倉殿がご上洛になります。三月十二日、大仏殿に参られます。このとき、梶原平三景時《かじわらへいぞうかげとき》を呼んで、こう言われました。

「碾磑門《てんがいもん》の南のほうだが、衆徒《しゅうと》を何十人か隔てて妙な輩《やから》の姿が見えた。召し捕らえて、連れてこい」

梶原はおおせに従い、すぐ連れてきます。ひげは剃《そ》っているけれども髻は切っていない男でした。

鎌倉殿は問われました。

「何者か」

「これほど運命に見放されては、あれこれ申してもしかたがない。自分は平家の侍、薩摩《さつま》の中務家資《なかつかさいえすけ》と申す者です」

「何を思ってここにいる。その形《なり》で」

「万が一にも討てる機会があるかと思い、狙い申していたのです」

「志《こころざ》しのほどは立派だな」

鎌倉殿はおっしゃり、大仏供養が終わって都へ上られてから、六条河原でお斬りになりました。ええ、平家の侍であった家資はもう、生きてはいない。では、手前もこれで。

鎮まれ。

鎮まれ。

鎮まれ。

幾つもの幾つもの魂、鎮まれ——。

俺だ。鎮魂のために再び言い及ぶが、平家の子孫は去る文治元年の冬のころ、一歳、二歳の子も残さず、孕《はら》んでいる女のその腹を割いてまでは見ないというだけで、あとは手段など選ばないで徹底的に捜し、捕らえ、殺してしまった。今はもう一人も残ってはおるまいと思っていた。しかし、いた。新中納言知盛《とももり》の末子《ばっし》で、伊賀の大夫《たいふ》知忠《ともただ》という方がおられたのだ。平家が都を落ちたときに、三歳で置き去りにされていた。それを、お守り役の紀伊《き》の次郎兵衛為教《じろうびょうえためのり》が養い申し、あちこち隠れまわっていた。結局は備後《びんご》の国の太田《おおた》というところに人目を忍んで住んでいた。だんだんと成長なさる、すると、郡や郷の地頭や守護といった連中が怪しみだす。結局、ここも駄目だ。というわけで、結局、都へ上った。法性寺《ほうしょうじ》の一の橋というところに隠れ住まわれた。ここは祖父の入道相国清盛が「よもやの一大事には城郭にもしよう」と考えて、堀を二重に掘り、四方に竹を植えておかれたところだった。そこにだ、逆茂木《さかもぎ》を引いた。防塞というのを設《しつら》えて、昼間は、いっさい人の音というのを立てない。声一つ。しかし夜になると、じつに優《すぐ》れた連中が数多く集まる。詩を作り、歌を詠《よ》んだ。管絃《かんげん》などをして遊んだ。それで、どうして世間に漏《も》れ伝わったのだろうな、当時誰もが恐れていたのは一条の二位の入道能保《よしやす》という人だが、この人の侍、後藤兵衛基清《ごとうびょうえもときよ》の子である新兵衛《しんびょうえ》基綱《もとつな》という者が「一の橋に天子のご命令に叛《そむ》いた者がいる」と聞き出したのだ。

俺は、建久七年十月七日だった、と語ろう。時は朝、辰《たつ》の刻《こく》を四分したその最初の一点めだった、と語ろう。軍勢の数は百四、五十騎だ、とその新兵衛基綱の勢の数も語ろう。百四、五十騎が一の橋へ馳《は》せ向かい、喚《おめ》き叫び、攻め、戦った。襲われた城のうちには三十余人がいて、この者どもも諸肌《もろはだ》脱いだ。竹藪《たけやぶ》のその陰から矢を射た。射た。射た。さんざんに射かけた。基綱の軍勢は、その馬が射殺される。人が射殺《いころ》される。どんどんと多く殺される。面と向かっての応戦が叶《かな》わぬ事態となった。

しかしだ、そうしているうちに、一の橋には天子のご命令に叛く者がいると伝え聞いて、在京の武士たちが我も我もと駆け集まってきた。

数か。その数を言おうか。ほどなく一、二千騎だ。一、二千騎！　これらは、近辺の在家を壊して持ち寄って、堀を埋めたぞ。喊声《かんせい》をあげ、攻め込んだぞ。では襲われる側はどうだ。城のうちの兵《つわもの》どもは、太刀《たち》を抜き長刀《なぎなた》を構え、走り出る！

討ち死にする！

あるいは深傷《ふかで》を負う！

自害する！

伊賀の大夫知忠は生年《しょうねん》十六歳になられていて、重傷を負い——自害なされる！　あの新中納言知盛卿の末のお子は、この合戦まではおられたのに、おられない！　もう！　生きてはおられないこのお方を、お守り役の紀伊の次郎兵衛入道が膝《ひざ》の上に抱き乗せ、涙をはらはらと流す。はらはらと。それから念仏を十度唱える。声高に——南無阿弥陀仏《なむあみだぶつ》！　南無阿弥陀仏！　南無阿弥陀仏！　南無阿弥陀仏！　南無阿弥陀仏！　南無阿弥陀仏！　南無阿弥陀仏！　南無阿弥陀仏！　南無阿弥陀仏！　南無阿弥陀仏！

腹をかき斬って、死ぬ！

その子の兵衛太郎も討ち死にする！　兵衛太郎の弟の、兵衛次郎も討ち死にする！　ともに、ともに！　城内にいた三十余人の者どもは大部分が討ち死にしたか自害した。

それから館《やかた》に火を放った。

武士たちが駆け入った。燃える館に。

手に手に、討ちとった首を取った。

太刀の先に串《つらぬ》いた。

長刀の先に刺した。

この勝利を誇って、一条の二位の入道能保の邸《やしき》へ駆けつけてきた。

二位の入道は一条大路へ車を出して、多数の首を実検された。紀伊の次郎兵衛入道の首は、見知っている者も少しいた。しかしだ、誰が伊賀の大夫知忠の首をお見知り申していよう。この伊賀の大夫の母上は治部卿《じぶきょう》の局《つぼね》という。八条の女院《にょいん》にお仕えしている。そこで、この局を迎えに人をやり、お呼び申した。首をお見せ申した。

局は言われた。

「私はあの子が三歳となったときに、今は亡き中納言知盛殿に連れられて西国《さいごく》に下りました。あの子とは別れてでございます。紀伊の入道殿にあの子をお預けしてでございます。その後は生きているとも、死んでいるとも、ぜんぜん行方を知りません。しかし、知盛殿に生き写しのところが、そこに──ここに──。これは、すなわちあの子なのでしょう。きっと、あの子、知忠なのでしょう」

局は、泣かれた。

こうして伊賀の大夫の首であると、人も知ったのだ。母親に検《あらた》めされて。

このような、このような、首実検!

それを母に、女に強《し》いた、惨《むご》さ！

女に——。

さあ、いま一つ、新たな声。

これは女だけれども侍を語る声。あたしは、その侍は生きていたと語る。平家の侍、越中の次郎兵衛盛嗣《もりつぎ》は生きていて、但馬《たじま》の国へ落ちていたんだわ。そして気比《けい》の四郎《しろう》道弘《みちひろ》の婿《むこ》になっていたの。道弘はそれが越中の次郎兵衛とは知らなかった。他の男だと思っていたの。けれども袋の中に入れて隠した錐《きり》は、自然とその先が表に出てしまう、突き破って。次郎兵衛は、夜になると舅《しゅうと》の馬を引きだしては、馳せまわらせながら弓を射たの。馬を、海中十四、五町も、それどころか二十町も泳ぎ渡らせたの。素姓は偽っているのに、鍛錬はしないではいられないしまた技倆《ぎりょう》は隠せず、そう、腕前は偽れなかったの。だから地頭や守護も怪しんだ。そうして、どんな具合に漏れ伝わってしまったんだろう、あたしは知らないけれども鎌倉殿から御教書《みぎょうしょ》が下された。宛て名は——「但馬の国の住人、朝倉の太郎大夫高清《たろうたいふたかきよ》へ」で、書かれてあった内容は——「平家の侍、越中の次郎兵衛盛嗣が当国に居住の由を聞いた。召し捕ってその身柄さしだせ」だった。こうしたご命令。気比の大夫は朝倉の大夫の婿だったので、大夫高清は呼び寄せた。相談した、どうやって搦《から》め捕るか、と。湯殿で捕らえるのがよい、となって、次郎兵衛を湯に入れた。それから、諜《しめ》しあわせて、がっちりとした腕っぷしの強いのを五人も六人もいっしょにその湯殿に入れて、搦めようとする、するのだけれども取り組めば投げ倒されるの。起きあがれば蹴倒《けたお》されるの。なにしろ入浴中、お互いに体は濡れていて、摑《つか》まえられないの。でも、多勢に無勢というのはどうしても事実。大勢の力にはどんなに強力《ごうりき》の者でも敵《かな》わない。二、三十人がいっせいに囲み、寄り、太刀の峰《みね》や長刀の柄で打ちのめして、ぐったりさせて、縛りあげて、そのまま関東へ送った。そうして鎌倉殿の御前にひき据えさせて、さあ——一部始終のご尋問。

「お前は同じ平家の侍であるというのに、それも古くからの親族であるというのに、どうしてなのだ、死をともにしなかったのは」

「それは、あまりに平家があっけなく滅びてしまわれたので、もしや機会があればとお狙い申していたのです。あなた様を、鎌倉殿をです。吟味した刀身のじつに斬れ味のよい刀や、じつに強い鉄の鏃《やじり》の征矢《そや》も、特にあなた様を狙うためにと用意して私は持っておりましたよ。しかし、この盛嗣の運命もこれほど尽きてしまった以上は、あれこれ申しても甲斐《かい》はありません」

「その志しは大したものだ。頼朝に仕える気ならば助けよう。どうだ」

「勇士は二人の主君には仕えないと申しますよ。盛嗣ほどの者にお心を許されては、きっとご後悔なさることになりましょう。私へのご恩恵としては、ただただ速やかに首をお刎《は》ねください」

越中の次郎兵衛盛嗣はこう言って、鎌倉殿は「ならば斬れ」と言われて、由比《ゆい》が浜《はま》へ引き出して、斬ってしまって、そんな次郎兵衛を賞美しない者はいなくって、でも、生きていた侍はもういない。今は生きていない。

そう、あたしが語るのもここまで。

そして私は、あるいは私たちは、時を前へ、前へ、前へと進める。そのころの帝《みかど》は後鳥羽《ごとば》天皇で、この主上《しゅじょう》の乳母《めのと》は卿《きょう》の局《つぼね》。後鳥羽天皇がもっぱら詩歌管絃の御遊《ぎょゆう》にお心を入れられていたので、政治はまったく卿の局の意のままとなってしまっている。だから人の愁いや歎《なげ》きが熄《や》まない。昔の大陸では、呉王《ごおう》が剣客を好んだので世に傷を被《こうむ》る者が絶えず、楚王《そおう》が痩《や》せた美女を愛したので、寵愛《ちょうあい》されたいがあまりに食を細めて宮中に餓死する女が続出したという。上の者の好むところに下の者は従う。天下は本当に危ういと、心ある人々は歎きあった。

そして私たちは、また文覚について語る。あの文覚上人、ずいぶんと年とった上人。これはもともと恐ろしい聖で、口を出すべきではないことに口を出した。故高倉上皇の第二皇子《おうじ》の守貞《もりさだ》親王、すなわち後鳥羽天皇のおん兄君は、ご学問を怠りなさらず、正しい道理を第一となさるお方であったので、文覚はなんとかしてこの宮を帝位にお即《つ》けしようと企《たくら》んだ。けれども前《さき》の右大将頼朝卿がおられる間は叶わなかった。それが、建久十年正月十三日、頼朝卿が亡くなられた。それで文覚は、すぐ謀叛を起こそうとした。たちまち漏れ伝わった。二条猪熊《にじょういのくま》の文覚の宿所に検非違使《けびいし》庁の役人がさし向けられた。捕らえられた。隠岐《おき》の国に流刑となった。――八十歳を越えた身で。

文覚は京を出るときに、言った。言い放った。

「これほどの老境となって、今日、明日ともわからぬ身であるのがわしだ。そのわしを、たとえ勅勘《ちょっかん》であるとはいえ、都の近郷にもお置きになられぬか。わしを、隠岐の国にまで流されるか。さすがの毬杖冠者《ぎっちょうかじゃ》よ、わしは腹の虫が納まらんわ！　よしよぉし、毬杖冠者よ、よしよぉし、最後にはこの文覚が流される国に迎え申すであろう。そうしてやるわ！」

悪口を言った。後鳥羽天皇が毬杖というあの玉遊びをあまりに好まれたので、このように言った。恐ろしいことに、主上を呪詛《じゅそ》したてまつった。だからこそ、二十余年が経《た》って承久《じょうきゅう》年間に例のご謀叛を起こされた後《のち》に、国も多かろうに後鳥羽院が隠岐の国へ遷《うつ》されなさったというのは不思議なことだった。

その国でも文覚の亡霊が荒れまわって、いつも後鳥羽院の御前《ごぜん》でおん物語を申しあげたという。

亡霊が、おん物語を。

亡霊が、語りを。

私は、僕は、手前は、俺は、あたしは、私たちは――。

さて六代御前は、三位《さんみ》の禅師《ぜんじ》と呼ばれて、高雄で修行に専心しておられた。静かに、静かに。しかし鎌倉には前《さき》の右大将頼朝卿亡き後も源氏の棟梁はおられた。新しい将軍がおられた。新しい鎌倉殿がおられた。その新しい鎌倉殿が、しきりに朝廷に申し出られた。「平家の嫡流であるあのような人の子であり、また、あのような上人の弟子である。頭は剃ったとしても心までは決して剃っておるまい」と、お身柄を所望された。そこで朝廷は安判官資兼《あんほうがんすけかね》に命じて、召し捕って関東へ下された。これを新しい鎌倉殿は駿河《するが》の国の住人の岡辺権守泰綱《おかべごんのかみやすつな》におおせつけられて、田越川《たごえがわ》で斬られてしまった。

十二歳から三十歳を越えるまで六代御前が命を保ったのは、ひとえに長谷《はせ》の観音のご利生ということだった。

こうして、ここで、平家の子孫は永久に絶えた。

灌頂《かんじょう》の巻

女院出家《にょういんしゅっけ》——お布施は御子《みこ》の

しかしその人が。その人のことがまだ語られていない。まだ語られていないから鎮められていない。もう撥《ばち》は必要とされないけれども、私たちは語らなければならない。もう撥は現われないけれども、ただ口だけで伝えていかなければならない。一つの大切な物語を。これこそが大事な、深奥にあるものとして扱わなければならない伝記を。あの壇《だん》の浦《うら》の合戦の後からの、生け捕られて帰京なされてからの、その人の何もかもを。

建礼門院《けんれいもんいん》は東山《ひがしやま》の麓《ふもと》、吉田のあたりにお入りになった。中納言法印慶恵《ほういんきょうえ》と申した奈良法師の僧房だった。住み荒らして久しい年月が過ぎているので、庭も草深く、軒《のき》には羊歯《しだ》のあの忍草《しのぶぐさ》が茂っている。簾《すだれ》はちぎれている。閨《ねや》は丸見えで、雨も風も防ぎようがない。もちろん花はとりどりに美しく咲いている。しかし家の主《あるじ》と頼む人がいない。もちろん月は夜ごとに射《さ》し入る。しかし眺めて明かす主《ぬし》がいない。

昔は玉のように立派な御殿に暮らされていた。その人は。錦《にしき》の帳《とばり》のうちに暮らしておられた。その人は。

今は一族の人すべてと別れ果てて、これほど朽ち果てた僧房に入られている。そのお心のうちは容易に推し量られて、どうにも痛ましい。それは魚が陸地にあがるようなもの。鳥が巣を離れたようなもの。そうであるにつけては、かつての西海《さいかい》を流離《さすら》った日々、あの、つらい思いばかりだった海上の、船中のお住居《すまい》すら恋しいとお思いになられる。今となっては。

青海原《あおうなばら》のあの遥々《はるばる》とした船路《ふなじ》。遠い。

あの西海の遠い遠い遠い、雲。

想《おも》い起こされる、この苔深《こけぶか》い茅葺《かやぶ》きの僧房にいて、東山の麓にいて、庭を照らす月を眺めていて、それが。そのことばかりが。ただ涙がある。言い尽くせない悲しみだけがある。その悲哀の、際限のなさ。

それゆえに女院《にょいん》は文治《ぶんじ》元年五月一日にご剃髪《ていはつ》になる。本当は、改元は八月十四日だからまだ元暦《げんりゃく》二年の五月なのだけれど、いずれにしても都入りなされてから数日というところで、ご出家なされる。御戒《おんかい》の師には長楽寺《ちょうらくじ》の阿証房《あしょうぼう》の上人印西《しょうにんいんせい》が当たったという。お布施として、建礼門院は先帝のおん直衣《のうし》を納められる。先帝とは今は亡き安《あん》徳《とく》天皇のこと。建礼門院の御子であられた方のこと。おん直衣は、お最期《さいご》のときまでお召しになっておられたので、そのおん移り香もまだ失《う》せていない。お形見としてご覧になろうとして西国《さいごく》から道程《みちのり》も遥《はる》か都までお持ち帰りになったものだった。どのような世になろうともお身から離すまいとお思いになっておられたものだった。けれども他にお布施になる品がなかった。また、先帝のご冥福のためとも思われた。それで、泣く泣く取り出された。上人はこれを頂戴《ちょうだい》して、なんと申しあげようもない。墨染《すみぞめ》の袖を涙で濡《ぬ》らしながら泣く泣く退出せられた。のちに、この御衣《ぎょい》を仏前に垂れ下げる幡《はた》に縫いかえて、長楽寺の仏前にかけられたという。

女院は、十五歳のときに女御《にょうご》の宣旨《せんじ》を賜《たま》わった。十六歳のときに后妃《こうひ》の位におつきになった。高倉天皇のお側《そば》にお仕えせられて、朝には早朝の政務ご専心をお勧めし、夜はご寝所での夜間の寵《ちょう》を専《もっぱ》らにせられた。二十二歳のときに皇子《おうじ》がご誕生になった。その皇子が、皇太子に立ち、即位なさり、自らは院号を賜わった。建礼門院と申しあげた。入道相国清盛《しょうこくきよもり》公のおん娘であるうえに天下の国母《こくぼ》であらせられたので、世の人々の重んじたてまつることは一通りではなかった。

今年は二十九歳におなりになる。今年、この元暦二年にして、激震が京の都を見舞えば改元する文治元年には。桃や李《すもも》の花にも譬《たと》えられるご容姿は、いよいよ端麗で、蓮《はす》の花にも譬えられるご容貌もまだ衰えておられない。

しかし翡翠《ひすい》のように美しい御髪《みぐし》が、もはや何の甲斐《かい》もないものに思われて、ついにお剃《そ》りになったのだった。

尼のお姿となられた。

こうして憂《う》き世《よ》を厭《いと》い、仏の道にお入りになられたけれども、お歎《なげ》きはさらさら消えはしない。同じ一門の人々が、「もうこれまでだ」と言って海に身を投げていったありさま、なにより先帝と二位殿《にいどの》のおん面影、つまり御子と母君のそれが、いつまでも、いついつまでも、忘れられぬこととして思われつづけて、露《つゆ》のように儚《はかな》い命をどうして私は今まで生き存《なが》えているのか、どうしてこうした憂き目を見るのかと、おん涙を止めることがおできにならない。

時節は夏、五月だから夜は短い。しかしその短い夜を明かしかねて、微睡《まどろ》むこともなさらないので、昔のことは夢にすらご覧にならない。壁ぎわに置いた灯火《ともしび》の残光も、もう幽《かす》かで、弱い。夜通し暗い窓を打つ雨の音も、寂《さみ》しい。大陸の故事にあらわれる上陽人《しょうようじん》という美女、十六歳から六十歳まで上陽宮《しょうようきゅう》に閉じ込められて老い果てるだけだったという宮女の悲しみも、これには到底及ぶまいと思われた。

昔を思い出すよすがにも、と僧房の以前の主《あるじ》が移し植えていたものなのか、花橘《はなたちばな》が軒端《のきば》に咲いて、懐かしい香りが風に薫《かお》った。山郭公《やまほととぎす》が二声《ふた》、三声《み》鳴きながら飛んだ。

女院は、古歌を思い出される。お硯《すずり》の蓋《ふた》にこう書かれる。

　ほととぎす　　　ねえ、ほととぎす
　花たちばなの　　　ここでお前が、花橘の
　香《か》をとめて　　　香りを求めて、そんなふうに
　なくはむかしの　　　鳴くのは、昔のあの
　ひとや恋しき　　　親しかった人が恋しいからなの

　他の女房たちはどうだったのか。女院以外の帰京なされた女房たち、この春までは女院の側仕《そばづか》えでもあった人々というのは。そうした人々は、思いきって二位殿のように水底《みなぞこ》に身を投げることはなさらなかった。越前《えちぜん》の三位《さんみ》通盛卿《みちもりきょう》の北《きた》の方《かた》のようには西海にお沈みなさらなかった。ゆえに荒々しい武士に捕らえられ、故郷の都に帰り、やはり若きも老いもご剃髪し、みすぼらしい尼のお姿に変わり、生きているとも思われない様《さま》をもって暮らしておられた。以前には思ってもみなかった谷の底や岩の間で隠《いん》棲《せい》しておられた。かつての住居《すまい》はみな焼けてしまったので、今や礎《いしずえ》ばかりが空《むな》しく残る。草深い野原となり果てている。知人が訪問するなどあろうはずもない。これまた大陸の故事にあるが、漢の劉《りゅう》と阮《げん》という二人の男が天台山《てんだいさん》の中に迷い、そこで契《ちぎ》った仙女のもとから旧里に帰ってみると、単に半年を過ごしただけと思っていたのに七代後の子孫に会ったという。そのときの心境こそ、これら平家一門の残存のこの女房た

ちの気持ちと同じなのかと思われてあわれも深い。

そして私たちは語る。

七月九日に大地震があったのだと語る。女院のこの御所、この荒れ果てた御所は、築地《ついじ》を崩す。建物をさらに傾かせて、壊す。ますますお住みになれそうなありさまではなくなった。そもそも門衛一人いない。荒れ放題に荒れた垣根は、茫々《ぼうぼう》と草深い野辺よりも露に濡れて、「もう秋は訪れるのだぞ」といかにも時節をわきまえているような顔つきの虫の声々《こえごえ》が、早くも聞こえだす。声々が、怨《うら》むように。あわれ極まりない。夜はしだいに長くなる。女院は、いよいよお寝ざめがちで夜を明かしかねていらっしゃる。おん物思いが尽きぬのに、その秋のあわれさも加わり、ただただ耐えがたくお思いになる。

この世はすっかり変わり果ててしまった。かつて平家の世があったことこそ、嘘《うそ》のように。稀《まれ》には情けをかけ申してもよいはずの縁故者というのも訪れはほとんど絶えた。女院を、誰がお世話申しあげるとも見えなかった。

大原入《おおはらいり》——庵室

しかしながら冷泉《れいぜい》の大納言こと藤原隆房卿《ふじわらのたかふさきょう》の北《きた》の方《かた》と、七条の修理《しゅり》の大夫藤原信隆《だいぶふじわらののぶたか》卿の北の方のお二人だけは、人目を忍び、いろいろと女院《にょいん》をお訪ねになった。どちらも父は入道相国清盛公《しょうこくきよもり》、母は二位殿《にいどの》であって、ほかでもない建礼門院《けんれいもんいん》のおん妹方《がた》だった。

「あの人たちのお世話で生きようとは」と女院はおん涙を流されながらつぶやかれた。「昔は思ってもいませんでしたね」

お付きの女房たちもみな涙に袖を濡《ぬ》らされた。然《しか》り、と。

このお住居《すまい》、大地震でますます荒廃したこの御所にして陋屋《ろうおく》もまだまだ都が近いので、道を往《ゆ》き来《き》する人の目に触れることは多い。女院は、露《つゆ》のように儚《はかな》いお命が風に吹かれて絶えるまでのわずかの時間は、せめて、つらいこと厭《いや》なことを耳に入れないですむような深い山の奥の奥に入ってしまいたいとお思いにはなったけれども、適当な便宜もおありにならない。と、ある女房が参って、「大原山《おおはらやま》の奥の寂光院《じゃっこういん》と申すところはまことに閑《しず》かでございますよ」と言った。そこで「山里はなにかと寂しいことはあるでしょうけれども、このまま都にいて、つらい厭な思いをするよりは住みよいでしょう」とおっしゃり、女院はお移りになることを思い立たれた。

お輿《こし》などは隆房卿の北の方がお世話したという。

文治《ぶんじ》元年の九月の末に建礼門院はその寂光院にお入りになった、と私たちは語る。お輿で進まれるその道の途中、四方の梢《こずえ》が色とりどりに紅葉しているのをご覧になる。

山陰《やまかげ》だからか、日は思われていたよりもずっと早く暮れかかる。夕暮れを告げる鐘《かね》の音《ね》が、どこか野中《のなか》にある寺から響いた。むしろ静寂を昂《たか》めて響いた。分けゆく草葉《くさば》はしとどに露に濡れていて、女院の、涙に濡れるお袖もいよいよ濡れまさる。激しい風に木の葉は乱れ散る。空が、にわかに曇る。早くも時雨《しぐれ》が、降る、しゃあっと降って去る。かすかに鹿の声。それから、途絶えがちに虫の声。怨むように鳴いている声々。お耳に入るものが心細さとなり、お目に入るものが心細さとなり、譬《たと》えようもない。以前、都を落ちて浦づたい島づたいに流離《さすら》われたときも、これほどの頼りなさではなかったともお思いになる。そのように思われることが、すでに悲しい。

しかし、お輿は着かれる。

着かれてみれば、寂光院は岩に苔産《こけむ》して、いかにも古びた趣きがあり、ああここだわ、ここにこそ住みたい、いつまでも住んでみたいとお思いになる。

露を置いた庭の萩原《はぎはら》は霜枯《しもが》れている。

垣根の菊も、枯れ枯れに色褪《いろあ》せている。

それらを女院はご覧になる。ご自身のその身の上さながら、と、きっと思われたはず。

仏の御前《ごぜん》に参られると、こうお祈りなさる。

「天子聖霊《てんししょうりょう》、成等正覚《じょうとうしょうがく》、頓証菩提《とんしょうぼだい》」

安徳《あんとく》天皇の御霊《みたま》が成仏を遂げられ、速やかに悟りを開かれますように、と。四字と四字と四字から成る願いをお祈り申される。そうなされるにつけても、先帝のおん面影はぴったりとおん身にまとわりついて、お忘れになることがいったい、いつあるだろう。いつの世に。

それから建礼門院は、寂光院の傍《かたわ》らに一丈四方のご庵室《あんしつ》を設けて、一間《ひとま》をご寝所として設《しつら》え、一間は仏像を安置するところと定め、昼夜朝夕のお勤めや絶え間のないお念仏に怠らず励んで、月日をお過ごしになられる。

一日を。

また一日を。

こうして十月十五日の暮れ方に、庭に散り敷いている楢《なら》の葉を踏み鳴らす音が聞こえる。しゃっ、かさ、しゃっ、と物音が。女院は「世を厭《いと》うからこそと住んでいるこのようなところへ何者が訪ねてきたのでしょうか。どうか、見に行ってちょうだい。隠れなければならない人でしたら、急いで隠れますから」と言われて、側《そば》の女房を一人やられる。

鹿が通っただけでしかない。牡鹿《おじか》が。

「何者でしたか」と女院がお尋ねになる。

問われた大納言《だいなごん》の佐殿《すけどの》は、涙を堪《こら》えて、歌で答えられる。

岩根《いはね》ふみ　このような山奥です、岩を踏んで
たれかはとはん　誰が訪ねて来ましょうか
ならの葉の　楢《なら》の葉が、今、ああして
そよぐはしかの　音を立てたのは、鹿が
わたるなりけり　通っていったのでした

この一首にあふれる哀感に、女院も深くお心を動かされ、窓の小障子にこれをお書きとめなされる。

私たちは、このような閑寂なお寂しいお暮らしの中にも、何かによそえてお心を慰められることは数多《あまた》あったのだと語る。つらい中にもたくさんあった。さまざまな情景が、浄土の風物に擬《なぞ》らえられた。たとえば軒に並んで生えている樹木を、七重の宝樹に擬らえる。黄金の根、紫金《しきん》の茎、白銀《はくぎん》の枝、瑪瑙《めのう》の条《ほそえだ》、珊瑚《さんご》の葉、白玉《はくぎょく》の華《はな》、真珠の実を具《そな》えて、極楽の四方を囲んでいる宝樹に。また、たとえば岩間にたまる水を、やはり極楽にある池の八功徳水《はっくどくすい》に擬らえる。甘い水であり、冷たい水であり、軟らかい水であり、軽い水であり、澄んだ水であり、臭わない水であり、飲むときに喉《のど》を損《そこ》なわない水であり、飲んでも腹を傷《いた》めない、そうした八種のすばらしい特質を具えて湛《たた》えられた水に。そのように擬《ぎ》して、女院はお思いになった。そして人生の無常の相は、風に散りやすい春の花に譬えられ、そもそも人の一生は、雲に隠れやすい秋の月

に譬えられる。事実、昭陽殿《しょうようでん》さながらの後宮で花を賞美なされた朝には、風がそれを散らし、長秋宮《ちょうしゅうきゅう》さながらの宮殿で月を眺められた夕《ゆう》べにも、雲がその光を隠した。そうしたことは、事実、あった。

昔は、玉楼金殿《ぎょくろうきんでん》に錦《にしき》の敷物を敷いて、豪華極まりないお住居で、今は、柴《しば》をひき結んだ草の庵《いおり》でのお暮らしで、はたで見る人の袖も涙で濡れる。このご庵室。この転変。

大原御幸《おおはらごこう》――訪問者

こうして月日は過ぎる。

その人には舅《しゅうと》がいる。夫の、父が。つまり今は亡き高倉上皇の、おん父君が。月日は過ぎて、しかしまだ大原《おおはら》へのご転住の翌《あく》る年で、おん舅はまだご健在でいらっしゃる。

いらっしゃる、後白河《ごしらかわ》法皇は。

文治《ぶんじ》二年の春のころ、後白河法皇は建礼門院《けんれいもんいん》の閑居のお住居《すまい》をご覧になりたいと思《おぼ》し召される。だが二月、三月の間は風も烈《はげ》しい。余寒もまだ残っていて、峰の白雪も消え切らず、谷の氷も解けていない。やがて春が過ぎる。夏が来る。葵祭《あおいまつ》りも終わる。とうとう実行の時となる。

法皇が、まだ夜も明けぬうちにお発《た》ちになる。大原の奥へと御幸《ごこう》になる。

お忍びの御幸ではあるけれども、公卿《くぎょう》、殿上人《てんじょうびと》がお供として付き従われた。公卿は徳大寺《とくだいじ》家の藤原実定《ふじわらのさねさだ》公、花山院《かざんいん》家の藤原兼雅卿《ふじわらのかねまさきょう》、土御門《つちみかど》家の源通親《みなもとのみちちか》卿以下六人、殿上人は八人で、それに北面の武士が少々お供した。鞍馬《くらま》街道をお通りになっての御幸なので、あの清原深養父《きよはらのふかやぶ》が建てた補陀落寺《ふだらくじ》や、小野の皇太后宮《こうたいごうぐう》のお住まいになった旧跡をご覧になって、それからお輿《こし》にお乗りになった。

遠山に白雲がかかっていた。散ってしまった花の形見のように見えた。梢《こずえ》が青葉となっていて、しかし残花も所々に見つけられ、春の名残《なご》りが惜しまれた。頃は四月の下旬で、夏草の茂るなかを分けて、進まれた。

このようなところは初めての御幸、いっさいが後白河法皇にはお目新しかった。人の往来は皆無。そう思い知られて、法皇はお心を打たれた。

西の山の麓《ふもと》に一棟の御堂《みどう》がある。

言うまでもない、寂光院《じゃっこういん》が。

庭の池や樹々《きぎ》の植え込みが古めかしく造ってあって、いかにも由緒ありげな様子にて、ある。

たとえば「甍《いらか》やぶれては霧不断《ふだん》の香《こう》をたき、枢《とぼそ》おちては月常住《じょうじゅう》の灯《ともしび》をかかぐ」という詞《ことば》がある。壊れ落ちた屋根瓦、そのために堂内に流れ込む霧、するとそれは絶え間なく焚《た》かれる香とも見え、外れてしまった雨戸から射《さ》し込む月、それは常に灯《とも》しつづける灯明《とうみょう》とも見える、そのように形容しているが、まことにこの場所に相応《ふさわ》しいと思える。庭の若草が茂りあっている。青柳の細い枝が風に吹きなびいている。池の浮草が波のまにまに漂っていて、あたかも水の中に錦《にしき》の布地が洗いさらされているよう、見誤《みあやま》ってしまう。

池の中島の松に、藤がかかり、その花は紫に咲いていて、色彩の見事さは譬《たと》えようがない。

青葉にまじって遅桜《おそざくら》が咲いていて、春の初めの初咲《はつざ》きの花よりも、むしろ珍しい。

岸辺に山吹が咲き乱れている。

幾重にも重なる雲の隙間から、山郭公《やまほととぎす》が一声《ひとこえ》鳴いた。まさに今日、法皇の御幸をお待ちしていたのですよと言わんばかりに。

これらの景色、これらの風物。法皇は一首をお詠《よ》みになった。

池水《いけみず》に　ご覧、池のあの水に
みぎはのさくら　畔《ほとり》の桜の花が
散りしきて　今、一面に散り敷いていて
なみの花こそ　波のうえのほうこそ
さかりなりけれ　花盛りであることよ

古びた岩の切れ目から落ちてくる水の音にさえ、由緒ありげな何事かが感じられる。この趣き。手前に緑の蔦葛《つたかずら》が這《は》いかかる垣根があるかと思えば、その遠景には遠い緑に霞《かす》んだ眉墨《まゆずみ》さながらに美しい山が見えて、たとえ絵に描いたとしてもどうにも絵筆は及ばないであろう情景なのだった。

法皇は、それから、建礼門院のご庵室《あんしつ》をご覧になる。

軒《のき》には蔦や槿《あさがお》が這いかかる。忍草《しのぶぐさ》にまじって忘草《わすれぐさ》が生えている。その様《さま》は、たとえば「瓢簞《ひょうたん》しばしばむなし、草顔淵《がんえん》が巷《ちまた》にしげし、藜藿《れいじょう》ふかく鎖《さ》せり、雨原憲《げんけん》が枢《とぼそ》をうるおす」という古人の詞《ことば》が見事に相応《ふさわ》しいと思える。屋根を葺《ふ》いた杉板も腐蝕《ふしょく》して、隙間ができ、時雨《しぐれ》も霜《しも》も露《つゆ》も漏《も》れるはず。射し込む月の光と争うように漏れ入って、防ぎ止められはしないはず。

ご庵室の、後ろは山。前は野辺。風が、わずかばかり生えている小笹《おざさ》を鳴らしている。さらさらといわせて、渡っている。

俗世を捨てた隠遁者《いんとんしゃ》の常として、粗末な竹柱の家に住む人には、その竹柱の節《ふし》のように苦しみが多いし、都からの便りは、目の粗い籬垣《ませがき》のその結い目と同様に間遠《まどお》にしかない。たまに訪れるものといえば、木から木へと伝い歩いている峰の猿の声。それから薪《まき》を伐《き》る木樵《きこり》の斧《おの》の音。他には、来るとはいっても手で繰《く》るだけの蔓草《つるくさ》の、柾木《まさき》の葛《かずら》や青葛《あおつづら》があるばかり。生い茂るばかり。来る人は、つまり、稀《まれ》だった。そうしたところが、ここだった。

法皇は「誰かいないか。誰かいないのか」とお呼びになる。ご返事申しあげる者はない。だいぶ時間が経《た》ってから、老い衰えた尼が一人、御前《ごぜん》に参る。

「さて女院《にょいん》はどちらにお出《い》でになったのだ」と法皇がおおせられる。

「この上の山へ、花を摘みにいってらっしゃいます」

「そのようなことにお仕え申しあげる人もいないのか。いかに世を捨てたおん身といいながら、それはあまりにも。ああ、あまりにもだと朕《ちん》は思われるぞ。まことにおいたわしい」

このお言葉に対し、尼は申した。

「五戒を守り、十善《じゅうぜん》を保った前世からのご果報が尽きてしまわれたので、今このような苦しい目に遭《あ》っておられるのです。だとすれば、来世のためにはこれをこそ捨て身のご修行となされればよいわけで、どうしておん身を惜しまれることがございましょうか。因果経《いんがきょう》には『過去の因を知りたいと思うならば、現在うけている果報を見ればよい。未来の果報を知りたいと思うならば、現在のその因を省《かえり》みればよい』と説かれています。この過去と未来の因果の理《ことわり》をお悟りになられたならば、少しもお歎《なげ》きになるべきではございません。昔、悉達太子《しつだたいし》は齢《よわい》十九で伽耶城《がやじょう》を出て、檀特山《だんどくせん》の麓で木の葉を綴《つづ》りあわせたものを着て肌を隠し、峰に登って薪をとり、谷に下って水を汲《く》み、難行と苦行とを重ねた功によってこそ、ついに仏の悟りを開かれましたから」

後白河法皇は、この尼の様子をご覧になる。ぼろぼろの、もはや絹か麻か葛《くず》かの区別もつかない布地を継ぎあわせて着ている。そんな恰好《かっこう》でこうも立派なことを申すのは不思議なことよと思われて、「尼よ、いったいお前は誰なのか」とおおせられる。

尼は、さめざめと泣いた。

しばらくはお返事を申しあげることもできない。

やや経ち、涙を抑えて、再び口を開いた。

「申しあげるのも畏《おそ》れ多くはございますが、私は今は亡き少納言入道信西《しんぜい》の娘で、阿《あ》波《わ》の内侍《ないし》と申した者でございます。母は紀《き》伊の二《に》位《い》でございます。かつて法皇様にはあれほどご寵愛《ちょうあい》を深く頂戴《ちょうだい》したのですけれどもお見忘れなさっていらっしゃるのですね。わが身の衰えのほどが思い知られまして、今さらながらどうにもならない心持ちでございます」

尼は、袖を顔に押しあてた。涙を堰《せ》き止められないありさまだった。見るに忍びない。

法皇は「それではお前が、阿波の内侍であったか」とお口にされる。「そうだ、お前こそは阿波の内侍。朕はこともあろうに見忘れてしまわれておったぞ。ただ夢のようにしか思われないぞ。なにもかもが、朕にはただもう、夢」

おっしゃって、おん涙を止《とど》め切れずにいらっしゃる。お供の公卿、殿上人も「不思議な尼であるなと思ったら、よも阿波の内侍だとは。ならば、さもありなん」とめいめい申しあわれるのだった。

それから法皇はあちらこちらをご覧になる。庭の数多くの草々にしっとりと重く露がおりて、垣根に倒れかかっている。その垣根の外の小さな田圃《たんぼ》にもいっぱいに水があふれて、鴫《しぎ》が降り立つ隙間さえ見分けられない。法皇は、ご庵室にお入りになる。襖《ふすま》を引き開け、ご覧になる。一間《ひとま》には来迎《らいごう》の三尊の像が安置されておられる。すなわち阿弥陀如来《あみだにょらい》、観音菩薩《かんのんぼさつ》、勢至《せいし》菩薩が。中央の弥陀《みだ》の御手《みて》には五色の糸がかけられている。青、黄、赤、白、黒の糸を縒《よ》りあわせたものが。臨終者のための導きの糸が。左には普賢《ふげん》菩薩の画像を掲げ、右には浄土教を大成なさった善導和尚《ぜんどうかしょう》、ならびに先帝安徳《あんとく》天皇のご肖像を掲げ、法華経《ほけきょう》八巻や善導和尚が著わされた九帖《くじょう》の御書《ごしょ》も置かれている。以前は、宮中にて、蘭《らん》の花と麝香《じゃこう》の匂いを焚きしめておられたのに、今は、このご庵室の中には、仏前の香の煙が立ち昇っている。釈尊《しゃくそん》在世の時代の天竺《てんじく》の長者、あの維摩《ゆいま》詰《きつ》が一丈四方の居室のうちに三万二千という数の席を設けて、十方《じっぽう》の諸仏をお招き申したというのもこのような様子であったかと思われる。襖にはさまざまな経典から重要な文句が引かれて、色紙に書いて所々に貼られてある。そのなかには大江《おおえの》定基《さだもと》法師が大陸の五台山《ごだいさん》で詠んだという「笙歌《セイガ》遥《ハル》カニ聞コユ孤雲《コウン》ノ上、聖衆来迎《ショウジュライゴウ》ス落

日ノ前《ジツ》」という句も書かれている。笙歌とは笙《しょう》にあわせて唱う歌、そして雲の上から

お迎えに来てくださる仏たちの、菩薩たちの奏でられる笙であり、唄われる歌。人の

臨終のとき、往生するのならばあって然《しか》るべき演奏であり、歌。この定基法師の詩句

に少し離して、今度は建礼門院のお歌らしい一首もある。

おもひきや　　なんて思いがけなかったこと
深山《みやま》のおくに　　こんなにも深い、深い山の奥に
すまひして　　暮らしていて
雲ゐの月を　　宮中で眺めたのとおんなじ月を
よそに見んとは　　他所《よそ》に、見るなんて

法皇は、その傍《かたわ》らの一間《ひとま》もご覧になる。ご寝所と見えて、竹製の粗末なおん衣紋《えもん》掛けにこれまた粗末な麻のお召し物や、紙製のお蒲団《ふとん》などがかかっている。以前には、日本と唐土《もろこし》のありとあらゆる豪奢《ごうしゃ》なご衣類が揃《そろ》えられていたというのに、それも今は夢。まるで夢になってしまった。お供の公卿、殿上人もめいめい女院の華やかなりしお暮らしを見申しあげていたことなので、それがほんの少し前のように、それこそ今のように思われるから、みな涙を落とされた。袖を絞られるほど、しとどに。

そうしているところへ、上の山から尼が二人、下りてきた。どちらも濃い墨染《すみぞめ》の衣を着て、岩の険しい崖道を、ひどく難儀しながら伝わり下りて来られる。法皇が、そ

れをご覧になる。「あれは誰か」とお尋ねになる。阿波の内侍であった年老いた尼は、涙を抑えて、申しあげる。

「花籠《はなかご》を肘《ひじ》にかけ、岩躑躅《いわつつじ》を取り添えて持っておられるのは、女院でいらっしゃいます。薪《たきぎ》にするための小枝に蕨《わらび》を折り添えて持っておりますのは、鳥飼《とりかい》の中納言伊実《これざね》の娘で、五条《ごじょう》の大納言邦綱《くにつな》卿の養女となりました、先帝のおん乳母《めのと》、大納言《だいなごん》の佐《すけ》で」

そこまで申しあげると、終《しま》いまで言えず、泣く。

法皇も、まことに哀切極まりないことにお心を打たれて、おん涙を抑えることはおできにならない。

そして見られている、その人は。

その人が、見られている。

その人は、消えてしまいたい、とお思いになる。

いくら俗世は捨てた身とはいえ、今、これほどうらぶれたありさまを法皇様のお目にかけるのは、恥ずかしい、と女院はお思いになる。

建礼門院は、そのように思われている。けれども、致し方ない。

毎夜毎夜、仏前に供える閼伽《あか》の水を汲むために、もとより袂《たもと》は濡れがちだった。露に袖が湿った、しかも今日は、早朝から仏前に供える花を摘もうと、山路《やまじ》を行かれた。そしてさらに。そこに、さらに、おん涙。建礼門院は、絞りかねていらっしゃる。そして途方に暮れていらっしゃる。山へもお戻りにならない。ご庵室にもお入りにならない。咽《むせ》ばれている、おん涙に。茫然《ぼうぜん》と、立っていらっしゃる。

阿波の内侍の尼が参り、花籠をその人から、頂戴した。

六道之沙汰《ろくどうのさた》——この六つの世界

頂戴《ちょうだい》して、内侍《ないし》の尼はその人に申した。

「そのお姿も、世間を捨てた者の常です。なんのさしさわりがありましょう。早々ご対面なさって、法皇様にお帰りいただくようになさいませ」

その人はご庵室《あんしつ》へお入りになった。

その人は、泣く泣く法皇にご対面になった。

その人は、弥陀《みだ》の名号《みょうごう》を心に置いて、こうご挨拶《あいさつ》された。

「一度『南無阿弥陀仏《なむあみだぶつ》』と唱えては、この窓の前に極楽浄土へと迎えとってくださる御仏《みほとけ》の光明が射すことを期待し、また、十度『南無阿弥陀仏』と唱えては、この柴《しば》の庵《いおり》の戸口に菩薩《ぼさつ》たちがお迎えに来てくださることだけを待っておりました。それなのに意外にも法皇様がこちらへ御幸《ごこう》なさるとは、まことに信じられません」

その人のこのおんありさまを、法皇はご覧になられ、まず言われた。

「三界のうちの最高の天である非想非々想天《ひそうひひそうてん》においては、八万劫《ごう》という極めて長い寿命があるというけれども、それでも最後には死の悲しみがあります。ええ、それでも。それでも」

と、また言われた。

「三界のいちばん下、欲界の六つの天は四王天《しおうてん》、忉利天《とうりてん》、夜摩天《やまてん》、兜率天《とそってん》、楽変化天《らくへんげてん》、他化自在天《たけじざいてん》だが、ここでもまだ天人が死ぬときに現われる五つの相、あの五衰《ごすい》の悲しみをまぬかれることはできません。六欲天においても、それでも。ああ、それでも」

また言われた。

「忉利天にある天主帝釈天《たいしゃくてん》の宮殿、あの善見城《ぜんけんじょう》でのこのうえない歓楽も、また色界の中間禅《ちゅうげんぜん》に住する大梵天《だいぼんてん》の御殿、かの高台《こうだい》の閣《かく》での愉楽も、また夢のなかでの幸福であり、幻のなかの楽しみです。なぜならば。そう、なぜならば」

また、続けられる。

「三界にある者はみな永久に流転しているのだから。それはちょうど車輪が回っているようなものなのだから。これが、輪廻《りんね》です。そして朕《ちん》はと胸を衝《つ》かれたのだよ、この今。我がおんと胸を。天人の五衰の悲しみというものは、ああ、人間の身にもあったのですね」

変わり果てられたその人の様《さま》を、その人の出家のお姿を叡覧《えいらん》あって、後白河《ごしらかわ》法皇は言われたのだった。さらにお問いになった。

「それにしても誰かここへはお訪ね申しあげておりますか。何事につけても、さぞ昔を思い出されることでしょう」

「どなたからもお訪ねはございません。隆房《たかふさ》の北《きた》の方《かた》と信隆《のぶたか》の北の方からは時おり便りはございますけれども。昔は、あの人たちのお世話によって暮らすことになろうとは思ってもみませんでしたが」

その人は、言い、おん涙をお流しになる。お付きの女房たちもみな袖を濡《ぬ》らされる。

それから、その人は、おん涙を抑えられる。

その人は、申される。

「私がこうした境遇になりましたことは、もちろん歎《なげ》かわしいと今思えることは申すまでもありませんけれども、しかしながら来世の往生のためにはかえって喜ばしいことと思われるのです。こうした境遇になりましたからこそ、私は釈尊《しゃくそん》のお弟子の一人に名を連ねられました。ありがたいことに阿弥陀如来《あみだにょらい》の本願に導かれて、五障すなわち女人の身の五つの障害と、三従すなわち父、夫、子への従属の苦しみよりまぬかれております。昼に三度、夜に三度のお勤めで六根を清浄にしております。煩悩を起こす因《もと》の目、耳、鼻、舌、身と心を浄《きよ》めております。そして一途《いちず》に九品《くほん》の浄土への往生を願っております。一筋《ひとすじ》に、一門の人々の成仏を祈っております。いつもいつも阿弥陀三尊のお迎えを待っております。ですが、いつになっても忘れられないのは先帝のおん面影。忘れようとしても忘れることはできません。そのつらさ、我慢しなければと自戒するのですけれども我慢しきれずにおります。思えば親子の情愛ほど悲しいことはございません。ですから私は、安徳《あんとく》天皇のご冥福のためにと、朝夕のお勤めを怠ることがないのでございます。これもまた仏道への結構なお導きであると思っております」

法皇が、これに応《こた》えて、言われる。

「この国は粟粒《あわつぶ》を撒《ま》き散らしたような辺境の小さな群島ですが、あなたは畏《おそ》れ多くも前世に十善《じゅうぜん》を行なった果報によって、今世《こんぜ》のこの国で天子の母后《ぼこう》となられた。その身分に応じ、何一つとして思うとおりにならないということはなかった。また、とりわけ仏法が弘《ひろ》まっている世の中に生まれ、仏道修行の志《こころざ》しを持っておられるのだから、後《のち》の世には浄土に生まれることは疑いないと感じますよ。そして人の世の儚《はかな》さは常の習い、今さら驚くべきことでもない。ただ、おんありさまを見申しあげますと、それでもやはり、転変の悲しさというものは朕のおん胸に迫っております。どうにもやりきれないものでございますよ」

するとその人は重ねて申される。

その人は、女院《にょいん》は。

建礼門院《けんれいもんいん》は。

物語りする。この、女人《によにん》は。

「私は太政大臣平清盛《たいらのきよもり》の娘として、国母《こくぼ》となりました。天下のことはすべて思うがままでした。拝賀の行なわれる一年の始めから、四月、十月の衣更《ころもが》え、仏名会《ぶつみょうえ》の催される一年の終《しま》いまで、摂政以下の大臣や公卿《くぎょう》たちに傅《かしず》かれるありさまは、さながら六欲天や四禅天といった空の高みで数多《あまた》の天部の仏たちに囲まれているよう。文武百官のすべて、国母の私を仰ぎ尊ばない者はありませんでした。清涼殿《せいりょうでん》と紫宸殿《ししんでん》の床の上、玉の簾《すだれ》のなかで、大切に傅かれ、春は紫宸殿の前庭に咲く左近の桜を愛《め》でて日を暮らしました。夏の盛りの暑い日は泉の水を汲《く》んで心を慰めました。秋は雲の上の月を一人で見ることは許されませんから、盛大な月見の遊宴のうちに眺めたものでした。冬、雪の降る厳寒の夜には衣を重ね着して暖かに過ごしました。私は、長生不老の仙術《せんじゅつ》を授かりたいと願いました。蓬莱《ほうらい》の島にあるという不死の薬を尋ね求めて、ただ永久に生きたいとばかり思案しておりました。明けても暮れても楽しかったこと、ひたすら栄華を極めていましたことは、天上界の幸福もこれには及ぶまいと思われたほどです」

天上界すなわち天道《てんどう》。

「ところがです。あの寿永《じゅえい》年間の秋の初めに、木曾《きそ》義仲《よしなか》とかいう者が攻めてきたのを恐れて、一門の人々は住み慣れた都を空の彼方《かなた》にふり捨てて、また懐かしい旧都の福原も焼き払って、焼け野原にしてしまって、昔はただ名前ばかりを聞いていた須磨《すま》から明石《あかし》に浦づたいで落ちて行きました。そのときにはさすがに哀情もいや増して。昼は、漫々《まんまん》たる海上の波を分けて進みながら涙に袖を濡らしました。夜は、洲崎《すさき》のほうで鳴いている千鳥とともに泣き明かしました。浦々を通り島々を過ぎ、いろいろと由緒ある土地も見ましたけれども、故郷である都のことは忘れられませんでした。こうして頼るもの一つなかった日々は、天人のあの五衰の悲しみ、生者必滅《しょうじゃひつめつ》の悲哀そのものだと思われました。およそ人間界にあふれる苦相、たとえば愛別離苦《あいべつりく》、怨憎会苦《おんぞうえく》などはすべて自分の身のこととして思い知らされました。四苦八苦、一つとして私にわからぬ苦しみの相などございません」

人間界すなわち人道《にんどう》。

「それから筑前《ちくぜん》の国の太宰府《だざいふ》というところで、なんということでしょう、今度は緒方《おがた》維義《これよし》とか申す者に九州の内からも追い出され、山野は広いから身を隠せるのは当たり前と言われておりますのに、立ち寄って休める地も失われてしまいました。その年の秋の末にもなりまして、かつては内裏《だいり》の殿上《てんじょう》で見ておりました月を、今はそこより遥《はる》かに離れた海上で眺めながら月日を送っておりますと、十月のころに小松殿《こまつどの》のお子の清経《きよつね》の中将が『京都からは源氏のために追い落とされ、九州からは維義のために追い出される。もはや我々平家は網にかかった魚も同然。どこへ行っても逃《のが》れようがない。生き存《なが》えることのできる身でもないのだ』と言って海に身を投げてしまわれました。これこそが悲しいことのはじめ。波の上で日を暮らして船の内で夜を明かして、諸国からの貢ぎ物もありませんから、お食事を支度《したく》する人もいません。たまたまお食事を調《とと》えようとしても、今度は水がないのでどうにもなりません。大海の水には浮かんでおりますが、それは潮水、鹹《しおから》い水。飲むことはできないわけです。これはまた、まったく餓鬼道《がきどう》の苦と思われました」

餓鬼道。

「いろいろあって、室山《むろやま》や水島《みずしま》など処《ところ》どころの合戦には勝利しました。一門の人々はこれで少しは元気が戻ったように見えました。しかし一《いち》の谷《たに》というところで敗戦し、一門の多くが滅びました後は、直衣《のうし》や束帯《そくたい》を身に纏《まと》うのに代わって鉄を延べた鎧《よろい》をその身に着け、明けても暮れても戦いの鬨《とき》の声、それぱかりが絶えることなく続いて、ああ阿修羅《あしゅら》王と帝釈天の戦《いく》さというのはこうもあるのだろうかと思われました。一の谷を攻め落とされてからは、親は子に先立たれ妻は夫に死に別れましたので、沖に釣りする船を見ましても敵の船かと肝を潰すのでした。遠方の松に白鷺《しらさぎ》が群がっているのを見ますと源氏の白旗かと気を揉《も》むのでした。そして思うのでした。つねに戦いに追われて一瞬も心の休まらぬ修羅道とは、こうか、と」

修羅道。

「こうして門司《もじ》の関、赤間《あかま》の関に至り、戦さも今日が最後と見えましたので、母の二《に》位《い》の尼《あま》は言い残しました。『今度の合戦で私たち平家の一門の男たちが生き残ることは、千に一つ、万に一つもないでしょう。たとえまた遠縁の者がたまたま生き残るようなことがあったとしても、だからといって私たちの後世《ごせ》を弔うことはとても期せません。しかし昔から戦さでは女は殺さない習わし。あなたは、なんとしてでも生き存《なが》えて、帝《みかど》のご冥福をお祈りし、私たちの極楽往生をお助けください』と。かき口説《くど》いて私に申されたのでした。私はそれを、夢でも見ているような心地で聞いておりました。そのうち、急に風が吹きました。雲があたりを厚く蔽《おお》いました。当家方《がた》の武士たちが心を迷わしました。運命は尽き、人の力ではどうしようもないところに至りました。もはや最後だと見えましたので、母、二位の尼は先帝をお抱き申して、船端《ふなばた》へ歩み出ました。そのとき先帝安徳天皇は、驚き、戸惑われたご様子のまま『尼ぜ、私をどこへ連れてゆこうとするのか』とおおせられたのです。おん祖母君に、尼ぜ、とお問いになって。すると二位の尼は幼い帝に向かいたてまつって、涙を抑えて申したのでした。『君《きみ》はまだご存じではございませんか。前世の十善の戒行のお力によって、今、万乗《ばんじょう》の天子とお生まれになられましたが、悪縁に引かれ、ご運はもう尽きてしまわれました。まず、東にお向きになられて伊勢《いせ》大神宮《だいじんぐう》にお暇乞《いとまご》いあそばしませ。それから、西方浄土の阿弥陀仏のお迎えに与《あずか》ろうとお思いになって、西にお向きになりお念仏あそばしませ。この国は粟散辺土《そくさんへんど》と申して、厭《いと》わしいところでございますから、この尼が、極楽浄土という結構なところへお連れ申しあげます』と泣きながら申したのでした。帝は山鳩《やまばと》色の御衣《おんぞ》に、びんずらをお結いになり、そのお顔じゅうを涙でいっぱいにされ、小さい美しいお手を合わせ、まず東を伏し拝み、皇室のおん祖神《おやがみ》伊勢大神宮にお暇を申され、それから西に向かわれて南無阿弥陀仏とお念仏を唱えられました。二位の尼はすると即座にお抱き申しあげて、海に沈まれました。そのときのおん面影、私は目も暗みましたし気も朧《おぼ》ろとなりましたし、今もって忘れようとしても忘れられないのです。この悲しみは、堪《こら》えようとしても堪えられないのです。あとに残った人々が船上で喚《わめ》いた声、大声で泣き叫んだあの声、たとえ叫喚地獄《きょうかんじごく》や大叫喚地獄の炎の底で責苦にあう罪人どもの発する声もこれ以上ではあるまいと思われました」

地獄の責苦。地獄道。

「そして数多い源氏の武士に捕らえられて、都に上《のぼ》ってまいりました、その途中のことです。播磨《はりま》の国の明石の浦に着いて、私は少し微睡《まどろ》んだのでした。その眠りに、夢を見たのでした。昔の内裏よりも遥かに立派なところに、先帝をはじめたてまつり、平家一門の公卿、殿上人《てんじょうびと》がみな見事に威儀を正して居並んでおります。私が『都を落ちてからはまだこのようなところは見ていません。ここはどこですか』と問いますと、母の二位の尼の答えだと思われるお声がして、『竜宮城ですよ』と言ったのです。そこで私が『結構なところですね。ここには苦はないのですか』と尋ねましたところ、『それについては竜畜経《りゅうちくきょう》の中にいろいろと書かれておりますよ。よくよく後世を弔ってね』と言って、途端、夢は覚めました」

竜は畜類の一つ。畜生道。

「私は、それからは、いよいよ経を読み念仏して、先帝をはじめ一門の人々のご菩提《ぼだい》を弔い申しております。あたかも、私が経廻《へめぐ》ったのは、六道です」

その人の物語りは終わる。

建礼門院の語りは。

後白河法皇がお口を開かれる。

「朕は、外国の玄奘三蔵《げんじょうさんぞう》が悟りを得る前に六道を見たと聞いている。日本国《にっぽんこく》では日蔵《にちぞう》上人《しょうにん》が蔵王権現《ざおうごんげん》のお力で六道を見たと聞いている。そして、女院よ、あなたが六道のありさまをこれほどまでにまざまざとご覧になったおん事、まことに尊いことでございましたぞ。ああ、まことに」

おん涙に咽《むせ》びつつ言われた。お供の公卿、殿上人もみな涙に袖を絞られた。女院にお付きの女房たちもみな、やはり涙に袖を濡らされた。

女院死去《にょういんしきょ》 ——紫雲がたなびいて

やがて寂光院《じゃっこういん》の晩鐘《ばんしょう》によって今日も暮れたと知られ、夕日も西に傾いたので、法皇はお名残《なご》り惜しくは思われたが、おん涙を抑えてお帰りになった。女院《にょいん》は、このご来訪に今さらのように昔を思い出されて、こらえ切れないおん涙をお袖で堰《せ》き止めかねておられた。遠くまで遠くまで法皇のおん後ろ姿をお見送りなさって、そのお帰りの行列もしだいに遥《はる》かへと離れてゆかれたので、ご庵室《あんしつ》にお入りになった。ご本尊に向かわれて「先帝聖霊《せんていしょうりょう》、一門亡魂《いちもんぼうこん》、成等正覚《じょうとうしょうがく》、頓証菩提《とんしょうぼだい》」とおん涙とともに祈られた。

安徳《あんとく》天皇の御霊《みたま》ならびに平家一門の亡き魂が成仏を遂げられ、速やかに悟りを開かれますように、と、四字と四字と四字と四字から成る願いを、お祈りになった。

昔であれば、まずは東に向かわれて「伊勢《いせ》大神宮《だいじんぐう》、正八幡大菩薩《しょうはちまんだいぼさつ》、天子宝算《てんしほうさん》、千秋《せんしゅう》万歳《ばんぜい》」と申されたものだった。五字と六字でそれらの神仏に呼びかけられてから、天皇のご寿命が千年も万年もお続きになりますように、と。今はそれにひきかえて、西に向かって手を合わせ、「過去聖霊《かこしょうりょう》、一仏浄土《いちぶつじょうど》へ」と祈られるのは悲しいことだった。一仏浄土とは阿弥陀仏《あみだぶつ》のおられる極楽浄土、それを指した四字。そこへ、亡くなった貴い人々の御魂《みたま》を指した過去聖霊の四字が、往《ゆ》かれますように、往かれますように、と。

そこへ。

この穢土《えど》から、その浄土へ。

ご寝所の襖《ふすま》に建礼門院《けんれいもんいん》はこのような歌を書かれた。

このごろは　　このごろは、どうしたというのでしょう

いつならひてか　　いつ習い覚えてしまったのか

わがこころ　　仏道に入ってからはすっかり忘れていたのに、この心が

大宮人《おほみやびと》の　　昔の宮中の人たちを

こひしかるらん　　恋しがっているような気がします

また、次の一首も。

いにしへも　　昔の、あの華やかだった暮らしも

夢になりにし　　すっかり夢になってしまった

事なれば　　そんなありさまなのだから

柴《しば》のあみ戸も　　この柴の庵《いおり》での暮らしのほうも、そうは

ひさしからじな　　長くないのでしょうね、じき往生しますね

それと法皇のお供をしてこられた徳大寺《とくだいじ》家の左大臣藤原実定公《ふじわらのさねさだ》は、このご訪問時、ご庵室の柱に次の一首を書きつけられたとも言われている。

いにしへは　　その昔、華やかな宮中にいらっしゃったころは
月にたとへし　　月にお譬《たと》え申した
君なれど　　お方でございましたのに
そのひかりなき　　その光は、華やかさは、もう面影もない
深山辺《みやまべ》の里　　こうした深い山辺の里に、暮らされているのですね

女院がこれまでのことと未来のことをお思いつづけておん涙に咽《むせ》んでおられると、そのときちょうど、山郭公《やまほととぎす》が鳴き声をたてた。そこで次のように詠《よ》まれた。

いざさらば　　さあ、それなら
なみだくらべん　　私と涙比《なみだくら》べをしましょうよ
時鳥《ほととぎす》　　ねえ、ほととぎす
われもうき世に　　私もまた、この憂《う》き世《よ》のつらさに
ねをのみぞ鳴く　　泣いてばかりいるのですから

そもそも壇《だん》の浦《うら》で生け捕られた平家一門の人々は、あるいは都大路《みやこおおじ》をひきまわされて首を刎《は》ねられたし、あるいは妻子と離れて遠い国々へと流された。池の大納言頼盛《よりもり》のほかは一人も命を助けられなかった。男たちは、そうだった。しかし四十余人の女房たちの身の上については、特に処分もされなかった。女たちは、それぞれ親類を頼り、縁者のところに身を寄せておられた。上は玉の簾《すだれ》のうちでも穏やかに過ごせる住《すま》

居《い》はなかったし、下は柴《しば》の戸の貧しい小屋《しょうおく》でも心はやはり長閑《のどか》にとはいかなかった。枕を並べて寝ていた仲睦まじい夫婦が、雲の遥か彼方《かなた》に遠く隔てられてしまったし、養い育てた親子も互いに行方《ゆくえ》も知れず別れてしまった。恋い慕う思いは、互いに尽きない。歎《なげ》きながら、ただ、そのまま過ごしていた。この悲しさはなんなのか。この一門の悲哀は。まったく入道相国清盛《しょうこくきよもり》に因《よ》る。この人物が、日本国《にっぽんこく》を思うがままに動かして、上は天皇を畏《おそ》れ憚《はばか》らず下は人民を顧みないで、わが意のままに死罪を行ない流刑を行ない、世間にも他人にもいっさい遠慮しなかったという、まさにそのためだった。父祖の罪業は子孫に報いる、やはり。そのことは疑いがない。

しかし、それでも、それでも、祈りつづけたならば。

祈念しつづけるならば。

私たちはその人の物語を秘《ひそ》やかにお終《しま》いまで語り、閉じる。

こうして建礼門院はその大原《おおはら》のご庵室で歳月を送っていらっしゃるうちに、ご病気になられる。安置された来迎《らいごう》の三尊像のうち、中央の阿弥陀仏のお手にかけてある五色の糸をお持ちになって、女院は、「南無《なむ》西方極楽世界の教主、阿弥陀如来、必ず極楽浄土へお導き、お引きとりください」と言い、おん念仏される。女院の左右には大《だい》納言《なごん》の佐《すけ》の局《つぼね》と阿波《あわ》の内侍《ないし》が付き添っている。これが最期《さいご》だとわかっている。ご臨終の悲しみに、声も惜しまずに泣き叫んでいる。おん念仏の声が、だんだんと、だんだんと弱まる。

西のほうに紫雲がたなびいた。空に。

室内には、香りが満ちはじめた。譬《たと》えようもない美しい香りが。異香《いきょう》が。

そして空に音楽が聞こえた。

お迎えは来た。

人の寿命には限りがある。建久《けんきゅう》二年二月中旬に、女院は、ついにご一生を終わらせられた。

お最期のときまで付き添った二人の女房について。大納言の佐と阿波の内侍の二人は、建礼門院が皇后のおん位《くらい》の当時からずっと片時《かたとき》もお離れ申すことなくお仕えしておられたことなので、いよいよご臨終となると抗《あらが》いようもなしに度をうしなったが、その悲しみ、取り乱した程度では晴らしようがないように思われた。この女房たちは、昔からの縁者も今はすっかり亡くなってしまって、寄るべもない身だったけれども、けなげに命日ごとのご法事を営まれた。本当に見上げたおん様《さま》で。そして、ついにこの人々は、女人《にょにん》の身でありながら仏果《ぶっか》を得た竜女《りゅうにょ》の例に倣《なら》い、また、やはり女人の身でありながら悟りを開いた韋提希夫人《いだいけぶにん》と同じように、かねてからの願いであった極楽浄土への往生を遂げたという。この女たちもまた。女たちもまた。穢土より、浄土へ。

［完］

参考資料

桓武平氏系図　作成：佐伯真一

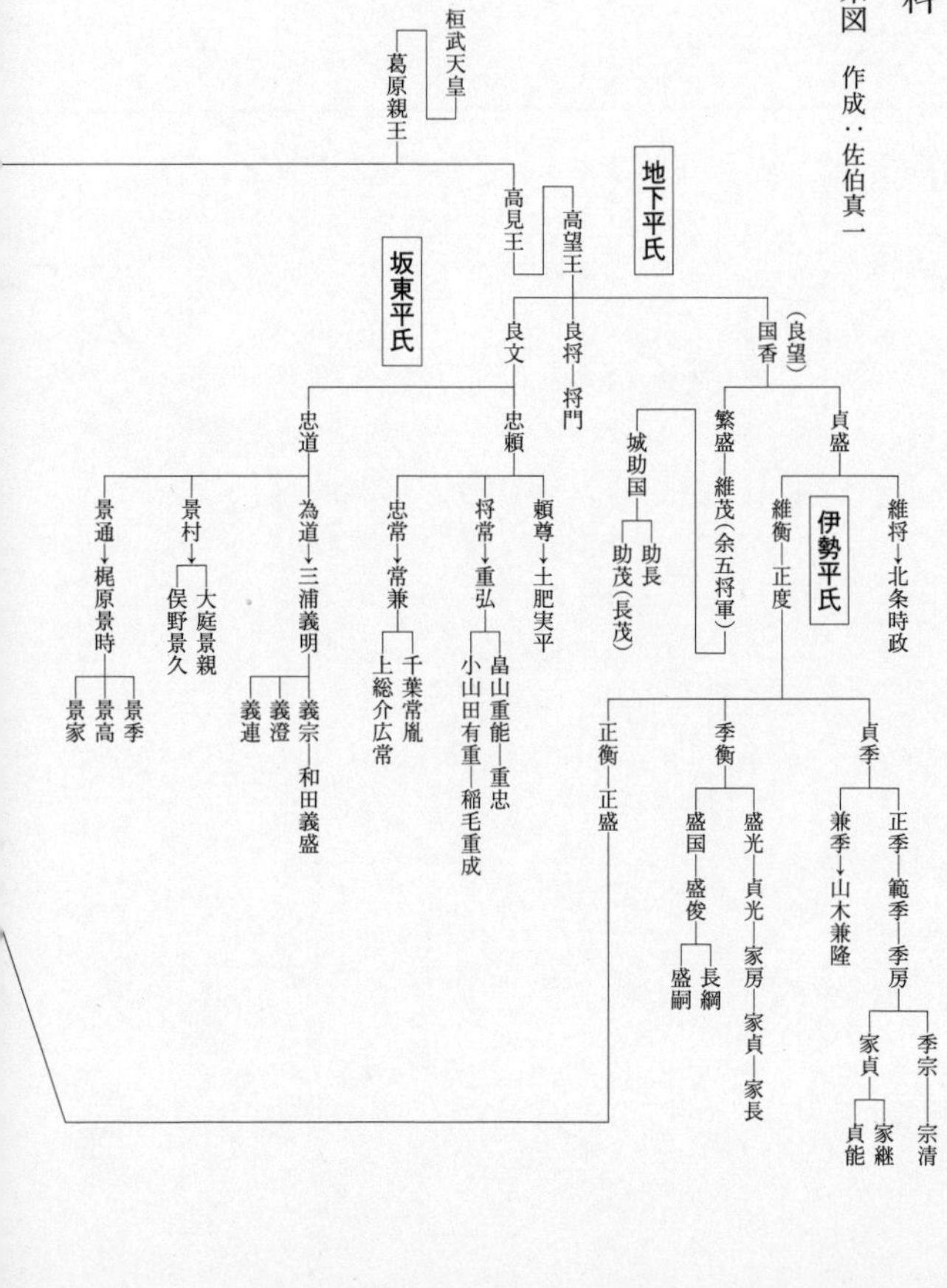

＊↓は途中略
＊左右は必ずしも兄弟姉妹の長幼を意味しない
＊『平家物語』の記述による部分がある

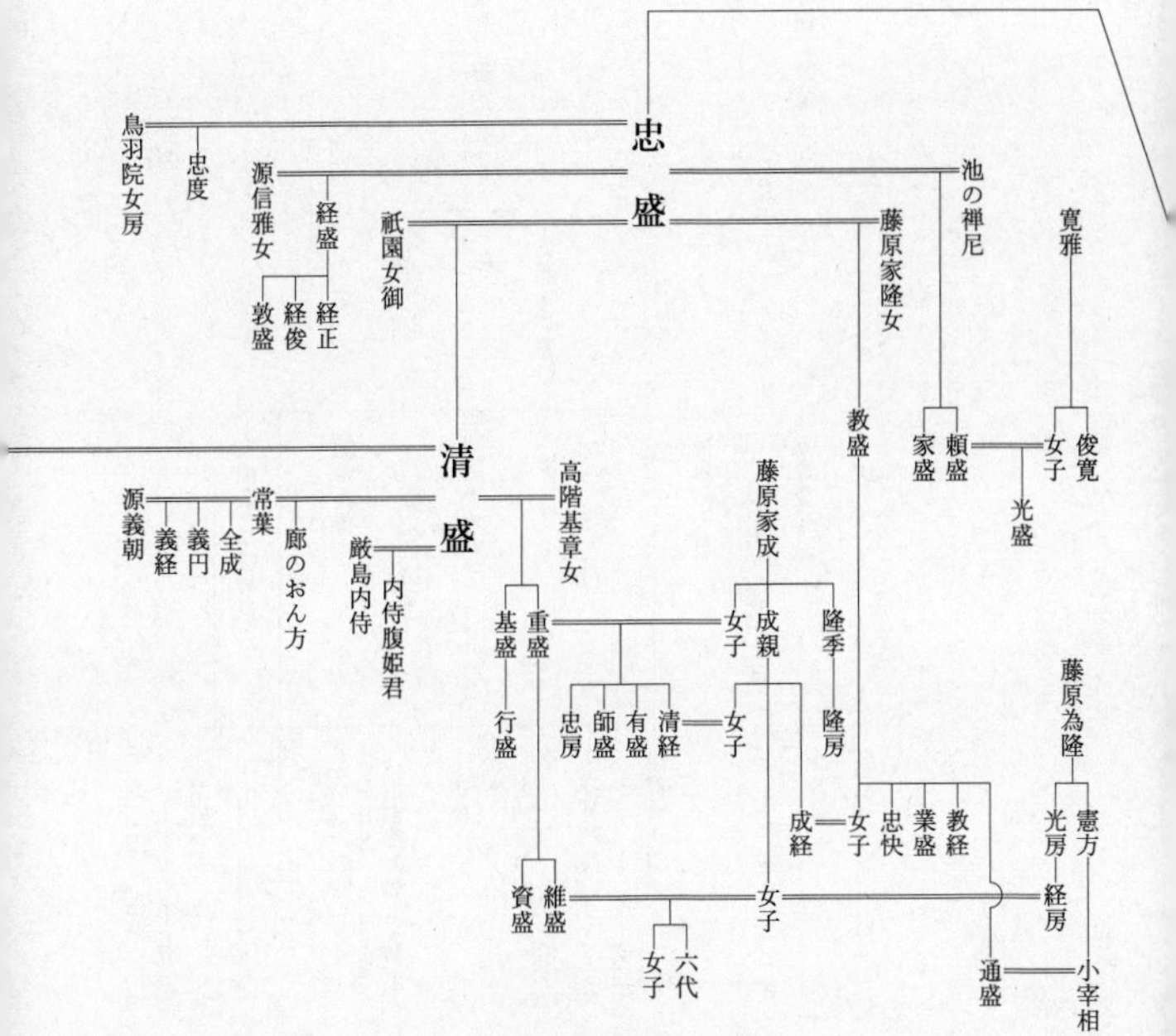

堂上平氏

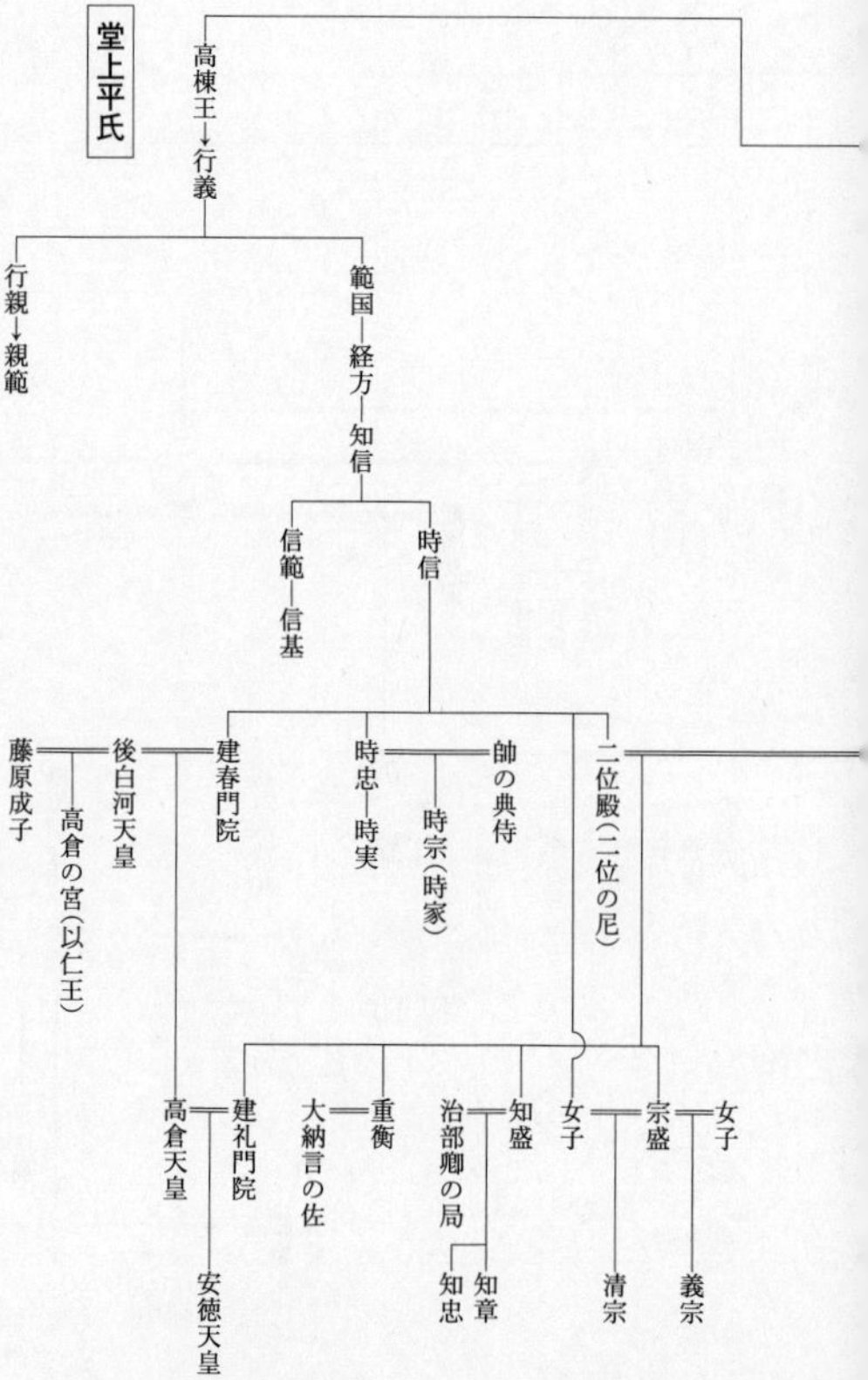

高棟王
行義
行親
親範
範国
経方
知信
信範
信基
時信
建春門院
後白河天皇
藤原成子
高倉の宮（以仁王）
時忠
時実
帥の典侍
時宗（時家）
二位殿（二位の尼）
高倉天皇
建礼門院
安徳天皇
大納言の佐
重衡
治部卿の局
知盛
知章
知忠
女子
宗盛
清宗
女子
義宗

和暦と西暦の対応　作成：古川日出男

治承元年（安元三年）……一一七七年　延暦寺衆徒が蜂起して入京、鹿の谷の事件

治承二年　……一一七八年　のちの安徳天皇が誕生

治承三年　……一一七九年　平重盛死去

治承四年　……一一八〇年　宇治橋の合戦、源頼朝挙兵、富士川の合戦

養和元年（治承五年）……一一八一年　木曾義仲が叛乱、平清盛死去

寿永元年（養和二年）……一一八二年　横田河原の合戦

寿永二年　……一一八三年　平家一門の都落ち、義仲が入京

元暦元年（寿永三年）……一一八四年　義仲討たれる、一の谷の合戦

文治元年（元暦二年）……一一八五年　屋島の合戦、壇の浦の合戦、京都で大地震

文治二年　……一一八六年　後白河法皇が大原に建礼門院を訪ねる

後白河抄《ごしらかわしょう》・四

私は京都へ、と、ここで物語に「後白河抄」を接《つ》いでみる。二〇二三年の八月の終わり、和暦で記すならば令和五年のそれで、夏は延々と続いていて、いまだ体感する暑さは〝盛夏〟そのものである。私はそういう京都へ行って、その人物の墓に参る。ただの墓ではない。陵墓《りょうぼ》である。要するに天皇、あるいは皇族らの墓所。この場合は前者だった。つまり御陵《ごりょう》だった。

後白河天皇陵に私は参った。

参拝には段階が要って、私は午前九時から天皇陵（の敷地、その参道の入り口）は開門すると聞いていたのだけれども、この日はどうしてか九時かっきりには開かなかった。しかし九時の十分前には現地に着いていた私は、だから一帯を歩いた。後白河天皇陵は、宮内庁の掲げた正式な案内板には「後白河天皇法住寺陵《ほうじゅうじ》」とあって、天台宗の寺院である法住寺の境内に隣接しているのであって、以前はその寺域内にあった。しかし明治に入ってから宮内庁が管轄するようになって、切り離されたというわけだ。もともと法住寺が「その御陵を守って」いた。そういう痕跡はほとんど数十歩で把《つか》める。法住寺の側に、旧御陵正門、というのがある。山門なのだけれども——私が訪れた時には「終日閉門」とされていた——これが「旧『後白河天皇陵』正門」であるわけだ。

そして、この山門の、向かって右に石碑があった。そこに、

あそびをせんとや
うまれけん

と平仮名で彫られていた。さらに、

後白河院
梁塵秘抄《りょうじんひしょう》

の二行も。ただし石碑には振り仮名はない。それは私がこの「後白河抄」用にいま親切心から振った。そして、それは些事《さじ》なのであって、私が言いたいのはアッと思ったのだ、この碑《いしぶみ》の発見の瞬間に俺は、ということで、なぜならば後白河がそういう人

物であったことを、ここ法住寺が讃《たた》えている。そういう人物とは、そういう芸術家、例の「芸能命」の人物であった事実を、だ。そのことを他ならぬ法住寺が保証しているのだ、証すと同時に賞讃して、たぶん誇ってもいるんだと了解して俺は、いいや私は、少し胸がつまった。

平家の物語に照らせば、法住寺も後白河天皇陵も、かつての法住寺殿《ほうじゅうじどの》の敷地内にある。あの院の御所、法住寺殿である。これは正確には「法住寺南殿」で、だから北殿というのもあった。しかし、そうした詳細すぎるデータも些事である。だから「法住寺南殿」イコール法住寺殿、として話を進めるけれども、一一六一年四月に完成した。和暦では応保《おうほう》元年。改元の時期（九月である）を考慮すると永暦《えいりゃく》二年。そして永暦元年というこれの前年の十月には何が起きているか？ 造営中だった法住寺殿の東に、南に、それぞれ新日吉《いまびえ》社と新熊野《いまくまの》社という神社が勧請《かんじょう》された。イマビエはイマヒエとも呼ばれる、それから今日吉や今比叡とも書かれる、またイマクマノはイマグマノと濁らせてもよい――と私は考えている――し今熊野とも書かれる。勧請というのは、要するに、比叡山延暦寺《ひえいざんえんりゃくじ》の鎮守《ちんじゅ》である日吉《ひえ》の神（の分霊）を移して祀《まつ》った、その社《やしろ》を建立したということで、いまの説明は新日吉社についてだが、そして、だからこそ新「日吉」はイコール今「比叡」なのだけれども、新熊野社も同様である。熊野権現《ごんげん》を勧請している。

つまり法住寺殿は、こういう神々（にして仏。当時の理解では神々イコール仏や菩《ぼ》薩《さつ》、に簡単に成る。本地垂迹説《ほんじすいじゃくせつ》だ）に東と南側とで護《まも》られている。それだけではない。法住寺殿の西には、一一六四年、これは長寛《ちょうかん》二年だけれども蓮華王院《れんげおういん》が創建される。現在私たちが通称で知る三十三間堂《さんじゅうさんげんどう》である。

蓮華王とは何か？　誰か？

千手観音《せんじゅかんのん》である。

となると、蓮華王院にあるのは？

等身の千手観音像である。それも千体。他に丈六《じょうろく》の本尊。これで千手観音像は一千一体。

この、一〇〇一、という数には無限《インフィニティ》を感じるし、また1と0というふうに算用数字で感受して、1001、と脳内に見るとデジタル（二進法。バイナリー形式の数のシステム。これがコンピュータを作動させている）を私は感得《かんとく》する。

このような蓮華王院を「造りたい。造らねば」と発願《ほつがん》したのは後白河である。

この命《めい》を受けたのは、誰あろう平清盛《たいらのきよもり》である。

この、蓮華王院の完成供養は、長寛二年の十二月。

もとは御所内にあった。蓮華王院がだ。いずれにしても法住寺殿は、東から南、そして西と、新日吉社と新熊野社と蓮華王院に護られていて、その痕跡《あと》というのは現在も容易に確認しうる。体感しえるし感得しえる。いったい何を感じて悟れるのか？　院（後白河院）の御所であった法住寺殿は、神仏の定めた結界に、守護されている、ということを。東に新日吉社すなわち山王《さんのう》権現。南に熊野権現。そして西には千手観音、又《また》の名は千手千眼観音で、さらに又の名は蓮華王菩薩、これらの像が一千一体。

こうした結界を、後白河は、鴨川の東岸地域なる京中《きょうちゅう》から見ての〝辺土《へんど》〟に生んだ。階層社会のピラミッドを攪拌《こうはん》し、かつ「持たない階層」の人びとと芸術的に、また暴力（軍事力）的にも連帯した後白河法皇は、そちらの文脈では貴賤《きせん》上下なる別《わ》け隔《へだ》ての線を消した。消しきれずとも境界は揺さぶり、だから崩した。いっぽうで自身の本拠地は、不可視の線で囲った。結界のその線、魔障《ましょう》のいっさいを弾《はじ》いてしまう線で。

要するに現世――とは娑婆《しゃば》だ――の線を嗤《わら》った。

そして階層の外部、社会（当時の日本社会）の外部に出るために別な線を引いた。いまの二行で私の後白河讃美は言いあらわし了《お》えているに等しいのだけれども、もう少し書こう。後白河の千手信仰について。どうして、千手観音千体……プラス本尊一体の御堂《みどう》を造ろうとしたのか？　ある挿話が自叙伝に残る。『梁塵秘抄口伝集《くでんしゅう》』に。そこでは応保二年の熊野参詣のことが語られている。これは二度めの熊野参詣である。ちなみに後白河は、熊野御幸《ごこう》というのをじつに三十四度行なっていて、これは歴代上皇で最多である。応保二年、とは一一六二年だが、この年の熊野詣《もう》での要点は、

・熊野三山《さんざん》に三日ずつ籠もって、千手観音経千巻を読んだ

・すると御正体《みしょうたい》の鏡（本尊）がところどころ輝いた

・この奇瑞《きずい》に感激して、朕《ちん》（後白河）はとめどない涙を流し、今様《いまよう》を歌った

である。さらにその今様──「万《よろづ》の仏の願《ぐわん》よりも／千手の誓ひぞ頼もしき／枯れたる草木もたちまちに／花咲き実《み》なると説い給《たま》ふ」──の歌詞にあるその、誓い（誓願）、に真に頼るために、蓮華王院は「建てられなければならぬ」となった。なにしろその今様には、その今様にもまた、熊野権現は「感動したぞ」と人を通して語っているのだ。そのように『梁塵秘抄口伝集』には書かれている。

つまり、

後白河法皇がその今様を歌わなければ、あの蓮華王院は建たなかった。

あの蓮華王院は、現在の三十三間堂（通称）は、一二六六年の再建だが──いったん焼失するということがあった──、しかし千手観音像のうちの百二十四体、これは当時のものである。私は、初めて三十三間堂に参拝したのは十七歳、これは修学旅行

の一環だったので真剣には眺めなかった。否、対峙し切れなかった。しかし二十四歳で、ふたたび参詣して、今度は真剣に眺めて、すると対峙した瞬間に、うち震えた。たぶん「一〇〇一」体に無限《インフィニティ》めいた何かを、と同時に「1001」体にデジタルめいた感触《てざわり》を、併《あわ》せて感じていて、しかし二十四歳ではそうは言語化できないでいる。ただ、肝腎《かんじん》なのは、わずか二十四の自分にそんなふうに感得させている物事の発端は、ただ一人の後白河の歌に、その今様に、その声にあったのだとの事実。
美声を求め、求めつづける人物の、かつ実際に精進しつづけた人物の、声、にあったとの事実。

あるいは史実。

二〇二三年の八月の終わり、つまり令和五年の八月末、後白河天皇陵は、午前九時半までには開門していて、だから私は、もちろん参拝した。その御陵は方形堂で、私は掌《て》を合わせた。私は、申し述べていたのだ。

私もまた、祈ってもいいのですね、と。

古川日出男

全集版あとがき

平家全訳の結びに

この物語を「現代の文芸《もの》」として読む姿勢を持つときに、若干の留意点がある。たとえば人物の年齢がそれだ。私たちはついつい、生まれた年には（誰もが）ゼロ歳で、その一年後に（誕生日を迎えて）一歳になる、と考えてしまう。この思考を下敷きにして読んでしまう。しかし平家に登場する人物は一人残らず、生まれた年には一歳で、初めての新年を迎えると二歳になった。つまり「数え年」だ。この事実は私たちに大きくイメージの更新を強いる。八歳の子供がここにいたとして、その子は現在でいういい、いい、八歳よりも幼いのだ。八歳で入水《じゅすい》したと書かれていても、もっと、もっと稚《いと》けないのだ。

他には、旧暦のことがある。私たちはついつい、現行の太陽暦のイメージで物語を読んでしまう。しかし春は一月（正月）に始まるのだし、夏は六月には終わる。この暦の上ではそうだ。しかもこの暦は月の満ち欠けをこそ重視していた。十五日の夜とあれば、それは満月だった、と考える必要がある。二十日過ぎ（すなわち下旬）と書かれていたら、「ああ、新月に向かっているのだな」と思わなければならない。物語は月末の空には月のない夜に向かっている、、、、のだ、と。かつ、旧暦の一年は十二カ月で構成されているとは限らない。閏月《うるうづき》というものがあって、時には十三カ月となる。十三カ月ある一年を私たちはイメージしなければならない。

翌日、というものにも注意が必要だ。この「次の日」というのは夜が明けると訪れるのだから。現在でいう深夜ゼロ時には来ない。

こう並べてみると、ゼロ、という数をカウントしてしまう現在の私たちのほうが奇妙なのだ、とも感じる。

ゼロはアラビア数字――というかインド人が考案したのだからインド数字だ、つまり天竺《てんじく》数字だ――で〝0〟と書く。この字にいちばん似た平仮名は、私には〝の〟だ。

そして私は、平家を訳する数年間、ずっとこの〝の〟に悩まされた。

これは人名の〝の〟の話だ。

たとえば平清盛《たいらのきよもり》という表記中にある〝の〟、平《たいら》と清盛《きよもり》の間の〝の〟だ。

この場合、人名のルビ（振り仮名）に〝の〟が入っていることに大部分の日本人は違和感をおぼえない、と思う。

ところで、原文のある箇所に

那須与一《なすのよいち》

とあり、別の箇所に

那須《なす》の与一《よいち》

とあったら、これはやはり気になる。どうして統一されていないのか、と。素直に考えるならば、前者の――ルビの〝の〟までを含めた――那須は苗字で、後者の那須は地名だ、となる。これは、一例を挙げるならば、

多田《ただ》の満仲《まんじゅう》

という人物（源満仲《みなもとのみつなか》）と、その子孫、

多田蔵人行綱《ただのくろうどゆきつな》

の二人の名を連ねるとよくわかる。前者の多田は地名だ。摂津《せっつ》の国のそこに住んでいた源氏だから、多田の、誰それ、と呼ばれたのだ。しかし、後者において、行綱は多田を苗字にしている。もちろん行綱の本姓は源《みなもと》なのだが（すなわち、源 行綱《みなもとのゆきつな》）、もうすでに多田を苗字として――〝の〟をルビに含める形で――名乗っている。自称している、ということだ。

　ここまでなら理解できる。ところが原文には、いわゆる人名の表記には三種あった。すなわち、

〇〇《まるまる》の××《ばつばつ》
〇〇××《まるまるのばつばつ》
〇〇××《まるまるばつばつ》

だ。三つめのにはルビに〝の〟がない。しかも同じ人物であっても表記はしばしば混在した。なぜ、こうしたことが起きるのか。肯定的な推察でもって答えるならば、「これが語り物のテキストだから」となろう。語調こそが最優先された。そのために――現代風に書けば――「ここに〝の〟が入るとリズムが顕《た》つぜ」だの「いちいち

〝の〟を入れてちゃカッタるいぜ」だのとなった。しかし、否定的にも考察しうる。要するにそんなものは「書写上のミス」なのだ、と。ただの手違いであったのだし、当時は誰一人表記の統一、なんぞにプライオリティを置いていなかったのだ、と。

だが、ここにおいてこそ、私は「現代の文芸《もの》」として平家という文学作品に接してみたいと思ったのだ。現代語訳者として。すなわち、平家が多数の作者、編集者の手を経て成立したと知ったうえで、しかしこれを今の時代の文学作品同様に、一人の作者の手になる一冊だと考えたとしたら、何が炙《あぶ》りだされるのか？

この姿勢は私が前語り（訳者前書きふうのあの序文）でしたためたのとは正反対のものだ。重々わかっている。しかし、「底本の不統一＝〝の〟には意味があるのだ」と、そのように見做《みな》して思考を深めると、何が現われるのか。

本来、〝の〟を入れて読まれた姓――この場合は姓《せい》ではなく姓《かばね》というのだろう――は格式のあるものばかりだった。平がそうだったし源がそうだし、藤原がそうだ。これも私は承知している。一般人は姓など持たない、そういうことだったのだろうと思う。以下、私は専門家の意見をまったく聞かずにただの直観で書き連ねるのだが、上昇志向のある人物たちは〝の〟の入ったそれを持ちたがったのではないか。つまり平家の（物語内の）時代でいえば武士だ。まさにこの、新興の階層だ。だから彼らは苗字を発明した。たとえば多田に暮らすから、多田の誰それと他称されていた武士たちが、この地名を苗字として、たとえば多田行綱《ただのゆきつな》と自称したというわけだ。しかし、当然、摂津の国の外の人間が「あいつはどこの源氏なんだい」と問えば、「多田の行綱だよ」との答えが返る。

そうなのだ。つまり〝の〟がルビの内側に織り込まれたり、その逆に外側に出たりは、当たり前にありうる。並立しうる。

そして、今度は、平家の（物語内に描かれる）時代を下ってからの時期だ。鎌倉時代以降、苗字を持つ上層階級の武士たちはどんどん増えていったから、苗字というものは熟《こな》れた。いちいち〝の〟を挿《はさ》まずともそれが苗字だと誰もが認識できるようになった。たとえば、ここは東国の例を出したほうがよいと思うので三浦義明《みうらのよしあき》を挙げる。人々は、かつて、三浦と聞けば「それが相模《さがみ》の国の地名である」としか認識しなかった。あるいは、それこそ、三浦の――云々《うんぬん》と言われることで「ああ、どこぞに三浦という土地があるのだな」と、遠い坂東《ばんどう》の一地域をぼんやり想像した。畿内や西国においてだ。しかし、誰もが三浦という氏族の存在を知るという状況に至れば、〝の〟は失われても苗字として通用する。一人の琵琶《びわ》法師が、その時代、

三浦義明《みうらよしあき》

と語っても通じた。そいつは三浦氏《うじ》の武士なのだな、と。

しかし私が説きたいのは、もう一歩だけ先のことだ。平家を語り広めたのは琵琶法師たちであり、彼らの身分というのは相当に低かった。ほとんど身分制の外側にいたと言ってよい（と私は想像する）。そのとき、ほとんどの平家作中の人物たちは、彼らからは仰ぎ見られて当然だったのではないか。だから〝の〟は折り折り、あえて挿入されたのではないか。つまり敬意の〝の〟なのだ。そして同時にこうも考える。あえて〝の〟を入れることで、彼らの苗字はしばしばただの地名に堕《お》とされたのではないか。京の都から見て、畿内という先進地域から見て――あるいは西国からさえも？――ああ鄙《ひな》の出身なのだな、あの者たちは、と知らしめるために、〝の〟は必要とされた。

すなわち蔑《さげす》みの〝の〟。

私は、平家をただ一人でものにした作者が、そこまでコントロールした、と分析する。

そして、そんなただ一人の作者など、ここにはいないのだ。

だから私は無数の語り手を呼びだした。

底本テキストには、
『平家物語』新編日本古典文学全集　市古貞次（小学館）
を用いた。他に、つぎの三書を全篇にわたって参照した。
『平家物語　全注釈』富倉徳次郎（角川書店）
『平家物語　全訳注』杉本圭三郎（講談社）
『平家物語　校注』梶原正昭・山下宏明（岩波書店）
疑問点は、まず、
『平家物語大事典』大津雄一・日下力・佐伯真一・櫻井陽子（東京書籍）
に当たった。他にも多数、すばらしい書に助けられ、また、録音物にも耳をすました。数々の歌声、琵琶の音《ね》に。

青山学院大学の佐伯真一先生に最初の訳稿を読んでもらえたことは、大きな大きな力となった。歴史と対話していることを鮮烈に感じた。記して感謝いたします。

古川日出男

文庫版あとがき

平家についてもっと語れ、と求められれば語れる。しかし、私・古川が語るだけの段階はとうに過ぎた。この全訳は二〇一六年十二月に一巻本として刊行されて、その後に起きた出来事のうち、二、三の画期というのを挙げれば、TVアニメーション『平家物語』（山田尚子監督、吉田玲子脚本）が生まれたことだろう。劇場アニメーション『犬王』（湯浅政明監督、野木亜紀子脚本）が生まれたことだろう。後者の誕生の種（起因か）として、私が『平家物語　犬王の巻』という小説を二〇一七年五月に発表していた、も書き落とさないほうがよいだろう。その『平家物語　犬王の巻』で、私がずっと念頭に置いたのは、「どのような作品だったら『灌頂《かんじょう》の巻』――一巻本の平家のだ――に続けて読んでもらえるか？」だった。あの鎮魂のエンディングに何ならば恥じないか？　その回答として、『平家物語　犬王の巻』の最終章は書かれた。

そして今回、平家が文庫化されるにあたって、私は「後白河抄」なる書き下ろしの原稿を各巻末に添えることにした。この決断の意味するところは、文庫『平家物語』

の最終巻は「灌頂の巻」に続けられる（というか、そもそも連続している）原稿を持つ、だ。それは、具体的には、いかなる事態なのか？　そんなテキストを――それほどの重要性を具備しなければならない小品を――自分は用意できるのか？

だが書きたかった。

後白河を語りたかった。後白河から見た平家、というよりも、後白河と平家、を。

後白河と日本、私たちの日本（現代日本）、を。

個人的な感謝をおしまいに記す。劇場アニメーション『犬王』は、キャラクター原案が松本大洋だった。それは、さかのぼると『平家物語　犬王の巻』の装画を手がけてくださったのが大洋さんで、それは一巻本の『平家物語』の帯の装画が、やはり大洋さんだったから、という流れにあって、その前に申し開きだけれども、アニメーションの制作陣にさっき敬称をつけなかったことを謝りたい。ただ、一般論として「作品が自立すると作者（たち）も自立する」と思っているので、さっきは省いた。アニメーション作品というのは、本当は膨大な数の〝作者たち〟を持っているとも感じていて、たとえば声優さんたちの名前だって私はじつは一人も落としたくない――本音である――が、そういうことは乱暴すぎる所業（いわば平家の悪業？）と見られかねないので、やっぱり省いた。そのうえで、大洋さんを大洋さんと書いているのは、表現者としての自分が「松本大洋の作品（群）」に幾度も助けられてきたからである。

『GOGOモンスター』がなければ、あるいは戯曲『メザスヒカリノサキニアルモノ若《も》しくはパラダイス』を読まなければ、あるいは『竹光侍』のエンディングに号泣するとという体験を持たなければ、私は私自身がかつて子供であったという事実に向き合うえず、子供たちの〝異界〟に入り直すということも叶わず、言葉ひとつで異界は幻出させうるとも確信できず、江戸（江戸時代）に生きた人間たちは、いいや江戸の猫たちも馬たちもその他の動植物も、怪異だって、現代の私たちとおんなじだ、と腹の底からは知りえなかった。

その大洋さんが、文庫『平家物語』全四巻の、全部の装画を描いている。

全部はつながっているのだ。それは後白河法皇のあの、今様《いまよう》、に似る。

二〇二三年（令和五年）九月　　古川日出男

解題

佐伯真一

『平家物語』は何を語るか

『平家物語』は、平安末期に一度は権力を握りながら、あっという間に滅びていった平家一門の運命を語る物語です。平清盛《たいらのきよもり》は、保元《ほうげん》の乱（一一五六年）・平治《へいじ》の乱（一一五九年）の二つの戦乱を勝ち抜いた後、武士としては前代未聞の昇進をとげます。ついには娘の徳子（建礼門院《けんれいもんいん》）を高倉天皇の中宮として、生まれた皇子を天皇の位に就《つ》け（安徳天皇）、天皇の外祖父（母方の祖父）となって、朝廷の中で大きな実権を握りました。これは、平安時代に藤原氏がずっと続けていた権力掌握の方法を継いだものです。武士であった平家一門が、藤原氏に代わって朝廷の実力者となったわけです。

ただし、平治の乱以降の清盛の繁栄は、後白河院《ごしらかわいん》との協力によって成り立っていました。武力と財力を握った清盛が後白河院と手を携えることにより、平家の栄華は実現したのです。ところが、治承《じしょう》元年（一一七七）、鹿谷《ししのたに》事件が起きます。平家一門による権力の独占に対して後白河院の側近たちが不満を募らせ、平家打倒を企てたのが露顕したものです。『平家物語』には、清盛の父忠盛《ただもり》の事績《じせき》から語り始める長大な前置き部分がありますが、実質的に物語が始まるのは、この鹿谷事件からであるといってよいでしょう。

　この事件によって、清盛は後白河院を鳥羽《とば》に幽閉し、それに反発した後白河院の皇子以仁王《もちひとおう》が反乱を企てます。これも露顕しますが、以仁王は園城寺《おんじょうじ》に逃げ込み、味方する悪僧（僧兵）や源頼政《みなもとのよりまさ》が平家と戦うことになります。その戦いで以仁王は亡くなってしまうのですが、以仁王が発した平家打倒の指令により、各地で源氏が挙兵します。とりわけ、平治の乱で敗れて流されていた伊豆国で挙兵した源頼朝《みなもとのよりとも》は、一度は敗れたものの、たちまち関東を占領します。また、源義仲《みなもとのよしなか》も木曾で挙兵し、信濃《しなの》国や北陸を制圧します。そのようにして全国が動乱におちいる中で、平清盛は、すさまじい熱病で亡くなります。

　その後、平宗盛《たいらのむねもり》が率いた平家は、まず義仲を討とうと北陸に向かいますが、倶梨迦《くりか》羅《ら》合戦などで敗退し、後を追って来た義仲勢の前に、都落ちを余儀なくされます。都を落ちた平家は、大宰府《だざいふ》を拠点として反撃するつもりでしたが、九州も追われ、四国の屋島《やしま》に拠点を構えます。しかし、都に入った義仲は、朝廷の貴族達と協調することができず、後白河院と戦うことになってしまいます（法住寺合戦《ほうじゅうじかっせん》）。義仲は軍事的には合戦に勝ちますが、後白河院と戦ったこと自体が、政治的には敗北でした。義仲を討とうと狙っていた頼朝は、これを絶好の機会として範頼《のりより》・義経《よしつね》率いる大軍を送り、義仲を討ち取ります。

その間に息を吹き返した平家は、福原（神戸）まで戻ってきて拠点を構えますが、義仲を討った頼朝勢は、引き続き平家を攻撃します（一ノ谷合戦）。この戦いで敗れた平家は再び屋島に籠もりますが、約一年後、義経が屋島を急襲し、平家を追い出します。平家は海路を西に逃げ、文治《ぶんじ》元年（一一八五）三月に、瀬戸内海の西端の壇《だん》の浦《うら》で最後の戦いを挑みますが敗れ、ついに滅亡します。『平家物語』は、その後、平《たいらの》維盛《これもり》の子・六代《ろくだい》が斬られることをもって平家の断絶とすると共に、壇の浦合戦後に出家して大原《おおはら》に籠もった建礼門院を後白河院が訪ねて語り合う「灌頂《かんじょう》巻」をもって物語の結びとします。

『平家物語』は、このように、治承元年（一一七七）から文治元年（一一八五）までの歴史を中心に、平家滅亡の過程を語っています。その中で多くの合戦が語られますが、前半部分では合戦は少なく、全体としても必ずしも合戦物語ではありません。たとえば女性の物語や恋の物語もあれば、風雅な和歌の物語もあり、あるいは仏教説話や中国の説話もあるなど、多彩な内容を含んでいます。文章も和文体と漢文体が混在しています。

『平家物語』はどのように作られたか

そのように多面的な性格を持つ『平家物語』は、いつ頃、どのように作られたのでしょうか。成立年代について、現在わかっている最も重要な手がかりは、延応《えんおう》二年（一二四〇）には、「治承物語」別名「平家」と題される物語が存在したことで、これが『平家物語』の原型なのではないかと考えられています。一二三〇年代には原型ができていたのではないかということになるわけです。文治元年（一一八五）の壇の浦合戦からはずいぶん時間が経っていますが、この間に、承久《じょうきゅう》三年（一二二一）には承久の乱がありました。後鳥羽《ごとば》院が鎌倉の武家政権と戦って敗れた戦いです。これによって、京都の朝廷と東国の武家政権が協調して国家を運営してゆくべきだという考え方が確立します。『平家物語』もそのような考え方に立った物語であり、多くの異本では承久の乱が語られてもいるので、承久の乱より後に成立したものと見られます。つまり、『平家物語』の原型の成立年代は、一二二〇年代から一二三〇年代にしぼられるわけです。

だとすれば、平家が壇の浦で滅亡してから、四十〜五十年ぐらいはかかっているということになります。つまり、『平家物語』は、平家滅亡を見届けた人が、その後直ちに筆を執って一気に書き上げた、というような作品ではありません。また、前述したような題材の多様性や、後述する諸本の様子から見て、この作品は、個人が思うままに書いたというような作品ではなく、むしろ、戦乱の後の社会に生まれたさまざまな記録や噂《うわさ》、あるいは小さな物語のようなものを寄せ集めて、編集したような作品だったのではないかと考えられます。源平合戦は日本史上かつてないほど大きな事件であり、地域的にも全国に及ぶ戦乱でした。戦った人々も、被害を受けた人々も、傍観していた人々も、それぞれの視点から経験を、あるいは物語を語ったのでしょう。それらの題材を、雑誌を編集するように継ぎ合わせて作られたのが『平家物語』だったと考えられます。

そのようにして、もともと多様な内容を含みこんで作られた物語は、その後、さらに多くの人々の手によって作り変えられていきました。平家滅亡という大事件は、きわめて多くの人の興味を引く題材でした。その時代を語る物語を、さまざまな立場から、「実はこうだったのではないか」とか、「こう書いた方が面白い」などと思って、作り変える人も多かったわけです。そうして、いろいろな立場から記事が書き足されたり、削られたりしていった結果、多くの諸本（バージョン）が生まれました。『平家物語』には相互に内容が大きく異なる多種多様な諸本があります。もはや『平家物語』という題名でさえなくなってしまった『源平盛衰記《げんぺいじょうすいき》』も、やはり『平家物語』の異本の一つです。現存する最も古い異本である延慶本《えんぎょうぼん》は、一三〇九〜一三一〇年に書き写された本に基づいて、一四一九〜一四二〇年にもう一度書き写されたものです。このように、私たちが目にすることができるのは、原型が成立してから百年も二百年も経った後の本です。今では失われてしまった本も多かったことが十分に想像できます。そういうわけで、『平家物語』の原型を探るのは、とても難しい作業です。

また、そうして書かれ、読まれたテキストだけではなく、『平家物語』は琵琶法師《びわほうし》による語り物としても全国に広がりました。絵巻物の類には、諸国をめぐる琵琶法師や、その語りを聞く人々がしばしば描かれます。文字を読めない人々も、耳から『平家物語』を聞いたわけです。それによって、物語はますます全国に広がり、日本人の多くが『平家物語』を知ることになりました。そこからは、さらに多くの物語が生まれていったわけです。

『平家物語』はどう変わっていったか

このように、多様な諸本が生まれてゆく形で、『平家物語』はさまざまな変化をとげてゆきました。ただ、右に述べてきたのは、『平家物語』という枠の中での変化でしたが、多様な異本が生まれた後、さらにその外側に、『平家物語』の影響を受けながらも、『平家物語』とは別の作品の形をとる、さまざまな文学が生まれてゆきました。

たとえば、能や浄瑠璃《じょうるり》・歌舞伎《かぶき》などといった芸能の世界では、『平家物語』を題材とした作品が多数作られました。そこでは、もとの『平家物語』とは異なる世界が展開されてゆきます。一例を挙げれば、室町時代の世阿弥《ぜあみ》は、『平家物語』の熊谷《くまがえ》・敦《あつ》盛《もり》説話に基づいて能「敦盛」を作りました。『平家物語』では、所領を得るために手柄を立てようとした熊谷直実《なおざね》が、敵の敦盛は息子と同じ年頃であるのに気づいて殺せなくなり、武士という身分を嘆くという物語ですが、世阿弥の能は、武士の心よりも敦盛の笛という風雅な側面を強調したものです。ところが、江戸時代の浄瑠璃「一谷《いちのたに》嫩軍記《ふたばぐんき》」になると、忠義のために自分の息子の首を斬って差し出すという、武士であるが故の葛藤を描く物語になります。もとの『平家物語』とは全く異なる物語が、さらに多種多様に生まれてゆくわけで、今もなお、『平家物語』に基づいた多くの小説や歴史ドラマが生まれ続けています。現代の日本語で書き直された本書も、自由な創作ではありませんが、新たな『平家物語』の一つであるわけです。本書は、いろいろな文体を含んでいた『平家物語』を、ある語り手による語りの形に仕立て直し、現代人に読みやすい文章に作り変えていますが、内容は、もとの多様な話題を含んだ『平家物語』を忠実に伝えています。

最後にふれておきたいのは、そのように新たな作品を作るという形ではなくとも、本来の在り方とは違う理解、読み方がなされていったという意味での変化です。室町時代頃から、『平家物語』を戦い方の手本を示した書として読むという理解が生まれました。そうした読み方の延長上に、江戸時代になると、「軍書」、つまり軍事について学ぶための教材、実用書としての理解がなされます。多様な記事からできていて、必ずしも合戦物語ではない『平家物語』を、軍事を学ぶ教材のように読むのは誤解ともいえるのですが、そうした江戸時代の「軍書」としての理解が、現在では常識となっている「軍記物語」という理解につながります。現代の教室では、『平家物語』は「軍記物語」であると教えられますが、「軍記物語」は、江戸時代の「軍記」という分類を引き継ぎながら、近代に作られた言葉です。「軍記」は「軍書」とだいたい同じ意味の言葉ですから、そういう意味では、『平家物語』を「軍記物語」ととらえる現在の常識は、何百年もかけて形成された誤解を引きずっているような面もあるわけです。

過去の文学作品を正しく理解するというのは難しいことです。本来の『平家物語』とはどのようなものだったかと考えることは、新たな『平家物語』を作り出すことと紙一重の違いしかないのかもしれません。自分の目で物語を読むことから、本来の『平家物語』がどんなものだったのかを考える、あるいは新たな『平家物語』を作り出す試みを始める読者が生まれてくることを期待しています。

（中世文学研究）

本書は、二〇一六年十二月に小社から刊行された『平家物語』（池澤夏樹＝個人編集　日本文学全集09）より、「十一の巻」「十二の巻」「灌頂の巻」「全集版あとがき」を収録しました。文庫化にあたり、一部加筆修正し、書き下ろしの「後白河抄・四」「文庫版あとがき」「解題」を加えました。

平家物語《へいけものがたり》 4

二〇二四年 一 月一〇日 初版印刷
二〇二四年 一 月二〇日 初版発行

訳 者 古川日出男《ふるかわひでお》
発行者 小野寺優
発行所 株式会社河出書房新社
〒一五一-〇〇五一
東京都渋谷区千駄ヶ谷二-三二-二
電話〇三-三四〇四-八六一一（編集）
〇三-三四〇四-一二〇一（営業）
https://www.kawade.co.jp/

ロゴ・表紙デザイン 粟津潔
本文フォーマット 佐々木暁
本文組版 株式会社キャップス
印刷・製本 中央精版印刷株式会社

Printed in Japan ISBN978-4-309-42074-5

河出文庫 古典新訳コレクション

古事記 池澤夏樹〔訳〕
百人一首 小池昌代〔訳〕
竹取物語 森見登美彦〔訳〕
伊勢物語 川上弘美〔訳〕
源氏物語1〜8 角田光代〔訳〕
堤中納言物語 中島京子〔訳〕
土左日記 堀江敏幸〔訳〕
枕草子1・2 酒井順子〔訳〕
更級日記 江國香織〔訳〕
平家物語1〜4 古川日出男〔訳〕
日本霊異記・発心集 伊藤比呂美〔訳〕
宇治拾遺物語 町田康〔訳〕
方丈記・徒然草 高橋源一郎・内田樹〔訳〕
能・狂言 岡田利規〔訳〕
好色一代男 島田雅彦〔訳〕

雨月物語 円城塔〔訳〕
通言総籬 いとうせいこう〔訳〕
春色梅児誉美 島本理生〔訳〕
曾根崎心中 いとうせいこう〔訳〕
女殺油地獄 桜庭一樹〔訳〕
菅原伝授手習鑑 三浦しをん〔訳〕
義経千本桜 いしいしんじ〔訳〕
仮名手本忠臣蔵 松井今朝子〔訳〕
松尾芭蕉 おくのほそ道 松浦寿輝〔選・訳〕
与謝蕪村 辻原登〔選〕
小林一茶 長谷川櫂
近現代詩 池澤夏樹〔選〕
近現代短歌 穂村弘〔選〕
近現代俳句 小澤實〔選〕

＊以後続巻
＊内容は変更する場合もあります

ハル、ハル、ハル

古川日出男　41030-2

「この物語は全ての物語の続篇だ」——暴走する世界、疾走する少年と少女。三人のハルよ、世界を乗っ取れ！　乱暴で純粋な人間たちの圧倒的な“いま”を描き、話題沸騰となった著者代表作。成海璃子推薦！

平家物語　犬王の巻

古川日出男　41855-1

室町時代、京で世阿弥と人気を二分した能楽師・犬王。盲目の琵琶法師・友魚（ともな）と育まれた少年たちの友情は、新時代に最高のエンタメを作り出す！「犬王」として湯浅政明監督により映画化。

平家物語　1

古川日出男〔訳〕　41998-5

混迷を深める政治、相次ぐ災害、そして戦争へ——。栄華を極める平清盛を中心に展開する諸行無常のエンターテインメント巨篇を、圧倒的な語りで完全新訳。文庫オリジナル「後白河抄」収録。

平家物語　2

古川日出男〔訳〕　42018-9

さらなる権勢を誇る平家一門だが、ついに合戦の火蓋が切られる。源平の強者や悪僧たちが入り乱れる橋合戦を皮切りに、福原遷都、富士川の遁走、奈良炎上、清盛入道の死去……。そして、木曾に義仲が立つ。

平家物語　3

古川日出男〔訳〕　42068-4

平家は都を落ち果て西へさすらい、京には源氏の白旗が満ちる。しかし木曾義仲もまた義経に追われ、最期を迎える。宇治川先陣、ひよどり越え……盛者必衰の物語はいよいよ佳境を迎える。

源氏物語　1

角田光代〔訳〕　41997-8

日本文学最大の傑作を、小説としての魅力を余すことなく現代に甦えらせた角田源氏。輝く皇子として誕生した光源氏が、数多くの恋と波瀾に満ちた運命に動かされてゆく。「桐壺」から「末摘花」までを収録。

源氏物語　2

角田光代〔訳〕　42012-7

小説として鮮やかに甦った、角田源氏。藤壺は光源氏との不義の子を出産し、正妻・葵の上は六条御息所の生霊で命を落とす。朧月夜との情事、紫の上との契り……。「紅葉賀」から「明石」までを収録。

源氏物語　3

角田光代〔訳〕　42067-7

須磨・明石から京に戻った光源氏は勢力を取り戻し、栄華の頂点へ上ってゆく。藤壺の宮との不義の子が冷泉帝となり、明石の女君が女の子を出産し、上洛。六条院が落成する。「澪標」から「玉鬘」までを収録

古事記

池澤夏樹〔訳〕　41996-1

世界の創成と、神々の誕生から国の形ができるまでを描いた最初の日本文学、古事記。神話、歌謡と系譜からなるこの作品を、斬新な訳と画期的な註釈で読ませる工夫をし、大好評の池澤古事記、ついに文庫化。

伊勢物語

川上弘美〔訳〕　41999-2

和歌の名手として名高い在原業平（と思われる「男」）を主人公に、恋と友情、別離、人生が描かれる名作『伊勢物語』。作家・川上弘美による新訳で、125段の恋物語が現代に蘇る！

更級日記

江國香織〔訳〕　42019-6

菅原孝標女の名作「更級日記」が江國香織の軽やかな訳で甦る！東国・上総で源氏物語に憧れて育った少女が上京し、宮仕えと結婚を経て晩年は寂寥感の中、仏教に帰依してゆく。読み継がれる傑作日記文学。

好色一代男

島田雅彦〔訳〕　42014-1

生涯で戯れた女性は三七四二人、男性は七二五人。伝説の色好み・世之介の一生を描いた、井原西鶴「好色一代男」。破天荒な男たちの物語が、島田雅彦の現代語訳によってよみがえる！

著訳者名の後の数字はISBNコードです。頭に「978-4-309」を付け、お近くの書店にてご注文下さい。